作者近照

献给父亲曾省余老人八十华诞

儿子正在朝你希望的目标登攀

飞满金翅雀的下午

曾思艺诗选

曾思艺——著

广西师范大学出版社
GUANGXI NORMAL UNIVERSITY PRESS
·桂林·

图书在版编目（CIP）数据

飞满金翅雀的下午：曾思艺诗选 / 曾思艺著．
桂林：广西师范大学出版社，2016.3
ISBN 978-7-5495-7791-0

Ⅰ．①飞… Ⅱ．①曾… Ⅲ．①诗集—中国—
当代 Ⅳ．①I227

中国版本图书馆 CIP 数据核字（2015）第 303882 号

广西师范大学出版社出版发行
（广西桂林市中华路 22 号　邮政编码：541001
网址：http://www.bbtpress.com）
出版人：何林夏
全国新华书店经销
桂林广大印务有限责任公司印刷
（桂林市临桂县秧塘工业园西城大道北侧广西师范大学出版社集团
有限公司创意产业园　邮政编码：541100）
开本：720 mm × 1 020 mm　1/16
印张：33.5　　插页：1　　字数：480 千字
2016 年 3 月第 1 版　　2016 年 3 月第 1 次印刷
定价：40.00 元

序一

以歌唱的形式亲吻故乡

曾思艺先生在电话里跟我说：他希望把这本诗选当作献给父亲大人八十大寿的礼物。刹那间，我脑海里闪过衣衫褴褛的奥德修斯的形象，浮现出他返回到故里时那令人感动的一刻：奥德修斯跪在地上，狂吻土地。

古希腊奥德修斯在特洛伊战争后返回故里，路上经历种种现实的困难、外在的诱惑与内心的挣扎，漂泊十年，历尽艰辛，终于回到了故乡伊大卡，与家人团聚，过上幸福安定的生活。这个荷马史诗里的故事穿越时空，在现实的场域里得到回应。

曾思艺先生从教逾30年，是俄罗斯文学和比较文学研究领域的知名学者，出版过《丘特切夫诗歌研究》、《丘特切夫诗歌美学》、《俄国白银时代现代主义诗歌研究》、《19世纪俄国唯美主义文学研究》、《文化土壤里的情感之花——中西诗歌研究》、《美的沉醉与生的执着》等10部学术著作，他翻译的《罪与罚》、《地下室手记——陀思妥耶夫斯基中篇小说选》、《俄罗斯抒情诗选》、《尼基塔的童年》、《屠格涅夫散文精选》、《费特抒情诗选》、《迈科夫抒情诗选》等俄罗斯文学名著，不仅凸显了其俄语功力，更渗透了真正意义上的诗歌韵味。曾思艺先生写诗的禀赋是与生俱来的，在我看来，他本质上就是一位优秀的诗人。他写诗的历史比他做学问的时间要长得多，从大学时代的青春学子到硕果累累的学术名家，尽管满头青丝里染了霜露，尽管尘世里有多种看得见和看不见的压力、阻碍和纠缠，但是诗人情怀依旧，一路走来一路歌唱，一首一首的诗歌宛如繁花绽放在人生旅程上，此前，他就已出版《黑夜·星星》、《公子和王子》等多部诗歌集。

杜甫说："诗乃吾家事。"曾思艺先生身上也带着这种诗人的本色特质，他写诗并非苦心孤诣，更像是信手拈来。曾思艺先生仿佛"浑身是诗"，灵动的诗意几乎融入了他的日常生活，对那些日常不为人所注意的动植物、小景致，比如牵牛花、响塘、睡莲、茅屋、小狗来福等，他都能保持敏感的关照和细心的体察，一些在外人看来平常的小事物都能激发他心中美的情愫。正是具备了这样的情怀，与诗歌如影随形，在貌似平凡而平庸的生活中，曾思艺先生依然感到诗意盎然：当乘火车经过某个熟悉的地方，或者当面对某处人文古迹，又或者当遇到一件令他有所触动的自然事物，他总能随手拈来，从司空见惯的事物中发现事物内在之美，这些，恰恰是诗人最具天才的体现。

评论家们都一致称赞，说曾思艺先生有一颗纯粹的、童真的心。这一点，在曾思艺先生的散文诗、诗剧和长诗《公主和王子》上体现尤为充分。那些轻盈绚丽的语句、童趣盎然的文采，让人仿佛触摸到诗人内心隐秘而诗意烂漫的纯真世界。至于曾思艺先生"诗剧"的独创性和在长诗写作的把握技巧并围绕故事内涵在比较文学上的意义，大家已有共识，在此就毋庸赘述。

此外，我还特别留意到，曾思艺先生写诗的格式与许多诗人有不同的地方：每每写诗总会留下写作的时间和地点。这样的刻意，我想是他希望免去日后的研究者"考究之苦"，更重要的是，从这些细节可以窥见他对写作所流露出来的庄重的仪式感和神圣性。曾思艺先生正是通过诗的形式和歌唱的节拍与自我、与社会、与周边的自然保持内心最隐秘的沟通与对话，这个过程就是生命不断绽放的过程，也是精神和心灵游走的历程。

是啊，从湘中南一个小村子到中等城市，再到大都市，多年来，诗人在学术与生活的道路上摸索着、探求着，在人群中、在喧闹中开拓着自己的前路。无论是风雨交加还是风和日丽，作为诗人的学者或者作为学者型的诗人，曾思艺先生都怀抱自己的诗歌梦想、学术理想一路前行。

现在，曾思艺先生终于要"回家"了，要回到故乡跟亲人们团聚了，就像奥德修斯一样：荣归故里的诗人要用自己的歌声亲吻土地，疗治乡愁，收获幸福安详的美好生活。谨此为序，表示祝福与祝贺。

张　民

2016年1月3日

序二

把心安放在恰当的形式之中

——也谈曾思艺的诗歌创作

对曾思艺教授来说，写诗是一种业余的兴趣，却具有专业的品位。他的本业是做学问，搞翻译，传道授业，答疑解惑，这在目前的大学体制里是很正经的事业，实际上，他做得非常成功。根据我所掌握的并不完整的资料，曾思艺教授已出版学术著作《俄国白银时代现代主义诗歌研究》、《丘特切夫诗歌美学》、《俄苏文学及翻译研究》、《丘特切夫诗歌研究》、《19世纪俄国唯美主义文学研究》、《美的沉醉与生的执着》等十部；出版译著《罪与罚》、《俄罗斯抒情诗选》、《尼基塔的童年》、《屠格涅夫散文精选》、《费特抒情诗选》、《迈科夫抒情诗选》、《地下室手记——陀思妥耶夫斯基中篇小说选》、《一个孩子的诗园》等八部；独立主持并完成省部级课题和国家社科基金课题多项，获湖南省、天津市社会科学优秀成果奖一等奖多次，在专业领域内取得如此丰硕的成果，是一份很光彩的履历，很让人羡慕。我与思艺先生相交多年，他每有著作问世，必快寄于我，我也必先读为快，受益良多。他扎实厚重的学术功底使我心向往之，惜乎像我这样的愚钝之人，总不能真正分享他成功的秘诀。我想，在天资过人之外，他的秘诀还在于执着和勤奋，在学问上安身立命。

可喜的是，思艺先生的一颗诗心也始终没有停歇，他在大学时期开始写诗和发表诗歌，是非常活跃的校园诗人。毕业后，也一直忠实于缪斯之神，已出版抒情诗选《黑夜·星星》、叙事诗及诗剧选《公子和王子》、《从城里到乡下的孩子——曾思艺散文小说选》等多部文学作品集。毫不夸张地说，学术研究与诗歌创作互补，是思艺先生工作与生活的常态行为。在我有限的视野里，一位学者兼擅翻译与创作，且同时在诗歌、散文、小说、戏剧创作上均有不菲的成果，这在学术界似乎并不多见。思艺先生在学术上起步很早，可以称得上是少年得志，有这样一份底气，他的文学创作也颇具学人的气质，有自己的创作特色。大致而言，他的文学创作是一位学者把自己的才情辐射到研究领域之外的结果，既有学人的渊博底蕴，又有作家的感性敏锐，在对人生感悟的表达上，有难得的率性真诚，也有凝练的艺术形式感，这实际上是不容易的。学者的工作性质与文学创作的自由表达难免有冲突的一面，有时会妨碍一个学者对感性形式的敏锐把握，但在思艺先生的性格中有天性率真的一面，因此，在他的创作中，文采飞扬与克制谨严、理性思辨与感性经验是交融为一体的，两者处于和谐的共振之中。我想，这是思艺先生在创作上的潜心追求，也是他艺术功力的一个表现。

在思艺先生的文学创作中，我最看好的还是他的诗歌创作，这也是他用力最多的一个方面。最近，他的诗集《飞满金翅雀的下午——曾思艺诗选》准备出版，我尤其为他感到高兴。这份高兴的心情包含着友情的成分，但更多的还是作为一名读者出自内心的敬意。进入新世纪以来，诗歌似乎处于持续的升温之中，读者也有回流的迹象，但说到诗集的出版，却还是颇不容易，此时他再一次推出自己的诗集，这恰恰是一位诗人难以抑制的热忱。我为这份热忱感动，感动于一位诗人把自己的心安放在恰当的形式之中。诗人的普遍境遇并不乐观，需要的正是这样一份热忱来安稳自己，这大概就是一位诗人对现实的抵触，而这种抵触本身是灵魂的凝练，同时也是灵魂的解放。这样看来，思艺先生是在学术之外，寻找另一种自我释放的方式，同时也是自我实现的方式。我想，思艺先生作为一位知名的俄罗斯文学研究专家，大概在气质上，有着与俄罗斯白银时代的那些诗人声息相通的一面。对白银时代众多诗人的研究和翻译，是思艺先生学术上的一个亮点，他长期浸淫其中，所受到的影响是不言而喻的。他对这些诗人的研究和翻译大概也包含着与自我进行对照的一面，如对阿赫玛托娃组诗《安魂曲》的翻译他已经修改过无数次，仍然如履薄冰，战战兢兢，至今尚未最后定稿。如果只是一种惯性的职业翻译，这是大可不必的。我想，那些字斟句酌的翻译和不厌其烦的修改，不仅有出于专业精神的内在约束，主要恐怕还是在寻找一种精神之光的映照吧。这里面包含着他对一个异域诗人的独特理解。反过来，思艺先生自己的诗歌创作也并不单纯是趣味性的，而是在创作中体验一个更完整的自我。他把自己的生命经历转化为纸上的一个个字符，这些字符都带着温度和情感，是他的记忆和生命的痕迹，他的诗歌的感人之处大概就在这里。

从思艺先生的整体创作来看，他的诗一般并不显得晦涩，而是在明快晓畅中倾诉自己的情感，同时又富有哲理性的一面。在他的字里行间流动着音乐般的节奏，自然而力避做作，使读者趋向一种宁静的境界。比如，他的一些诗有着童话的底色，他所歌咏的是自然之美、心灵之美，也在对人文景观的抒怀中吐露某种幽深的心曲。他在一些诗中也流露出不妥协于现实的愤怒，但他更尊重一首诗在形式层面的诗性选择，不为愤怒和悲伤扭曲诗意的修辞之美，因此，他的诗总体上倾向于一种清新健美的风格。在我看来，《飞满金翅雀的下午——曾思艺诗选》是思艺先生带有阶段性总结的一部诗集，从中可以比较全面地发现他的创作追求。我注意到，题材和主题的多样性在这部诗集中表现得特别明显，可以看出诗人的创作视野是相当开阔的。诗集中有歌咏自然事物的诗，如《野葡萄》、《木芙蓉花》、《兰草》、《向日葵——为哲学家画像》、《菱角》、《红蜻蜓》、《牵牛花》、《桃花》、《栀子花》等。这类题材的诗歌在诗集中为数不少，却并不给人重复之感，其关键在于诗人没有拘泥于写实性的描摹，而是发掘在花草树木后面的人性和人生内涵。自然之物与诗人的心境往往有着某种奇妙的对应，诗人用天真的眼睛看待自然万物，因此，自然之物是带着某种象征内涵的，自然之物的“物性”在诗人的笔下是鲜活而灵动的，成为了诗人心灵中的“意动”。这种从“物性”到“意动”的转化恰恰是诗意的生成和凝聚，显得清新、自然、优美。比如，《牵牛花》中写道：“嫉妒的造物主 / 得意于一切都是自己的精心算计 / 要是有一棵罕见的高树 / 接通天庭永恒的蓝晶”，诗人赋形于牵牛花的是自然之形与自在之意的结合，而从形到意的转化，既要贴着牵牛花的自然性状，又要适度展开对人生的某种醒悟，以此表明虽理想不易实现，但要有“仰望蓝天”的自信。

诗集中有一些歌咏爱情的诗，如《初恋的狡猾》、《玛甘泪》、《战争，在爱情中继续》、《爱——给妻》等。爱情是文学的永恒主题，尤其在诗歌中，是一个被放大和强化的主题，另一方面也是对诗人的挑战，要写出新意不易，要写得动人更加不易。思艺先生是用情至深之人，他的爱情诗写得舒放自如，如他性情深处流出来的甘泉。诗人在《玛甘泪》中这样写道：“爱情是宿命的幸福/也可能是宿命的灾难/我们的一见钟情是慢性毒药/使纯真恬静的你杀母丧兄溺子/最终在疯狂中毙命”，此诗中的玛甘泪是歌德《浮士德》中的女主人公之一，是一个为爱情而陷入疯狂、毁灭自我的美神和圣女，最后她进入天堂，成为赎罪天使，把浮士德死后的灵魂接引到天堂。在思艺先生的笔下，玛甘泪是爱情的化身，指向爱情中两种极端的感情，爱情中的爱恨悲欢、幸福与灾难何其复杂，但正如歌德在《浮士德》结尾留下的名句：“永恒的女性，引领我们飞升。”思艺先生借玛甘泪所表达的是一种崇高的爱情美学，也可能代表诗人对世俗爱情的某种抵触。

诗集中有不少咏古和咏史的诗，如《石头记》、《吴刚伐桂》、《菊花》、《白蛇传》、《黔阳芙蓉楼怀王昌龄》、《康德》、《历史》、《乾陵无字碑》、《姑射仙人》、《霍去病墓前有感》、《卡吕普索》、《沈园》、《西夏王陵三号墓》、《塞壬女妖》、《历山舜王坪》等。咏古和咏史是中国古典诗词的一个重要传统，向来为文人雅士所趋奉，在新诗中也不少见。不过，咏古和咏史恐怕总是要和现实联系在一起的，否则就会显得言而不实，言不由衷，给人作伪的感觉，因此，咏古和咏史诗实为寄怀之作，从咏古和咏史诗中，总是能看到诗人自己的面孔和身影，看到历史人物在诗人性情上的某种投射，看到诗人托怀于历史古迹或自然景观之上的内心情境。思艺先生在踏访名山古迹时，多有诗篇留下，记录他在其时其地的所思所感，这大概是他作为一位诗人很难得的一种直觉。比如，2013年11月他造访山西的历山舜王坪，在《历山舜王坪》一诗中这样写道：“神话绽放成七彩绚丽的晚霞/远古的气息却早已如草丛中的零星白雪/我的全身散发出庄稼的芳香/渴望让神州日益萎缩的田土丰收”，诗人激情满怀，思绪飞腾，他的所思所感都不是从书本上、从资料里衍生出来的，而是实地踏访的结果。思艺先生的这类诗可能带有即时写作的痕迹，身临其地，有感而发，因而情境非常真切，有着非常鲜活的历史“现场感”。我觉得，在这种情形下，写诗于思艺先生而言，是一种恰当的与历史晤谈的方式，他似乎压根儿就不是一个旁观者，而是把自身的身心完全融于历史的鲜活皱褶之中，在其中感应历史隐秘的信息，而形之于诗，则是自己的一个化身。

在《飞满金翅雀的下午——曾思艺诗选》中，有一些怀人忆友之作也值得注意，如《流星》、《青松——献给陈耀球老师》、《漫步，在冬日雨夜的街头——致庆仁兄》、《哈尔滨中央大街——怀念张铁夫老师》等。从这些诗中，能看到思艺先生的某些人生经历，这些经历和他的一些师友联系在一起。那是一些值得记忆的珍贵瞬间，远方的挚友、尊敬的导师、早逝的同学等等，都在他的笔下一个个浮现，而他恍然于人生的变幻，有说不清的思念、怀念和怅惘，这都是些平常的人生情境，却具有珍贵的人生价值。诗集中还有一些抒发人生感叹之作，如《失眠夜》、《白发》、《中年》、《偶感》、《旅行》、《梦与人生》、《自言自语》、《镜框中的生命》、《人生》、《历史·现在·未来——车过安阳遇雪有感》、《驯虎绝技三招》、《踩疼影子》、《挑水者之思》、《生活》、《野蜂的心事》等。这些诗歌都不是无来由的慨叹，而是诗人人生的某种记录，多写诗人自己的心境，有的也是时间和历史的感悟，里面似乎有一种更深的惆怅。诗集中也有一些咏艺术的诗，如《蒙娜丽莎》、《贝亚特丽齐》、《听钢琴神童缪茵钢琴演奏》、《虚浮——观毛焰先生画〈无题〉》、《月夜》、《轻松愉快的美的天堂——观柯罗画有感》、《飞满金翅雀的下午》、《茵梦湖》、《梁祝梁祝》、《湖州赵孟頫松雪斋》、《聊斋志异——蒲家庄聊斋怀蒲松龄》等；还有不少纪游之作，如《江南》、《独乐寺》、《车过宣城有感》、《车过洛阳，驰向西安》、《普救寺》、《日月潭》、《走进喀纳斯》、《随州市博物馆》、《观看黄河壶口瀑布的两种角度》等。这些诗歌也都是诗人自己生活的某种烙印，连缀起来，就像一部生动的画册。自然，在这部画册中，诗人的每一个脚印，深深浅浅地都藏着诗人生命中的某些信息。

值得注意的是，诗集中还有一些对现代性的反思之作，如《无奈》、《地球村事》、《世界：我和你》、《突围的池中鱼——致困境中求解脱的现代人》等。现代性实际上是一个令人困惑的问题，在理论界有很多探讨，众说纷纭，莫衷一是。文学艺术对现代性的反思可能有更直观和感性的一面，可能也会更深刻地触及现代性的某些层面，带给读者更震撼的唤醒效果。思艺先生显然对现代性的后果和人类在现代性覆盖下的生存困境也怀着很深的忧虑，有他自己的某些思考。他在《突围的池中鱼——致困境中求解脱的现代人》一诗中写道："池中鱼的脑中却无休止地狂风大作／白日的憧憬和夜间的梦都已被焦虑煎沸／它们在池中逃离煎熬般拼命狂游乱窜／永恒的禁锢却铜墙铁壁般牢狱着"，呈现出人类在现代性围困下的心灵挣扎。此外，诗集中还有几首别致的图像诗，如《滴水岩瀑布》，诗句的排列宛如飞流而下的瀑布，也是十分用心之作。思艺先生一直对图像诗很感兴趣，他用心搜集到的图像诗资料颇多，因此，对他尝试图像诗的写作，我并不感到意外，倒是觉得新奇。当然，在严肃的诗歌写作中，这只是聊备一格而已，不刻意放大其形式上的美学意义。

可以说，从题材和主题的丰富性来看，思艺先生是一位生活的热烈的歌者，他对生活的热爱完全是发自内心的对于美与爱的趋奉，不管是对于真善美的歌颂，还是对假丑恶的批判，他都是以一种极其真诚的态度参与到生活的建设性上面来，因此，他的诗中有一种执着的爱的热烈。从另一方面来看，这是一位诗人的责任感的体现，读者从中看到的是一位诗人热烈的文化情怀。《飞满金翅雀的下午——曾思艺诗选》和思艺先生作为一位学者的生活是颇为相近的，诗人的所记之事、所抒之情都无一不是从自己的生活出发，似乎有一个较为清晰的作者自身的影子游动在其中。同时，这个影子又有不同的侧面，每一个侧面有着不同的主题指向，因此，这部诗集对思艺先生来说，既是他观察生活、体悟生活的结果，又是他性情深处流露出来的结晶。

通读《飞满金翅雀的下午——曾思艺诗选》是一件愉快的事情。我平素和思艺先生虽接触颇多，也读过他的一些作品，对他作为一位诗人的才情颇为钦佩，但现在通过对他诗歌的系统阅读，我看到他的另一面，觉得他在诗歌中流露的气质比他的本色要更生动一些。作为一位朋友，他的谦虚使我感动，他把自己的许多诗歌长期保存在抽屉里，并不刻意张扬他的创作。现在摆在我面前的是这么厚重的一本，让我多少有些吃惊，我没有想到他在学术之外，还有如此多的热情去投入诗歌的创作。他的长篇叙事诗《公子和王子》长达2000余行，不是轻易可以完成的一个项目，需要极大的耐力和高度的专注，由此可见他在创作上所付出的心血。这部长诗是从一个古老的传说中提炼出来的，“优雅的人物，忠诚的友谊，漂亮的龙女，幸福的爱情，美不胜收的故事场景，流线型的情节发展，读来令人心旷神怡”[1]。诗人自己的加工和创造既包含着极难得的对于传统文学资源的领悟，又包含着对现代艺术情境的深度触发和转化，虽然长诗所采用的是一个类似童话的叙述框架，但并没有淹没诗人自己的人格投射，而是蕴含深刻的人生体验与哲理。

思艺先生的诗讲究结构的完整性，语言简练而富有张力，意象凝聚饱满的情感，却又不显得甜腻，诗中既摄入传统艺术因素，而又不拘泥于传统的尺幅规约，流露出他个人性情。这些都是思艺先生的诗所表现出来的艺术特色。在某种程度上说，思艺先生的诗属于学人之诗，“学人之诗指一个真正意义上的学人所创作的，用以表达其情感、思想、灵魂、血肉等的诗歌”[2]。显而易见，他的诗显示出一位学人的知识结构、思维方式、艺术素养，以及价值观念等，具有知识分子写作的明显特征。这在目前的诗歌写作中，有其不可忽视的意义，可以为新诗文化的普及提供有益的借鉴与参照。我觉得学院知识分子，尤其是大学中文系和文学院的教授、博士，身体力行地写一点诗，应该也算是一种“本职工作”，不仅有益于教学和研究，而且也是学者文化情怀的诗性体现，实际上也是一种自觉的文化意识，可以激发文学艺术创新的内在动力，也可以使学术的面孔变得更生动和灿烂一些。思艺先生的诗得之于业余生活中的凝神默想，我想这是接通学术创新的一条内在途径，使诗歌与学术汇通于一种综合性的人

1. 倪正芳：《耕耘在交叉小径的中国新诗园——曾思艺教授叙事诗、诗剧初论》，载《邵阳学院学报》2010年第4期。

2. 谢克强、李遇春等：《当代“学人之诗”学术研讨会会议纪要》，载《世界文学评论》2013年第3期。

文视野中。这大概就是学人之诗的价值所在。思艺先生嘱我作序，对我来说实在是一个难题，却也是一个极好的学习的机会。我在这里交出的，是一份并不满意的答卷。我想，从读者的感受中，更能反映出这部诗集的价值。这部诗集只是思艺先生一个阶段性创作的呈现，他更多的诗歌创作值得我们进一步的期待。

吴投文

2016年2月25日

目 录

第一辑 抒情诗

1981 年

1982 年

1983 年

1984 年

1985 年

1990 年

1991 年

1992 年

2004 年

2005 年

2006 年

2007 年

2008年

2009年

2010年

2011 年

2012 年

2013 年

2014 年

2015 年

第二辑　散文诗

第三辑　诗剧、叙事诗

跋

附录一

附录二

附录三

附录四

第一辑

抒情诗

流 星

W 同学淹死后，在全体同学中引起了一天淡淡的恐怖，就像一颗石子投入湖中，激起一阵波浪后，涟漪慢慢合拢，恢复了原来的样子，大家也安静下来，仿佛什么也没发生过。

满天晶莹的星星
发着各自的光亮
在天空不停地运转

他们是孤独的
而运动是有规律的——
各自按各自的轨道运行

忽然，一阵奇异的风
将一颗瘦小的星星
一掌击下星空

苍白的小星
发出凄惨的叫喊——
那一路惨白的光亮

这撕心裂肺的叫喊
只不过牵来星群一缕缕
短暂的凄凉目光

不久，它们又什么也没发生过一样
在自己的位置上
按自己的轨道运转

1981 年 4 月 22 日湘潭大学

雾

白色玉带般的淡雾
围绕着茂密的树儿飘动

树儿伸出一双双渴望的小手
借助阵阵轻拂的晨风

雾儿却狡猾地笑着
蝴蝶般轻盈地飞向天空

啊，你不就像雾儿一般
逗引着我的每一个迷梦

1981年4月24日湘潭大学

鸟

一群群鸟儿
自由自在地
在天空飞来飞去
我呆呆地看着，看着
心房里也扑啦啦地
飞出了鸟儿一群

忽然，一阵枪响
蔚蓝的天空中，一只只鸟儿
血淋淋地跌下
我的心倏地一紧
思想的鸟，咕咚咕咚地
跌入了心这口古井

1981 年 4 月 26 日湘潭大学

树

他静静地站着
无数只翠绿的手
紧紧地捧着
一颗碧绿的心

鸟儿飞来了
柔柔地吐一串翠绿的歌
然后，衔起那颗碧绿的心
飞进那一片白云

树儿快乐得醉了
向着鸟儿飞去的地方
不停地舞蹈，舞蹈
痴痴地望着，望着

1981 年 4 月 28 日湘潭大学

伤 痕

这是一条才铺好的水泥路面
平展得有如一面光滑的铜镜

一个小孩蹦跳着跑了过来
细长的棍子在手中不停地挥动

他的眼睛陡地一亮
一丝甜甜的笑跳到脸上

他拿起棍儿，好玩地轻快地
划向水泥路平滑的湿湿脸面

孩子得意地蹦跳着跑向远方
水泥路却从此留下了一条长蛇般的伤痕

1981 年 5 月 5 日湘潭大学

江潭夜景

江潭的深夜静悄悄的
连风也一动不动地
躺在细雾弥漫的空气里

满天的星星，好似顽皮的孩子
跳进平静如镜的青幽幽江水
快活地游泳

风儿，再也耐不住寂寞
轻轻举起柔柔的巧手

揉进了一腔柔情
揉皱了满江星星

1981 年 8 月 6 日邵阳市桂花村

无　题

月光那苍白的嘴唇
吻着青幽幽的树林

阴凉而迷蒙的凄雾
从幽灵般的树林里涌起

寒蛩在远处哀哀鸣叫
叫出夜的可怕的幽寂

一只孤独的鸟儿，在苍白的空中
凄惶地，发出一声声悲啼

1981年8月19日邵阳市桂花村

江潭暮色

一只只黑色的蝙蝠
把一片片黑色的夜
衔到了清亮的河的上空

一朵朵银白的浪花
似顽皮而好奇的孩子
蹦跳着扑捉一丝丝暮色

黑色的夜，被波浪
一丝丝吞进肚里
清亮的河黑亮黑亮了

四处都静悄悄的
偶尔传来波浪在岸边扑住黑色的夜时
发出的一串串清亮的笑声

1981 年 8 月 25 日邵阳市桂花村

初恋的狡猾

仿佛在雾中相隔的两朵花儿
我们极力想看清各自的真相
仿佛有一个甜蜜的谜在我们的心底
吸引着我们想方设法去猜

可轻柔的雾却那样的缥缈朦胧
朦胧中仿佛有一只花蝶飞得忽高忽低
于是，我便耍了些小小的花招
巧妙而恰当地使你生气

啊，我多么喜欢你生气的样子
娇嗔中包含了多少情意！
在这里，你不知不觉露出了你的真相
在这里，我毫不费力地找到了你心中的谜底

1982 年 3 月 11 日湘潭大学

春　歌

静静地在这林中的草地上躺下
把一颗疲倦的心，向春天尽情地敞开
五光十色的不知名的小花和那绿色的小草
在温柔的风中，为我跳起了柔美的春之舞
满山的青松，如赞美庄严崇高之美的诗人
满怀激情地为我吟诵了雄壮的春的颂歌
温柔的阳光，如一个个调皮的小孩
从青青的松叶上溜下来，使劲地在我的全身亲吻
阵阵的花香和从泥土中飘出来的春的气息
如一只只光怪陆离的蝴蝶，围绕我飞舞
四处鸟儿们欢快、轻柔的春之歌啊
如一股股浓郁的花香，向我涌来
在春不断的温柔的爱抚中
我的心如含苞的花，一下子绽开了
我心中的一支美妙的春的赞歌
随着这轻柔的绿色春风
不停地向远处飘飞，飘飞……

1982 年 3 月 31 日湘潭大学

雪花，欢欢喜喜地……

雪花，欢欢喜喜地下着
孩子们，快快乐乐地
在院子里打着雪仗
门“吱呀”一声打开了
伸出一张红苹果小脸
一双黑亮亮的大眼睛
惊喜地看着打雪仗的孩子们
和欢欢喜喜地下着的雪花

雪花，欢欢喜喜地下着
黑眼睛的孩子来到院子里
他张大口，想要接住
这欢欢喜喜的轻盈雪花
又抓起一把细细的白雪
欢叫着往空中一撒
雪花，欢欢喜喜地钻进他的衣领
他快乐地皱皱眉，做了个鬼脸

雪花，欢欢喜喜地下着
院子里的孩子们在尽情玩着
黑眼睛的孩子，看着皑皑白雪
心里冒出了新奇的思绪
“我要在这白茫茫的美丽雪上
开出一条还没有人走过的路
直通那高高的山顶——
在那里，可以看到无边的白雪世界”

雪花，欢欢喜喜地下着
黑眼睛的孩子悄悄地
独自走向高高的山顶
冷风呼呼地迎面刮来
一阵阵刺骨的寒意
结冰的积雪滑得像镜面
他不停地跌倒又爬起
听着脚下雪花的“吱吱”声浑身是劲

雪花，欢欢喜喜地下着
黑眼睛的孩子来到了山顶
浑身尽是欢欢喜喜的雪花
他快乐地望着山下灿丽的世界
凝视那银白又迷蒙的地平线
回头看看院子里打雪仗的孩子们
心灵深处涌出的欢笑
甜甜地绽开在冻乌的小嘴上

1982 年 12 月 6 日湘潭大学

树

荒凉、原始的山林里
杂乱的花草丛中
生长着一棵幼嫩的树

它按自己的意志
贪婪地攫取一切营养
从广阔的天空从肥沃的大地

老弱的长藤
紧紧地抓住它
想让他循规蹈矩地成长

可树却骄傲地摆脱了它
按自己理想的样子
喘息着慢慢成长

花、草、藤被激怒了
它们一起声嘶力竭地围剿
这大胆不驯的异教徒了

——本来就只是一棵平庸的小树
还逞什么英雄
简直是异想天开！

——它的叶子那么窄
又那么细小

只怕连树都不是的！

——这小树的心机
倒是不错，只是
太过于自行其是！

而这弱小的树
却把根深深地扎入大地
暗暗加紧吸取营养

终于，它变成了
一棵参天的大树
枝头挂满金子般的果实

花、草、藤大吃一惊
——真没想到
巨材就在我们身边！

1982 年 12 月 7 日写于湘潭大学
1983 年 1 月 27 日改

一　瞬

一块块生铁般的阴云占据了漫漫天空
深冬化雪时的风缓缓播散刺骨的寒意
一个人，行走在无垠的大海般的原野
黑黄的稀烂稠泥，凹凸不平地
软绵绵黏糊糊他的双脚和劲力
可他微笑着，轻巧地甩开它们
奔向天边那座若隐若现的青青大山
那里，闪烁着神秘而迷人的七彩光芒

他越来越慢，似已被稀泥粘住
他的双脚已稠泥般软绵绵黏糊糊
灰黑的疲倦，泥点般布满了脸面
他茫然：多么荒凉辽阔的原野
除了黑黄的稠泥还是黑黄的稠泥
仅有几棵零星的秃树在风中摇曳
凄凄诉说满腹浓浓的黑色孤寂
他望望遥远的大山沉重地垂下了头

突然，一道暖烘烘金灿灿的阳光
透过云层亮丽了他冷漠的眼神
虽然仅仅是闪电般短暂的一瞬
可他就如充电后的电池蓄满了能量
他兴奋地起劲猛抖双肩
抖掉了层层紧压的灰黑疲倦
他抬起头，感激地望望天空
大步奔向那七彩闪烁的大山

1983年1月13日湘潭大学

关于外祖母的回忆（二首）

一

“伢子，你外婆死了，你还在这里冲冲杀杀啊！
你外婆是个多好的人啊，好多人都哭了呢！”
“你外婆才死了呢！张大叔，你不要骂人！
我外婆不会死的，她这样的人是永远不会死的！
她，还会半夜里起来给别人去接生
还会把自己省下来的鸡蛋全部送给生孩子的人
她，还会带我到山里去捡柴、扒松叶
我，还要摘好多好多的花问她这叫什么名字
她，还会带我到田野里去扯猪草
还会指着那些花呀、草呀告诉我它们叫什么
她，还会把一个个煮熟的鸡蛋塞进我兜里
还会把一块块饼干、一个个橘子……给我吃
嘿，我外婆是睡着了，后年，不，明年就会醒来的！”
“唉，小孩子不懂事！外婆死了，眼泪都没一滴！”
“你才不懂事呢！死，不就是睡觉吗？
不过，它睡得久一些，香一些，甜一些！
哎，张大叔，你说，冬天的蛇是死的吗？
是呀，蛇在冬天是睡觉的，睡它整整一个冬天
我外婆像蛇一样，也是冬天睡觉去了
（真的，我妈妈说了，我外婆是属蛇的呢！）
明年春天，她就会醒来的！
她，还要给饼干、鸡蛋和糖我吃！
嘿，还要带我去捡柴、扯猪草呢！
哼，那时，我看你羞不羞！

哈哈，同志们，冲啊，杀啊！”

1983 年 1 月 29 日邵阳市桂花村

1983 年 2 月 24 日改于株洲市灰渣砖厂

二

还是这棵桃树
还是这棵桃树呵
如今，它不再窈窕的少女般秀丽、凛然了
如今，它是龙钟的老人一样和蔼可亲了
十多年了啊
我，也成了青年，成了大学生了
然而，我的外祖母呢？
她、她老人家在哪里呢？

五月，一个晴朗的清晨
风，小鸟儿般欢快的风呵
带着小草、小花高高兴兴地跳一阵舞
又手舞足蹈地和树儿叽喳着什么
不知疲倦的小鸟儿
在屋子后面的竹林里
多嘴的小孩一般说个不停
桃树，屋前的这棵年轻的桃树呵
绿绿的叶中藏着一颗颗红红的果实

忽然，我被吸引住了——
树梢那颗红红的桃子上
有一颗晶莹动人的泪珠！

“嘿嘿，嘿嘿！”我笑了
猛一使劲，猴子般灵巧地爬上去了
“小心！……再上一层，小心，别摇落了它！”
我轻轻、轻轻地接近那颗桃子

“咔嚓！”这不中用的树枝！
害得我也和它一起摔了下来！
“哎呀！……你、你还笑呢！
嘴巴皮都出血了！啊，耳朵也出血了！
快来，我给你洗一洗，涂点药
不然，化脓了可不是好玩的！”

外婆紧紧拉着我的小手
跨着和她这老太婆不相称的急步
把我硬拉进屋里
打开她那小小的卫生箱
（她是我们大队唯一的接生员）
拿出了碘酒、药棉和红药水

“嘘！疼吗？碘酒是有点痛人！
我的崽吔，你要吃什么
跟我说一声就是了
爬什么墙，上什么树哟！
你看，这嘴巴、耳朵都肿起来了！”

“吃？！不嘛，外婆
你常常给东西我吃，我还要吃？
嗯，你猜，我看见了什么？嘿嘿……”
“还猜呢，都成高嘴巴大耳朵的猪八戒了！还笑！”

"猜不着？我告诉你！
树梢上那颗红桃子，流眼泪了！"
"我们家这么多人，就只你蠢些！
那是什么眼泪，是露珠！"
"不嘛，就是眼泪嘛，就是嘛！"
"别动，还没涂好……别……是，是眼泪！"
"嘿嘿，就是嘛，就是眼泪嘛！
你猜，它像什么？
嘿嘿，它像姐姐那次笑红了脸
笑出了一滴亮晶晶的眼泪在脸上！
大概，昨夜它有什么喜事了吧？
嗯，外婆，你说，它有什么喜事呢？
嘿，我知道，人的眼泪是咸的
可桃子的眼泪是不是，我就不知道了
我呀，要爬到树上去，尝尝它是不是咸的！"

"唉，崽吔！你都八九岁了！
八九岁了，是大人了！
外婆那时候，十岁就给人当童养媳了！
当童养媳，要做好多好多的事哟！
做不好，要挨打、挨针扎、挨火烫！
崽吔，你是个学生哪！
学生，就要读书哪！
从古到今，不读书哪有出息呀！
你是大人了，要听话！
少玩一点，多读点书！
不然，外婆下次再不给东西你吃了！"

还是这棵桃树

还是这棵桃树呵
我，已是青年的大学生
在旁边痴痴地望着它
“啊，桃树，你能告诉我天国的事情吗？
你能告诉我，外祖母的消息吗？”
我冲上去，使劲摇着桃树
这开满鲜花的桃树
默默地，撒下一朵朵花来
这红的、白的、红中带白的花啊
是我童年的一个个纯洁的梦？
是为我洒下的一滴滴眼泪？

1983 年 1 月 29 日邵阳市桂花村

无　题

“你病了？”你用微微颤抖的声音探问
一丝丝惊讶，从你的每一根神经里渗出
微飔般的忧愁，阴影般掠过你的脸面
你含笑的会说话的美丽清亮的大眼睛里
盈盈秋水的每一个分子都已化作担心关怀
你丰满的红红的脸上从未消失过的甜甜的笑
现在已变成了满脸甜蜜醉人的怜悯
啊，少女的同情是多么自然真诚而又温柔
少女的怜悯是多么含蕴丰富而又动人
从不愿受人怜悯的我多想再病几次
只要每次有少女这样的同情和怜悯

1983年2月27日邵阳市桂花村

追　蝶

一群儿童，在青草地上
欢叫着追赶一只蝴蝶
就像一群活泼的小鱼
快乐地追赶一只顽皮的小虫

蝴蝶，洁白的蝴蝶
狡猾的、无赖的蝴蝶
忽高忽低地飞舞着
双翅留下一条条柔和的曲线

一个戴皮帽的圆脸孩子追上来了
张开小小的双臂就要扑过去了
孩子们，看着前面低低飞着的蝴蝶
撒出一串串玫瑰花般的欢笑

“快，捉住她！”
我禁不住加入他们的行列
孩子们却怔住了
用陌生的眼光，呆呆地看着我

我茫然了，看着这群
只有我胸口高的孩子
童年的梦，童年的梦呵
爆炸后彩色气球的碎片般纷纷下落

1983 年 3 月 2 日湘潭大学

春　夜

暗蓝的天空，透明，深沉
稀疏的星星，晶莹，闪烁

夜，轻纱般柔软的夜
风儿在树林中梦呓般喃喃

在这迷人的融融春夜中
人，温柔而深沉

既深深陶醉，又激动不安
渴望得到些什么，又仿佛要盈溢出什么

1983年3月7日湘潭大学

泉 水

从地层的深处
炽热的泉水，涌出来了

一块铅黑的花岗岩巨石
劈头把它紧紧堵住

泉水，炽热的泉水呵
焦急地回旋着，回旋着

不能一大股一大股地涌出了
就一小股一小股地往外流

可连一小股一小股都不能够呢
只好一丝丝一缕缕往外渗

顽强地，从岩石无数个分子的空隙里
缓缓地、弯弯曲曲地探寻着，探寻着

艰难地，经过细小的漫长的道路
一丝丝一缕缕地渗出，渗出

急急地，一丝丝……一缕缕……
在外边的岩壁上聚集成一点一滴

急急地，一点点……一滴滴……
汇积着，汇集着

急急地，汇集起来的一股股
向广阔的大地奔涌，奔涌

一丝丝……一缕缕……
一点点……一滴滴……

渗进了生育你的大地
渗进了大地万物的每一血管

1983 年 3 月 17 日湘潭大学

暴风雨

——读一本名人传记

蒸发……凝华……
不饱和的，飞向饱和的
饱和的，更加饱和了
不够有力的，飞向有力的
有力的，更加有力了
在无垠的空间，自由地运动着
不断地飞舞着，扩大着
欢欣地，奔放地，席卷着
把一切能转化的，都化为自己的
奔腾的千军万马般
以自己的重量，以凝聚的力
铺天盖地地反抗、压迫大气蛮横的力

根本就没有什么闪电
那是暴风雨在胜利的喜悦中
伟大的心灵里放射出的浩然长气
根本就没有什么霹雷
那是暴风雨——这胜利的顽强者
向古老陈旧的世界发出的豪放的大笑
呼啸着，奔腾着，席卷着
到处是震撼一切、压倒一切的力
世界，更新了，陶醉了，骚动了
啊，暴风雨，你以你伟大的心灵
唤醒、净化、提高了整个世界

1983年3月22日湘潭大学

月　夜

微红的月亮　缓缓地前行
孤独而傲然　泼洒着清光
银灰的波浪　弥漫了苍穹
天海苍茫　天海　苍　茫

银灰的夜色　迷蒙的月光
唧唧的虫吟　阵阵的蛙唱
一朵神秘的鲜花　红艳地
悄然　绽放了　芬芳

1983 年 4 月 24 日湘潭大学

蒲公英羽毛

你是想让他飞起来吗？
你那么殷切地凝望着他
情真意挚的爱，火辣辣地
燃烧在你善良的双眸里

可你那样迅疾地把他牢牢抓住
又急不可耐地随手一撒
美丽轻盈的蒲公英羽毛
雨点般沉浊地落向地面

他是如此精巧、纤细、柔美
他还有同样精巧纤细柔美的心灵
你得耐心地呵护他
沟通你和他的心灵

你是想让他飞起来吗？
你就轻轻，轻轻地
珍品一般，把他托在掌心
（你整个的心，也就在掌心里）

在明媚灿烂的阳光下
你大步走进绚丽的原野
把他交给温煦的清风
让你的心和他一起飞翔，飞翔

1983年11月17日邵阳市

红蜻蜓与银月亮

一只红红的蜻蜓
飞到了静静的湖上
那样平静，那样轻盈，那样欢快

它惊呆了——荡漾的青黛光波
用无数粼粼的三角形托着一个月亮
那样玲珑，那样晶莹，那样纯洁

鱼儿是轻浮的，肆无忌惮地
围着月亮不断地挑逗
一旦满足了，便踪迹全无

唯有真正爱着的，才感到羞怯
唯有深深恋着的，才自惭形秽
啊，蜻蜓，蜻蜓，红蜻蜓

它慌乱地飞着，飞得那样笨拙
心里多么想接近，一接近又这样慌乱
它胆怯！唉，往昔的欢快全化作忧郁

它，似近非近，欲罢难罢
只是呆呆地看着那皎美的月亮
啊，蜻蜓，蜻蜓，红蜻蜓

1983年12月16日邵阳市

农家烟火味儿

多么熟悉的农家烟火味儿
有那么点呛人，有那么点苦涩
小小的屋子里到处弥漫着
甜的香味儿，香的甜味儿！
朦胧的烟雾中，我仿佛看见
土砖垒的喷香的红红灶膛
映红了外婆那微笑的慈祥的脸
干枯的红薯藤，在“喳喳”地欢叫
金黄金黄的松针，在“哧哧”地喜笑

1983 年 12 月 31 日邵阳市

雪中即景

轻盈地　自由地　欢快地
飞舞着　飘　洒　着
漫天大雪　大 雪 漫 天

楼房　街道　家庭　学校
呆板的　交叉的　格式
分割了　他的心　时间　空间

箭一般地　冲进纷飞的雪中
一只幼鸟　第一次飞进了大自然
孩子　找到了那个自己　真正的自己

1984 年 1 月 20 日晚邵阳市

河　边

天空
一个年老的寡妇
失去了唯一的儿子
恸哭得不再出声的脸

已经是春天

浑浊污黑的河水
漂浮沤泡着一切

一只打湿了翅膀的幼鸟
你的心在喘息在挣扎
簌 簌 簌
所有的树的枝头
射出了无数鹅黄的小箭

1984 年 4 月 2 日邵阳市

读 信

昏天黑地
黑地昏天
轰 轰 轰

那蔚蓝
那永恒的蔚蓝
那神秘的蔚蓝呵

宇宙的碎粒
从眼里，跌落
跌落到脸上地上

啊，那蔚蓝
那神秘的蔚蓝
那永恒的蔚蓝

原来是这样易碎的吗
原来是这样又咸又腥的吗
原来是这样易为尘土所吞没的吗

1984 年 4 月 12 日邵阳市

随感小诗

一

如潮的车流似疾风奔驰
霓虹的灯光梦幻般闪烁
喧嚣的混响迫不及待地震颤
而夜空只是广袤地默默深蓝
深沉神秘的宁静和凉意
猛然尖锐地刺进你心里

二

街道上，汽车喧忙着
车间里，机器欢叫着
小小的一角，打开的水龙头下
几只鸭子小孩子般在洗着脑袋

1984 年 7 月 31 日邵阳市化工厂

无　题

哦　这苦闷的人生　这烦恼的世界
光斑　形形色色的　向你涌来
排斥或是吸引 拒绝还是接受
你那小小的忙碌的心　真有点为难
强劲的风　只是往一个方向吹刮
鸟儿愿意不愿意　可身不由己
被胶住的蚂蚁　在拼命挣扎
真是活该　谁叫你有那么一颗小小的心
一只巴掌拍不响
另一只巴掌只好暗暗伤心
那不停地闪烁的霓虹灯　色即是空
空心的模特　装模作样地摆弄时装
大出风头　使人惊异　会赢得喝彩
稍微出格　驱逐扼杀你的可只是习惯
如意的太少　失望的不少　绝望的更多
那涌来的光斑　真叫你喘不过气来
袒露无遗的平地　不能够将你吸引
黑咕隆咚的深洞　你反要去探寻
相信的　你反倒上当受骗
怀疑的　却为你在默默努力
站在不可测的深渊的边缘
可怜的心　已经头晕目眩
专横的大风里　鸟儿
哪里还辨得清方向
小小的沉重的心　心
谁叫你还有一颗心呢

没有　倒也轻松愉快
唉　这苦闷的人生哟
这烦恼的世界

1984 年 9 月 2 日邵阳市

无　题

一

曾经有一个春天一个春天
闪耀在闪耀在你的面前

鸽子可爱的鸽子飞来了吗
也看不到看不到维吉尔的金枝[1]

门不曾打开呵春天好像在梦里
一个南极洲南极洲深入你心里

二

一朵红色的红色的火焰烧灼你的心
海洋的深度增加了多少米多少米

痛感自己的麻木自己的阴冷
用自己的头撞击撞击春天的大门
火热的血它流呀流呀
灼人地红艳的是春天是你

1984 年 11 月 23 日邵阳市

1. 维吉尔的代表作、史诗《埃涅阿斯纪》，写到特洛伊英雄埃涅阿斯（Aeneas）来到库迈（Cumae）向女预言家希贝尔（Sibyl）求教。希贝尔告诉他，他只有在圣树上砍下金枝并交给普罗塞尔皮娜（Proserpine）才能在地狱里见到他父亲的鬼魂。因此，后世以“维吉尔的金枝”寓意幸运并能达到自己的目的。英国画家透纳根据维吉尔史诗的这一情节，画有名作《金枝》。

断　章

过多的思虑
时间和空间爆炸又凝固
深深地叹息
蛇从冬眠中苏醒

奥林匹斯山坍毁了
一座新的又矗立起来
不过名称不同而已
已蜕皮的蛇在阳光下闪耀新鲜

1984年11月24日邵阳市

蛇的神话

——致诗友们

一

壮丽　辉煌的瞬间
燃烧的花朵　互相发现
时间　空间　交叉又重叠
蛇和我　交叉又重叠

二

果子　不是吃的吗
智慧果　不是给人智慧的吗
无形的金箍般的力
网住　压缩　沉淀
我的话语　我的思想
在深渊般的心底里
我还是我　我不是我
长长的曲线　柔柔的波浪
蠕动的是我的心　我的心

明白了吗　为什么不明白
果子　鲜艳得灼人呵
智慧果吗　只是一种虚幻的引诱
虚幻吗　倒也实在得很
不过　它可不是给人吃的
应该满足呵　一切是多么美好

三

伊甸园吗　伊甸园
你们十分十分满意
是的　一切都有
一切也都没有
啊　那果子果子
现在　你们明白了
不　不　千万别这样
我只是希望大家都觉醒
滚沸的仇恨痛苦的石头
噬心的眼光可怜的头脑
呵　你们你们　我的心
破碎了　化作满身的鳞片
我的眼睛喷出幽绿的怨恨
我的牙里颤动着自卫的毒液

四

小小的洞穴里　蛰居着
破碎的梦　冰冷的思想
燃烧的血液　化为冰水
麻木的绝望　结实的外壳
大地所有仁慈的热
也温暖不了我　我的心

蠢蠢欲动　在心底里
受伤的思想　受伤的希望

每年每年　我蜕掉陈腐的时间
空间　还有自己
阳光下闪耀的　是冰冷的
新鲜　新鲜的冰冷

五

漠然地　望着宇宙
疑惑地　看着世界
爬行　爬行　爬行
蛰居　蛰居　蛰居
永远永远永远吗
一个旋转的万花筒
晕眩地摇晃 啊 啊

看见吗梦见吗真搞不清
蛇　冰冷的孤独
冰冷的孤独　蛇
昂起头　吐出长长的红红的
嘶嘶的愤怒　那又有何用
天是蔚蓝的　比我幽绿的
眼睛　深沉温暖得多呵
它的心　却比我还阴冷
沉默　沉默　沉默
用我们的沉默建起一个天堂
进来呀　可爱的天使们
你们　尽可以纵情歌舞

六

壮丽　辉煌的瞬间
燃烧的花朵　互相发现
时间　空间　交叉又重叠
蛇和我　交叉又重叠

七

燃烧的花朵　燃烧了
自己　也烧燃了他人

熊熊的大火中　世界
升腾了　呵　伟大的火的洗礼

咆哮一声　凌空飞起
时间和空间　高举着
壮丽　盘旋的　我们
和我们　我们的　图腾

1984 年 11 月 25 日晚邵阳市

青年时代的世界

旋转的万花筒旋涡的深渊
沉重而痛苦的美快乐的晕眩

严峻的地平线残酷地粉碎了
轻盈、洁白、带翅膀的天使

晶莹柔嫩可爱的小小碎片
不时或强或弱地闪烁纯洁的光

想要攀登想要飞翔想要追寻
神秘的细语甜蜜的召唤飘动的幻影

睁开眼睛十分惊疑一条蛇一条毒蛇
衔着一朵花一朵天使般美丽的红花

一朵放射出前所未有的异彩的花
一朵世界旋转于其中的灼人的花

忽大忽小忽放忽合定睛细看
幻觉吗蛇长长的舌头在一吐一吐

蛇蠕动的蛇高低起伏的波浪
旋涡的深渊腾空飞来劈头罩下

一个非欧几何世界汹涌澎湃地
摇撼你啊那点呢线呢平面呢

一条直线不能画出圆而球体上
首尾相接的直线却是圆关键

就在这里三棱镜上闪烁的光
是真是假有时你也欺骗眼睛

旋转的万花筒旋涡的深渊
沉重而痛苦的美快乐的晕眩

1984年12月6日邵阳市

夜　思

一

夜。凄清的夜。

冰冷而晶莹的星星
纷纷扬扬，又
一个一个地
飘落进你心里

道路和房屋
悸动着哆嗦着
两旁的树木
瑟瑟地发抖

二

夜。凄清的夜。

一叶银白的小舟
空荡荡地摇晃着行进
暗蓝千百万年都是
那样广渺幽深神秘寒冷
牛皮糖一样粘呵
银白的小舟啊
你到哪里去

你能行吗
那又有什么
暗蓝它多美啊
我的生命能一点一点地
为它即使徒劳无功地浪费
该是多么多么的甜蜜

三

夜。凄清的夜。

满天的星星高叫着
在你的心里展翅飞舞
道路兴奋地蠕动着
房屋发疯般旋转起来

树木低垂着头闷声不响
呵，为什么没有朱丽叶的夜莺

花朵们软软地笑着
动情地相互靠紧

呵，祝福你们
祝福你们纯真的欢乐

四

夜。凄清的夜。

一条浮满星星的小河
呼啸着撞击你的心胸
睁大眼睛银白的小舟
依然在艰难地前行
如洞天石扉
你的心訇然中开
一股星星的喷泉
炽热地急急冲射
夜，纷纷剥落
血红的黎明
融进你的心他的心

1984年12月31日晚邵阳市

无　题

一

于是，所有的梦
都响亮地开放

我没有奔向朝霞
而是朝霞相互追逐着
一绺绺涌进我心里

悚然一惊
寒冷而凝重的冬日黎明
化为一团团乳白轻盈的朝雾

一只只五彩的小鸟
扑刺刺从心里飞起
所有的绿树，捧起了
一簇簇缤纷而跳跃的花儿

呵，如旭日的红光
歌声，从遥远的地平线
柔曼地闪烁着
注满你的心你的心

二

拉开帷幕
风沙一股股一股股
灼热地呼啸着
席卷而来

古老繁华的长安
艰难地呼吸着
微小的孔隙里透进来的
一丝丝灼热的金黄的生命

如跌进深渊的太阳
歌声，微弱地
然而顽强、执着地
在幽暗的深处闪烁

三

是花朵离开了春天
还是春天离开了花朵

夜色，浓重地弥漫开来
紧抓住一绺夜色拉长
细细地拉长放进嘴里
久久地咀嚼也不知是什么滋味

只有歌声

如婴儿喃喃的话语
纯净，柔美
动荡于心的深渊里

四

风沙除去，长安
耸立着，依旧金碧辉煌

一阵欣喜
然而鸟儿早已不在旧巢

黑色的山影铅块般沉甸甸地
压在汹涌澎湃的江心
唯有歌声
如洁白的乳汁
如清亮琤琮的小溪
在结了痂的心底里
时常隐隐约约地
滋润你的心你的心

1985年1月13日晚邵阳市

一角玫瑰般的天空

一个又一个
没有花朵的春天
贫血的孩子般
苍白地微笑

凄冷的月光下
一个沉重的身影
喘不过气来的笨熊般
压得庞大的夜不停地抽搐

拉长拉长沉重地拉长
拉得夜一般黑长的身影
绞死了月亮(可怜的月亮!)
热火火又冷冰冰地压迫我拖拽我

尖利的晕眩中，抬起头
一角玫瑰般的天空
哗地泻进我胸间
红艳地烧灼我的心

夜和晕眩，被远远地放逐了
我吁出一口口灰黑的疲倦
像一条可怜的小狗
紧跟着自己的主人
身影，亲热地依偎着我
呵，为什么不再压迫我

我不再是我自己
我已成为自己遥远的记忆

我真搞不清
哪是稚嫩、纯洁、芳香的
那一角玫瑰般的天空
哪是我自己

心，在急剧地颤抖
(这又痛苦又甜蜜的颤抖)
如五彩的焰火，心花缤纷
于是，我摘下这第一瓣心花

1985 年 1 月 19 日邵阳市

斯芬克斯

斯芬克斯斯芬克斯它没有死
它是简单又丰富愚蠢又聪明
是的是的曾经它以自己的智慧
小看过我们人类它遇到了敌手
高明得多的敌手俄狄浦斯那时
它才意识到自己是多么的简单而愚蠢
而人又是多么的深不可测
就像那奥妙无比的宇宙和海洋
它羞愧了它急急地往山崖下纵身一跳

今天我又遇到了斯芬克斯
由电视机立体声浸泡出来的
由西装太空服烫发装饰的
由系统论信息论控制论武装的
由古今中外一切文明喂养大的
它真正丰富而聪明它的谜语
可真是难猜初看它似乎是简单的
你觉得你明白了可你高兴得太早
你仔细观察过江水一天的变化吗
这味道有某种相似之处譬如说
上午你发现它还是碧绿碧绿
傍晚你就惊讶了它有点发白
夜幕降临它又变成了青黛
你说什么好呢哦斯芬克斯
它比江水复杂得多呵它的谜语
梦一般的闪烁变幻难以捉摸

你观察过天空吗远远看去
它只是蓝蓝的一片可用天文望远镜
或乘宇宙飞船深入其中探究
你会发现这是一个多么神奇的世界
幽深神秘广袤你所有的词汇
都难以都无法表述它的特征
你越探究你的心就越是迷惑
它是这样浩漫这样无边无际
你感到有一股寒意尖锐地刺着你的心
哦斯芬克斯你不也像蓝天一样
绞尽了我的脑汁使我的心我的情感
从狂热的波峰直跌到冰冷的波谷

呵可怜的我一会儿平静一会儿冲动
有时想用喷火的眼睛直盯盯地焚毁它
有时又想把它永远关闭在眼帘之外
哦斯芬克斯你的谜到底是什么什么呢
我徒劳无益枉自猜测那个谜
它时而向我微笑使我神魂颠倒
时而又板起面孔像一尊冷冰冰的
大理石雕像让我的心呆若木鸡
而我啊我也不知不觉成了一个谜
纵身一跳斯芬克斯猛然间
跳进了我的心你的心他的心

1985 年 4 月 9 日邵阳市

无　题

抓住它抓住那小鸟
它那悠扬婉转的歌喉里
有一个两个无数个艳丽的春天
哦顽皮的小鸟活泼的小鸟

抓住它抓住那小鸟
多少次你以自己的梦
面色苍白的梦满脸通红的梦
枉然地捕捉它哦缥缈的小鸟

抓住它抓住那小鸟
它正款款地飞向你的手掌
向你飞来的小鸟
你可千万不要放过

抓住它紧紧地抓住那小鸟
它的歌声里有无数个艳丽的春天
它一飞走笼罩你的将是寒冷的冬日
萧条又寂寞哦抓住那小鸟小鸟小鸟

1985 年 4 月 24 日邵阳市

这一个夜晚

这一个夜晚
这一个难忘的夜晚
这一个温柔芳香的夜晚
这一个月光流荡的夜晚
我和你 我们双双
走进了这个可爱的公园
含蓄又明白陌生又熟悉
拘谨又大方羞涩又大胆
谁似我们这样矛盾又充满诗意？
谁能感受得如此细腻真切又新鲜？

啊，微笑的柔情的月亮
还记得吗，贴着窗户的铁栅
你和孤独的我，曾久久地默默对望？
噢，圆月的夜晚，恋人的夜晚
单身汉只配到门旮旯里躲藏！
啊，墨绿的芳香的树林
你不会忘记，一个沉重的身影
长时间长时间在你身边彷徨！
啊，多嘴的热情的青蛙
你曾把我的寂寞拉得夜一般黑长
噢，美好的芳香的春天夜晚
孤独者只配早早地躲进梦乡！

我们漫步，我们坐下
我们品味温柔芳香的夜晚

我们品味皎洁美妙的月亮
我们品味升腾在我们胸中的诗
血管里的音乐和美好的遐想
月光潜潜，诗一般过滤世界
月光潜潜，音乐般在空中流荡
树枝摇摇，洒下一片片宁静
树枝摇摇，洒下一阵阵芬芳
虫声唧唧　蛙声阵阵 小草簌簌
这美妙的一切 只是为的我俩！
啊，能辜负吗，大自然的一片深情？
啊，能辜负吗，青春的美好时光？

这一个夜晚
这一个难忘的夜晚
这一个温柔芳香的夜晚
这一个月光流荡的夜晚
我和你　我们双双
走进了这个可爱的公园
含蓄又明白陌生又熟悉
拘谨又大方羞涩又大胆
谁似我们这样矛盾又充满诗意？
谁能感受得如此细腻真切又新鲜？

1985年5月4日邵阳市

给　你

给你一轮圆圆的银月吗
给你一朵盛开的鲜花吗
我初识的朋友，那很容易
可一开始就过于完美太缺乏诗意
假如戏一开场便是高潮
假如谜面才出口即告诉人谜底
那该多么多么地使人扫兴
不，我的朋友，我只给你
深蓝天空中一钩弯弯的月牙
融融春光里一朵青青的蓓蕾
以便有心的你疑惑诧异惊奇
最后喜出望外地发现永恒地得到
一轮完美的圆月一朵芳香迷人的鲜花
而我也在你的疑惑诧异欣喜中
得到一个完美如圆月芬芳若鲜花的你

1985 年 5 月 15 日邵阳市

必经之途

山
　山
　　山
　　连绵的
　　　　起伏的
　　　　　　山

山
　山
山
　　高低的
大小的
山

山
山
山
除了山
还是山
除了山
还是山
粘住你的视线的
山
纠缠你的思想的
山

山
饿蚂蟥一样
饱吸你的精力的
山
山
吸血鬼一样
痛饮你的时间的
山

你，战栗着
想拒之千里
又渴望得到
既满足
又痛苦
得到的
是奇形怪状的青青山色
失去的
是那么多的精力和时间

山
这令你厌烦又喜爱的山
山
这充满古怪魔力的山
唉，甜蜜的晕眩
甜蜜的晕眩笼罩了你

这是必经之途

1985年5月27日邵阳市

无 题

他们向前走去
走向宽阔自由的原野
原野荒芜而干燥
到处是沙砾他们栽树来了

命运的安排神奇的撮合
他和她他们双双去栽种
一棵绿色的树一棵植根于
历史时间心土壤中的绿树

一群群衣冠楚楚的人
涌过来涌过去一群群
衣冠楚楚的人僵卧在地
外表完美近前胸部已驻满蚂蚁

他们挖掘着沙土挖掘出
一堆堆白骨在挖成的深坑里
他们种下了那棵绿色的小树
长叹一声他们惆怅又满足

一座座摩登的高楼大厦
分割黯淡了天空一座座
新的高楼大厦正在修建
河沙水泥钢筋正凝固成混凝土

一个白发的老人正在翻着河沙

那白白细细的盐一样的河沙
一堆堆白骨在铲子里颤动成河沙
传送带把它送进混凝土混凝土

1985 年 6 月 6 日邵阳市

枫　树

静静地　自由自在地
挺立在山野里　那么秀丽

疾行的我　不由停住脚步
轻轻地　我走近你

满怀　青紫的　思绪
一颗　一颗　晶莹地　滴　滴

我打了个寒噤　我感到了
横亘于我们之间的　坚硬的距离

顽强地　我凝视你
你的血液　奔涌在我的血管里

我凝望成一棵枫树　我和你
跌进　一个遥远遥远的世界里

1985 年 8 月 2 日晚邵阳市桂花村

凝望夜空

久久地凝望地平线
我深沉的思绪刺痛了蓝天

这蓝色的大鲸，懒懒地
摆了摆尾，微微地动一动腮

我跌进了一个蓝幽幽的深渊
深沉的思绪早已烟消云散

蓝色的神秘白色的寒冷多么锋利
一动不动我多么害怕又多么欢喜

1985 年 8 月 29 日邵阳市

夜

戴着眼镜，你
也看不透这黑色的神秘

轻微的颤抖中
山岭，软化了

山脚下小小的池塘
扩展成天空

紫黑的静水
弥漫为空间

液化的树和小草
与蟋蟀一起编织柔和的梦

喧哗与骚动消失了
你静静地躺着，长吁一声

心灵的琴弦屏息敛气
等待着那只无形的手

“哗！”
一条鱼跳出水面

1985年11月14日晚湘潭大学

诗之意识流

当花不再被当作花的时候
无数只乌鸦涌起如漫天浓雾
白天和地球的运转被扇黑了
太阳的光辉也叫得嘶哑起来

在路上行走
一个窈窕少女的背影
牵引你这睁眼的盲人
一群鸽子飞舞起来
超前几步你浑身发冷
掉头归去似乎丢失了什么东西

有人在玩魔方
这神奇的六面体
变幻出种种花样
这又有什么新奇
不过是中国古老的七巧板之翻新
玩吧起劲地玩吧
玩过来玩过去不过是六种单色体
九九八十一九和九又有什么区别

过度的寒冷使人思念太阳
啊在寒冬腊月里走进林野
躺在枯黄柔软的草地
让太阳那无声无息的
母爱般温暖的手抚摸你

直到僵硬的寒冷变成柔软的暖和
直到一个个幻想嗡嗡地围绕你飞舞
如春日围绕鲜花飞舞的金黄的群蜂
啊太阳太阳在心里你一千次一万次
呼唤礼赞那太阳可爱的太阳伟大的太阳

1985 年 12 月 18 日湘潭大学

无 题

当那朵金黄的花在天空怒放
当地上的群花高举起自己的芳香
去礼赞那金黄的花香你也香气氤氲
噢就在这时春天辉煌灿烂成你

当大地像一只外壳破碎的蜗牛
在铁黑的天光里凄凉地瑟瑟不已
当天空以无数只怪眼紧盯着水中阴沉的自己
你也剧烈地疼痛啊冬天颤抖在你的伤口里

当一株树在水面倒映出来
它总是被放大或缩小

1986 年 2 月 13 日写于邵东牛马司
3 月 6 日改于湘潭大学

一线天

得到的是这么窄窄的一线蓝天
失去的却是那样蓝盈盈的一大片

成功了　也失败了
圆的起点也就是终点

1986年4月14日湘潭大学

小　河

有小河从梦中流过
醒来真见了小河
前也小河后也小河
左也小河右也小河
我不知自己是不是小河

小河流清亮地流
流出一条又一条小河
你的手里流出一条条小河
你的身躯波动成小河
天空也蓝蓝蓝蓝地流成小河

你是和小河一起来的清亮地来的
我分不清小河是你你是小河
我只看到我的倒影黑黑的倒影
它也透明地纯净地流成小河
我的心里也潺潺地流出一条条小河

小河流叮叮咚咚地流
叮叮咚咚地流过去了
我的倒影也叮叮咚咚地流过去了
留给我的——只有梦中的小河
和偶尔出现于天空的彩虹般的小河

1986年5月8日邵东三中（火厂坪）

自我之确立

——心灵成长史

一

从泥土中
钻出一棵
黏糊糊
弹性十足的
生　命

仿佛舞狮人
用红球
逗引着狮子
我以笑声
逗引得太阳
响亮地金灿灿大笑

我生长
世界在我的脉搏里生长
当我骑上
古老的高高城墙
驾　驾　驾
我的生命
把那古老坚硬暗淡的石头
都绿透了

世界是我的梦
我的花儿

我是世界的梦
世界的花儿

呼啦　呼啦
月亮长出了头
长出了翅膀
我骑上这银白的神鸟
在一个个神秘的国度里漫游

大自然的一切使我惊奇
我的一切使大自然惊奇
我不知道谁更惊奇

我的生命泛滥起来
绿遍了到处的山山水水
我不能想象　没有我
大自然该如何生存

当我飞跑
太阳也跟着飞跑
当我旋转
星星以优美的环舞
把我围绕

二

一颗亮闪闪的水晶
亮透了他　他的心

他拼命追寻
亮闪闪的水晶
用一副眼镜
改造了他的目光
改造了整个世界

水晶的世界
使他也水晶一般
两个水晶的世界
靠近了　融合了

他的行动
他的思想
都水晶一样
而他的水晶化
又使一切更水晶

水晶取代了一切
也取代了他自己
所有的一切
都必须水晶

突然间
眼镜破碎
他发现
自己只是一片落叶
翻飞在东南西北风里

抬起头

太阳
一个黄黄的大疖子
浓浓的汁水
往下直淌
哎呀
天地的创伤
好得真快
才一眨眼
天上就出现了
一个银晃晃的亮疤
而他的心

毕竟他只是一片落叶
无定的风把他投给
一个古怪狰狞的世界

世界缩小了他
他放大了世界
他缩小了自己
他缩小了世界

三

你终于知道了
你是我
你是他
你是世界
你更是你自己

当你意识到
你更是你自己
轰 轰 轰
五指山坍塌了
跳出了一个
无拘无束的齐天大圣
太阳慌忙后退
世界与你保持一定的距离
你扩大并缩小世界
世界缩小并扩大你
原来
世界只是世界
你只是你
你得屈服于世界
世界似乎也得屈服于你
谁知道呢
他不叫罗密欧
他还是他
你称之为“山”的东西
天知道它背后还有些什么

罗密欧只是偶然被叫作罗密欧的
“山”使你仅仅停留在“山”的表象
你自以为认识了一切
而你没认识到的实质
正在暗暗讥笑
你的狂妄你的愚蠢

你只是你
你只是一条河

你自己也难以认识自己
为什么你要扩散
为什么你又要汇聚
什么时候是扩散
什么时候是汇聚
究竟是扩散是汇聚
只有天知道
你只知道
你要前进
先得战胜自己
自己才是自己最危险的敌人
你得先以汇聚对抗掉扩散
才能对抗那些
被称之为“石头”“山”的东西

要认识世界
先得认识你自己
你是你自己
你是世界
世界是世界
世界是你
世界属于你又不属于你
你属于你自己又不属于你自己

毕竟你只是你
当你明确意识到这一点
太阳以一种全新的光线
呐喊着在东方出现

1986 年 12 月 15 日晚湘潭大学

白鸟死了

白鸟死了
最鸟性的白鸟死了
蓝天 鲜花 露水
全凝结成坚硬的黑暗

在它的向往中蓝天更蓝
在它的歌声里风景更风景
冲天而起　整个世界悠悠地
飘飞于广袤的蔚蓝里

笨重的砍伐声中倒下了一片片绿色的希望
恶臭的浓烟一股股熏黑了蓝天
白鸟逃去了　仓皇地　惊讶地
远远的天边游荡着一个白色的精灵

圆润的果子　红红的诱惑
劈面冲击它的眼睛
它感激地啄食着　啄食下
一片片逐渐扩大变硬的黑暗

白鸟死了　天地和心灵里
最鸟性的白鸟　死了　死了
静静的夜空中　两颗晶亮的新星
悲天悯人地凝视缺少绿的大地

1987 年 7 月 14 日邵阳市

无 题

朦胧的春光里
我们劈面相逢
神秘的紧张的一瞬
你嫣然一笑——
有什么向我们款款飞来
而我，低头沉思
片刻的迟疑终生的悔恨
抬头，你们都
不见踪影，不见踪影

1987 年 9 月 12 日湘潭大学

无 题

那一个春天
那一个欢乐奔放的新疆之春
在这荒凉的冬天又绽放了吗
在你孤凄的心里又大放异彩了吗

有人拿着望远镜
在仔细凝视
真正相识　是在那春天
那欢乐奔放的新疆之春

诗一般的新疆之春
诗化了一切诗化了你的心
你就是春天望远镜也难以分清
诗化的春天和诗化的你

真正懂得的太少
自以为懂得的太多
在你勇敢的怯懦和聪明的愚蠢中
春天既是春天又不是春天

哈哈镜已经戴上
变形的却是你的心
在一项伟大的决定中
你成为自己辛酸的滑稽

而这一个春天

诗一般的新疆之春重又绽放
欢乐奔放地飘舞出
痛苦的甜蜜与迷茫的清醒

1987 年 12 月 30 日湘潭大学

无 题

久久地遥望远山
远山模糊又清晰
太阳从那里冉冉地升起
每天每天你都有一种期待

远山的后面是远山
远山的远山后面还是远山
每天每天你期待又期待
期待着奇迹彩虹般出现

久久地久久地遥望远山
远山早已被遥望成遥望
你也期待成一尊灰色的塑像
夕阳徐徐地落下红得耀眼

1988年10月10日冷水江市

醉之歌

季节多病
时有龙卷风
张牙舞爪
肆无忌惮地
旋涡你于其中

以开始作为结束
把被动变为主动
聪明者一个个又一个个
旋涡成龙卷风

龙卷风愈来愈龙卷
遂有人蜗牛于地洞

遂有人以醉
人
于大地

东篱下
陶渊明拈自己成
一朵最美最酒香的菊花
悠悠然见南山多妩媚
而南山见他亦如是

月光中
李太白吐自己为

酒香浓郁的一首首诗
光耀千秋的大半个盛唐

未曾醉过的
未曾生活过
醉使你成为你自己
酒气森森
壁垒一阵阵龙卷风
咫尺如天涯

遂有人
踉踉跄跄
又轻轻飘飘
傲然于寂无人声的野外
仰天长啸
啸
一腔腔诗思
一份份真情
一股股豪气
一怀怀忧愤
成
酒香袭人
旋转闪烁
晶莹如玉的
满天星星

1988年12月28日晚邵阳市

无主题变奏（之一）

一觉醒来
早晨
一片金光灿灿
床铺
一个金碧辉煌的梦
纵身入云
喊全世界成一个自己
——一夜之间
我成了名人

目光目光目光
讥嘲成一把把锋利的手术刀
怜悯成一记记超重量级的老拳
不过鲜血淋漓而已
一声惊叹
遂使你成为自己的马奇诺防线
遂使你剧烈成十级地震
——啊，他是一只甲虫

我究竟是谁
我来自何处
我去向何方
一道闪电
闪我成世界万物
来从来处来
去向去处去

可椅子椅子椅子椅子椅子
即使我是椅子世界也可怜地
小得容不下椅子何况它的主人
我惶惶然仰首期待
期待成一只陷身沙漠的长颈鹿
终期待成自己等待中的戈多
也不知我等待戈多还是戈多等待我

灵光忽至瞬间永恒
垂首成庄严的如来宝相
彻悟佛即血淋淋的人生
安能眼睁睁菩提本无树明镜亦非台
风动幡动而仁者心不动
但尽情燃烧自己成能燃即燃的白磷

陡然纵身成轻灵活泼的孙悟空
长身跃立于珠穆朗玛峰之巅
仰首向茫茫又茫茫的宇宙
大哭三声复大笑三声
他人何尝是自己的地狱
你自己才是自己的地狱
画地为牢作茧自缚
自己才是自己最危险的敌人

1989年1月6日晨邵阳市

有　感

点此后所有的日子成金
也补救不了一个错误
一个错误一个美丽的错误
变你成终生背负沉重十字架的基督

爱你那么真
就算黄河之水天上来
就算是倒挽银河
也汹涌澎湃不了刻骨的相思

爱你那么美
弹你成缥缈的七彩虹霓
弹你成迷蒙流丽的月光
弹你成流丽月光下叮咚的小河

太爱你反而迷失了你
双眼圆睁我认识了自己
认识了这美丽的血淋淋的人生
认识了这稀奇得毫不稀奇的世界

骰子一掷取消不了偶然
偶然却掷你我成两粒永不对合的骰子
当日曾大唱特唱《上海滩》的主题曲
却唱自己成今天的冯程程与许文强

是喜是愁浪里分不清欢笑悲忧

成功失败浪里看不出有未有
此刻当一粒石子击起千层涟漪
我是分外清醒又格外迷茫

不管你同化变异成何等模样
就算我沸腾成千万个掀天的波浪
我也将铸这一段纯情这一段日子成金字塔
矗立光耀于遥远遥远的未来

1989年1月8日晨邵阳市

下雪的日子

下雪的日子雪下个不停
下你成一份份翻飞的喜悦
下你成一份份重坠的沉郁

大雪柔柔曼曼你成柔柔曼曼的诗意
大雪飘飘洒洒你成飘飘洒洒的欢欣
大雪纷纷扬扬你成纷纷扬扬的童年

大雪迷迷蒙蒙你成迷迷蒙蒙的雪花
你迷迷蒙蒙向那迷迷蒙蒙的宇宙
反被那迷迷蒙蒙的宇宙迷迷蒙蒙你
成迷迷蒙蒙的雪花中的一尊四不像

你遂独自撑着一把黑尼龙伞
听大雪在伞上踢踢踏踏地跳迪斯科
在万径人踪灭的河边徘徊又彷徨

不该说的已说得太多
该做的却尚未开始
该明白的早已明白
不明白的永远不会明白

再不能"啊"自己成五彩缤纷的童年
再不能"啊"雪花成铺天盖地的欢欢欣欣
再不能"啊"世界成一声纯真清新的惊喜

未到三十你已懂得了人生
要来的终究会来活一辈子你终有所成
未到三十你已理解了侯德健的孤独
微微含笑看那宁负天下人的张艺谋

可徘徊又彷徨的不是旧时月色
而是在汽车与机器的远远喧嚣声中
梅花的清香也早已刺鼻成各种腥臭

白雪的世界冰冷赛霜
冰冷了你冰冷了你的心
白雪的世界晶莹如玉
却再不能晶莹你晶莹你的心

那孤独地徘徊又彷徨的究竟是谁
河边的大雪也不能使你认识自己
何况是使迷失的自己复归你自己
雪地上空留下一行又一行深深浅浅的足迹

1989年2月1日邵阳市

无主题变奏(之二)

终等待成摇摇晃晃的梦
梦摇落等待纷若尘埃
再没有什么地方可去
再没有什么事情可做
空气的一个个分子间威胁
鬼火般闪闪烁烁忽明忽暗

列车行驶隆隆的车轮声
碾蛙鸣夜更幽为黑色碎片
长夜难明曙光似已永埋黑暗
列车飞奔起于何地去向何方
一只小船茫然于风暴迭起的大海
纷纷纭纭有人下车又有人上车
多一个不多少一个不少
列车只是浑浑噩噩地隆隆向前

想哭哭不出声想笑笑不出来
来从何处去向何方何必挂怀
我是什么几千年的追寻都成悬案
什么都是什么都不是
茫茫的梦如荡起的涟漪一个大似一个
列车昏头昏脑地跌跌撞撞前行

威胁威胁空气成一只只旋涡般的怪眼
怪眼旋涡成紧紧跟随你的黑影
你无处可去无事可做没啥可想

黑影滴溜溜怪圈成第二十二条军规
八面来风轻轻荡起你一片树叶
似浮非浮似落非落无轻无重
如醒如梦无奈地玩杂技于永恒的怪圈
浑无感觉得过且过以酒以球以女人

1989年5月27日邵阳市

端午节

端午节
是男子汉的节日

男子汉高瞻远瞩
高瞻远瞩却陷男子汉为无休止的痛苦
男子汉爱故乡爱祖国
爱却使男子汉成为一次次放逐
男子汉十足的诗人气质
诗人气质却分裂男子汉
成激烈斗争的两个世界
男子汉总是勇往直前
勇往直前最终引男子汉走向死亡

男子汉常常写诗
以自己的人格自己的鲜血自己的生命
男子汉本身是一首伟大的诗
天地间永远熠熠生辉的诗
诗难得如千年的陈酿
独一无二不可模仿醇香无比
男子汉们闻之豪兴勃发
小人们却闻出了自己的无耻与卑劣
而小人们总是比男子汉更得势
于是上官大夫郑袖楚王们纷纷
掷自己的卑劣无耻向男子汉

男子汉的一切太过男子汉

太过男子汉使他别无选择
唯有尽倾自己亿万年永绿的生命
亿万年永红的鲜血向广袤的宇宙
写最后一首辉煌悲壮如夕阳的诗
跳汨罗江为永恒的历史银河
跳自己为一枚千百年闪闪发光的金钉
钉上官大夫郑袖楚王们于历史耻辱柱

男子汉轰轰烈烈地生
男子汉轰轰烈烈地死
男子汉轰轰烈烈的生与死
使怯懦者的生命异常苍白
使小人们的生命毫无价值

端午节
是轰轰烈烈的男子汉的节日

1989 年 6 月 12 日邵阳市

郴　州

漫山色青青
尽丛丛灌木
细手细脚地
指天画地
凄诉那一场
遗恨千百年的大砍伐

汽车喧嚣地
分开了东西南北
再没有女儿红
亦没有古藤荫
让人醉卧春寒深闭的孤馆

成似水柔情如梦佳期
香囊暗解
罗带轻分
杜鹃声声啼残夕阳
飞红万点舞愁如海

仅冬茅草
狗尾一般
朴拙地摇曳
些许的古意
“万公祠”
悠闲浑厚地
盎然古意着

郴江幸自绕郴山
流诗人流岁月成
一个个神秘永恒的
谜

1989年6月18日郴州市

荒诞的八月

八月
天空热腾腾地
蓝幽幽着
太阳寒飕飕地
蒸发干万物的水分
人
失眠地沉睡着

八月
蚂蟥们
圆滚滚成
一个个巨人
人
伶仃瘦小成
一只只蚂蚁

八月
蛤蟆们
以强大的气流
鼓噪热烈的白昼
成大雪前后
冷浸浸的寒夜

一点唾沫
淹死了
所有的蚂蚁

1989 年 8 月 31 日晨邵阳市

醉

醉
我听见四周冰层
惊惶的断裂声
一座眩目的辉煌壮丽的宫殿
轰然坍塌
一切怒视瞠目结舌
一切拖拽颓然倒地
一切压抑灰飞烟灭

醉
尽情地醉自己成
一个陌生得熟悉的我
一个贴近得遥远的我
一个成熟得幼稚的我
一个我之为我的我
一个在众人惊怒的眼中
放大为魔鬼的我

醉
世界早已荒诞成真实
荒诞地醉自己成
一个荒诞的自由的我
货真价实的荒诞一层层地
醉意醺醺地揭露荒诞的真实
几千年的风沙淤积
唯有醉能使人片刻超升

醉

豪放地醉

多疑成小心翼翼畏畏缩缩的狐

生命随日子一叶叶萎黄腐烂

明知自己不过是匆匆过客

却只能眼睁睁看一群群黑虫

吞噬艳丽得夺目的青春花朵

我活着不是为我自己

醉

孤注一掷地醉

死气沉沉地长命百岁

不如辉煌壮丽的一道闪电

生命不在于它的长短

而在于它的密度与价值

醉尽情地醉

尽情地醉于你愿陶醉的一切

1989 年 12 月 27 日邵阳市

秋　天

晴朗的秋天亮丽成水晶
水晶的秋天里一切透明如水晶
风景透明得更风景
蓝天透蓝得发出纯蓝的强磁力
空气透亮得使你感觉不到空气
红于二月花的漫山遍野的霜叶
金黄得耀眼金黄成喜悦的田野
透明得如同经过了诗的过滤
水晶的秋天里
有一种水晶般透明的诱惑
水晶的秋天里
有一种水晶般透明的邀请
你跃跃欲试不知不觉间
也透明成一亮丽的水晶

1990年10月15日洞口县竹市镇

下车后

脚踏上坚实的土地
此身方如从太空中返回
回复重量自己也回归自己
轻轻地挥手拍打衣服
拍打去灰黑的疲倦、尘土
和沾满全身的死亡的阴影
蹦一蹦跳一跳把自己蹦跳成
摆脱了死亡追踪的
一枝青翠的骄傲

经常的交通事故
粉碎了人的神话人的自信
一踏上车即感觉生命不再属于自己
即使伟大如林肯孙中山
即使大彻大悟如释迦牟尼
即使才高飘逸如李太白
喷洒的鲜血也绝不会盛开成春天
你也只会战栗成亲人记忆中
一朵凄美而锋利的白花

1990年11月5日洞口县竹市镇

月　夜

天空青蓝成幽幽的神秘
月色溶溶不眠者整夜地
把月色流连成加糖的牛奶
一朵记忆开得如此温馨凄美
你月光下的笑容竟比加糖的牛奶
还香还甜你混合着溶溶月色的许诺
竟比太阳还鲜艳还辉煌

月圆月缺宇宙依旧幽蓝地漠然无垠着
月缺月圆生命却一叶叶又一叶叶
或金黄或苍白地粘时间而飘落
许多年的品味却只把人生品味成
未加糖的咖啡浑浊苦涩了溶溶月色
而那朵记忆却越抹越如影随身
在心灵的深处那样的凄美又温馨

1990 年 11 月 5 日洞口县竹市镇

梨　花

梨花
早已开成
高手在小提琴上
拉出的月光曲了

一种圣洁和凄美
使你颤抖得
明确意识到了
自　己

块块青石
发出朝阳般绯红的叫喊
漫长的沉睡猛然惊醒
一个蹒跚的身影
笨拙而沉重地
抖落满身板结的
麻木与庸俗

你轻松成你自己
你圣洁凄美成
一树梨花
一树纯洁的天真
天真的浪漫
浪漫的童年

毕竟，你是在梨花中长大的
圣洁凄美早已是你的骨髓

1991年4月29日邵阳市

垂　钓

将一段灰色平庸的日子
将一个积满尘垢的自己
轻轻地
　　抛
　　　　入
　　　水
　　里

时间　空间
舒展成一片
清新四溢的
绿水悠悠
　　悠悠绿水
青山　绿柳　白云
还有垂钓者
荡漾成金灿灿的阳光下
闪烁着无数三角形的
粼粼波光
　　波光粼粼

 浮
　标
　　下
　　　沉

哗

钓起了一条红光闪闪的欢乐
钓起了一尾鲜蹦活跳的自己

1991年10月20日邵阳市

蜜 橘

一夜之间
江南的灵气
竟在漫山遍野的
绿油油的枝头
开放成一粒粒一簇簇
银白地叽叽喳喳的小小星星

春风温柔地抚摸过
太阳甜蜜地亲吻过
月亮皎洁地洗浴过
农民的汗水慈爱地滋养过

于是，枝头那
圆润的春风般的绿色
最终亮丽成
一颗颗金灿灿的太阳

一颗在握
竟有历史般的沉重
剖开
飘飞而出的是
屈原灿烂的《橘颂》
张九龄深沉的叹息
阳光般金黄的芳香
月光般银白的甜蜜

1991年10月21日邵阳市

白水洞的故事

当秋像一个熟透的苹果
芳香地落入我的手里
白水洞再一次把我拥入
她那野性的壮美的怀抱

那年的夏天一切都热得发狂
我见山不是山见水不是水
在白水洞我们播种了一个故事
一个白水溪一般纯洁透明的故事
一个滴水岩瀑布般潺潺绵绵的故事
一个白水洞一般野性的美丽的故事

岁月依旧在山坡在山顶
漠然地青了又黄黄了又青
风依旧年复一年起劲地
讲说大自然五光十色的神奇

秋已成熟我们的白水洞的故事
是否早已熠熠着成熟的美丽
过分的文明吞噬了野性的美
过分文明的我们自觉地凄艳成悲剧

秋已成熟我已成熟
如今我见山是山见水是水
夏天过去是秋天秋天后面有冬天
我和白水洞都静静地闪烁着美丽的野性

1991 年 10 月 25 日晚新邵县严塘镇

秋游白水洞

白水洞的秋景野性地美丽
文明的我们在最初的一瞬间
竟全都沉重地凝立成一尊尊塑像
最终怒放成一朵朵艳丽的花

满腔的激情爆发为青春的长啸
青春的长啸悠悠地回荡成
滴水岩绵绵不断的瀑布
飞奔着迸溅迸溅着飞奔

我们一齐弯腰一齐出手
白水溪纯洁的透明上
跳跃着一颗颗玲珑的童心
飘起了一阵阵欢笑的水花

螃蟹们横着爬出满地的惊奇
蚱蜢们的翅膀震颤着一串串新鲜
五光十色的花光怪陆离的果啊
缤纷着大自然的富饶与神秘

野性的美丽的大自然
使我们全都放射出美丽的野性
我们抛撒下满地玫瑰花般的笑声
和漫天飞舞的青春绿色的歌声

1991年10月26日新邵县严塘镇

又见白鹭

一声枪响
风景
血
淋
　　淋
　　　地
　　　　往
　　　　下
　　　　直
　　　　坠

没有你
东风再母性
也只能染田野成
三千顷碧琉璃

悠悠展翅
三千顷碧琉璃
再一次高翔起
白色的灵魂
风景更春天
田野更诗

你的飞临
使乡村风景成动人的永恒

1991 年 11 月 8 日新邵县严塘镇

月　夜

那只银白的蜘蛛
在中天以如梦的光网
使网内的俘获物
全都开放成一朵朵梦

梦在神游我也在神游
以超光速的速度
爱因斯坦惊讶得直吐舌头
历史闪烁成一团团星云

当　两盅相碰
太白呵你无须再对影成三人
我与你一杯一杯复一杯
三百杯后酒酣兴豪
你绣口一张吐你的诗
为醇香醉人千秋永辉的月亮
我仰天长啸
啸一腔郁愤满怀激情
为旋转颤抖晶莹如玉
酒气森森闪烁如三角形的
满　天　星　星

伸手捏一把恐龙背上的月色
竟是儿童的肌肤般光滑柔嫩
今月曾经照古人当那条鱼
以异样的勇敢跃上陆地

它可曾意识到这是一个
伟大得难以置信的奇迹
冷森森如磷火的月色竟流畅成柔美

星云爆炸那只银白的蜘蛛爬了出来
它竟惊愕成一朵凄艳的谜
我来自何处去向何方为何而来
世界走马灯似地飞速转换

人生代代无穷已　但那个谜
早亲密成人类的影子神游的我
也神游成一朵凄艳的谜不知自己
来自何处去向何方为何而来

1991年11月21日晚邵阳市

天鹅之死

——观同名芭蕾舞有感

高傲地　昂首
向蓝晶石般的天空
把自己唱成
幽深神秘如大海
优美飘逸若白云的
最后一支恋世曲

要体验的全都体验过
该生活的全都生活过
当翅膀悠悠地飞舞成
最潇洒最柔美的旋律
它再也分不清自己是宇宙
抑或宇宙是自己

轻轻地飘落于碧波之上
静静地等待那神圣的时刻
万顷碧波以粼粼的波光
簇拥起一尊纯洁的高傲
从此死不再阴森恐怖
死成为一种崇高的美

1992年3月1日邵阳市

嫦娥奔月

长久以来她心中那枚晶莹如玉
渴望美如圆月永生如圆月的信念
已被炽热的焦虑孵化成
一只柔美如月光的小小白鸽

白鸽展翅　衔来不死之药
轻盈如同滟滟波光中的云影
惊喜仿若初次翱翔的天鹅
她随小白鸽一同缓缓飞升

非鱼　却领略了鱼游的滋味
非鸟　却饱尝了鸟飞的乐趣
群星在身边金灿灿地交换目光
宇宙依然遥远地发出蓝莹莹的召唤

在宇宙也喜悦得蓝光一闪的瞬间
是她飘进了圆月还是圆月融合成她
从此嫦娥就是月亮月亮就是嫦娥
她使月儿更纯美月儿使她更永恒

周围是天风潜潜的寒冷与清冽
脚下是波光闪闪的蓝色孤寂
后悔吗痛苦吗不在人间她也常常
把自己凝望成一轮高洁孤独的圆月

1992年3月8日邵阳市

放风筝

当风筝高高地飞起来
你突然发现
天空竟如此广大晶蓝
春天竟如此柔美醉人

你不禁奔跑成一团跳跃的火
满身的积垢遍体的麻木灰飞烟灭
沉闷的过去现实的忙碌纷纷遁迹
你——轻松成越飞越高的风筝

在柔美醉人的春天里
在晶蓝的晴空中
你逍遥得骨头都酥软了
梦幻如白云簇簇起伏于蓝天

放风筝　放出了
一份无拘无束的写写意意
放回了一个多梦的童年
放飞了一个真正的自己

1992年4月3日邵阳市

沉入蔚蓝

——观杨丽萍同名舞蹈有感

一个温暖如母爱的诱惑
一个幽秘如远古的诱惑
在召唤在强烈地蔚蓝召唤
强烈成一团五光十色的晕眩

你无法抗拒你战栗地惊喜
惊喜成欢快舞蹈的一片水波
那蔚蓝的召唤使你深深跌入
一个你恐惧不已又渴望已久的深渊

世界高速旋转成一片光怪陆离
你的双眼早忙碌成灰黑的疲倦
那蔚蓝单调得神秘神秘如未来的梦
那深渊恐怖得安全安全如母亲的子宫

沉入蔚蓝沉入神秘沉入深渊
一条鱼逍遥成海浪优美的节拍
一只海鸥轻盈成宇宙神秘的韵律
蔚蓝明媚成阳光下轻漾的波光粼粼

1992 年 6 月 22 日晚邵阳市

滕王阁

令人目眩的辉煌的一瞬
滕王阁放射出艳丽迷人的光辉
他那年轻的才气横溢为灿烂的异彩
是他灿烂了滕王阁还是滕王阁光辉了他

古老的南昌故郡翘首等待
如镜的碧绿赣江不安地企盼
终于滕王阁成为洪都新府的画龙点睛
南昌与赣江倏然升腾为美妙的风景

美妙的滕王阁也在美妙地盼望
盼望使自己永恒的宿命的时刻
吹啊吹啊风神站在一叶洁白的船帆上
逆水行舟的近千里航程凝缩为短短的一夜

他潇洒地站在滕王阁的最高层
心境舒展明丽成共长天一色的秋水
自身的悲辛人世的沧桑宇宙的无穷生命的短暂
幻化为那只孤鹜悠悠地与落霞齐飞

他大笔一挥挥洒起自己满腔喷涌的才思
隐隐地传来天神为他伴奏的音乐声
从此滕王阁成为中国永恒的壮美风景
而他也成为千古不朽的一个动人传奇

1992 年 10 月 13 日绥宁县长铺镇

云漫南山

湖南省邵阳市城步县南山牧场，最高峰海拔1940米，在那里可以饱览雄奇如塞外的南山全景……

在南山一千九百四十米的峰顶
潇洒地站成气喘吁吁的最高峰
把强烈的征服欲好奇心用一声“噢呵”
响亮而满足地抛撒给方圆八十里的南山

这一声“噢呵”竟激动了天边的云雾
一丝丝一缕缕它们柳絮般轻飘而来
一块块一片片它们成团地急涌而来
雄浑如塞外的南山早已雾裹云遮

云漫南山铺天盖地地漫八十里南山
成浩浩渺渺白浪汹涌的一片云海
漫南山的最高峰为一朵硕大莹白的莲花
而我是白莲的花苞中最挺拔的花蕊

1992年10月15日绥宁县长铺镇

爱

——给妻

我对你的爱
已年轻永恒成一片青山
在亮丽的阳光下
它只是温静的平凡
当一阵骤雨驰过
满腔的深情
便缓缓地升腾为
轻柔的云雾
缭缭绕绕成
漫山的洁白

1992年10月23日绥宁县长铺镇

阳　台

——给妻

当夏天的夜晚成熟为迸裂的饱满石榴
抛撒出漫天圆润光灿的颗颗水晶
我们的爱怒放成花盆里的天竺葵
耀眼的红焰灼烫着夏夜柔软的肌肤

阳台舒展柔化为一片温馨洁白的云
摇荡成细浪轻喃波光潋滟的湖
我们深深地坠入一个透明的梦里
融化成含蕴万物的流质银白夜色

万籁俱寂你畅快甜美地长吁一声
无数的星星轻如雪花柔若柳絮
一齐亮晶晶地飘飘扬扬向我们定睛一看
竟是我们一个个美丽的梦美妙的欢乐

1992 年 10 月 29 日绥宁县长铺镇

十八茅湾

是你打开了画图还是画图打开了你
一幅活生生的长长手卷色彩斑斓
把颠簸的自行车左旋右转地不停向前牵引
每一道湾都是一道五光十色的颤动的惊喜

仅有半边枝叶的那颗松树在山顶自觉成翠绿的旗
几个人合抱不了的大树浑身爬满蓊蓊郁郁的古意
长尾巴的野鸡倏地飞舞起缤纷的惊奇
高高的瀑布哗哗啦啦地飞溅起透明的欢欣

古朴的木屋上电视天线与明眸皓齿的影星
在亮丽的阳光下粲然炫耀着现代的文明
疲累的我们被素不相识的主人热情地让进屋里
满怀感激地大口吞咽着一杯杯浓浓的纯朴古风

1992年11月2日绥宁县长铺镇

六鹅洞

绥宁县黄桑自然保护区著名风景点六鹅洞，群峰环抱，林木蔽日，飞瀑轰鸣，蔚为壮观。其得名有一个发人深思的美妙传说：七仙女下嫁董永后，六位姐姐多次下凡看望，偶然发现此处风景优美，而人迹罕至，乃各使法术，使周围遍布奇卉异草以锦上添花，长满佳木美树以屏障遮蔽。六娥时常在此沐浴嬉水。一日，一樵夫过此，为女子青春的欢笑所牵引，窥视之下不觉大喜，乃偷偷藏起六娥衣裙，意有所图，终被六娥发觉。她们把樵夫变为一块石头，而已身化为六只洁白天鹅，躲入流泉飞瀑所冲激成的一汪深潭的一个洞中……

当他狂喜地自以为窥知了天庭的秘密
握有了逼近或打开宇宙奥秘的万能法宝
就在这时自然命定的惩罚无情地降临
愚妄的人啊你来自自然复化身于自然

遍地的奇卉异草缤纷着自然的神奇
漫山的佳木繁荫蓊郁着自然的伟力
自大的人啊你以生命为代价窥视到的
究竟是六位仙娥还是六只洁白的天鹅

岁月在这里飞流成奔腾即逝的晶莹银河
宇宙的奥秘一年年或绿或红或青或黄
只有六鹅洞的美妙传说和洞旁的那块石头
让旅游者一代代彻悟成罗丹的《思想者》

1992 年 11 月 9 日绥宁县长铺镇

圆月夜

——给妻

今夜月亮已圆成一轮透明的皎洁
月正圆时乡愁也圆思念也圆
今夜的圆月如此美丽又如此忧伤
我心灵深处的潮汐也美丽又忧伤

悠悠的思绪如月光银白地洒了一地
漫步月下把自己漫步成瞬间的杜工部
娇儿是否在睡梦中紧抱久别的爸爸
你一定独倚阳台让满怀的梦纷纷含苞怒放

神奇的绿洲青山绿水醇厚的人情
如陈年的佳酿芳香醉人回味悠长
仅仅一口就使自矜量豪的我醉意醺醺
却怎么也灌不醉那枚小小的乡愁与思念

今夜月圆圆成你美丽又忧伤的脸
遍地悠悠的银辉你绵绵无尽的爱情
我如痴如醉在月下漫步又徘徊
让乡愁与思念晶莹成一轮圆圆的彻夜无眠

1992年11月10日绥宁县长铺镇

剧院里

台上的影剧开始时
台下的戏剧也拉开序幕

伸手偷偷摸一把柔嫩的滑腻
有人开始大胆又心怯的热恋

流他人之泪乐他人之乐
有人灵魂跌入另一片风景

神游天国却捡回一捧五彩珠贝
有人又一次领悟了人生

在热闹中慢慢地咀嚼孤寂
有人细品了时光忽浓忽淡的滋味

台上的影剧已经结束
台下的戏剧却还在延续

1993年10月7日北京大学勺园

书本的联想

——有感于毛泽东主席的读书

一

当他打开书本
一个崭新成战栗之喜悦的世界
打开了他

当桌上小小的油灯
燃尽了韶山冲的沉沉黑夜
一轮红日躁动于黎明的东方

二

多年的伏案勤读多年的苦苦探寻
艳丽成层林尽染红于二月花的霜叶
会当水击三千里的鲲鹏兀立橘子洲头
仰天长啸问苍茫大地谁主沉浮

于是面对茫茫九派流中国的局势
愤然挺立于龟蛇锁大江的黄鹤楼头
让酒啸作激扬文字扶摇直上的豪气
让心潮澎湃成漫江汹涌的滔滔巨浪

于是井冈山的星星之火从农村
包围向城市并熊熊地燎整个中原
而千难万险的二万五千里征途

灿烂成浩瀚历史中一条光辉的银河

三

当他打开书本
一个古老得亲切陌生得熟悉的世界
封闭了他

而宇宙飞船这人类科技新文明
已辉辉煌煌地进入嫦娥那久寂的月宫
电子时代也即将把人升华为全新的世界

1993年10月24日邵阳市

春　天

激情与温度一道直线上升
飘扬的裙裾把少女们轻轻摇曳成
一条条多彩多姿的柔美金鱼

天空中七彩的云全都盛开在树上
紫丁香白丁香榆叶梅的芳香
浓郁成彩色地嗡嗡的一群群蜜蜂

梦是忽如一夜春风来的梨花苹果花桃花
银白或粉红地叽叽喳喳在千树万树的枝头
希望唰唰地绿透了空气阳光水和每一心灵

思念萦飞成莹白诗意的漫天杨花
气候突变江南的橘树一夜之间异化为枳
真情纷纷零落成雨后路上沾泥的柳絮

1994年4月27日北京大学勺园

梅　花

一朵花开就已放逐了冬天
阵阵芳香粉红地扩张了你的眼睛
集体无意识在心底纷纷绽蕾
轻轻地摇曳成一枝枝生动的美
理念与具象如离魂的倩女合二而一

于是春天怒放成一种新奇的感觉
回忆绵延如流水希望飞舞如鸽群
你是你自己又不是你自己
澎湃如潮的激情很春天
飘扬如柳絮的梦很春天

1994 年 5 月 3 日北京大学勺园

月　光

——观杨丽萍同名舞蹈有感

今夜的月光已不再是月光
而是一首首经过美的过滤的诗
一个个飘飞如彩蝶的梦
一种幽蓝如远古的呼唤

孔雀在翩翩起舞清风在翩翩起舞
月光在翩翩起舞宇宙也在翩翩起舞
在一个宗教般虔敬的美的祈祷里
我们忘记了自己又记起了自己

月亮圆圆亿万年的时空圆圆
全宇宙都翩舞成流丽的月光
广袤的星空里燃烧着辉煌的神秘
到处荡漾的是悠远的鸿蒙鸿蒙的悠远

1994 年 6 月 21 日北京大学观杨丽萍演出后

星月夜[1]

——观凡·高同名画作有感

甲虫般的屋舍里
栖息着顽强的生命
充满敌意的世界
凶险如一个巨大的黑色旋涡

你那基督般的爱
火热如血恢宏如宇宙
凡俗的人世谁能理解
卑微的生命谁敢领受

于是太过饱满太过丰富的激情
汹涌成似欲爆裂的银河
太过深厚太过广大的爱
膨胀为扭曲如弓的宇宙

那硕果般的月亮和星星
圆睁成一只只怪眼
起劲地闪耀着
光怪陆离的神秘和苦涩

那深绿的柏树
战栗成一炬炬绿色的火焰
那连绵起伏的山丘
波动成心灵的一段青紫的抽搐

1.《星月夜》，一译《星夜》，是凡·高的一幅名画。

而那不怀好意的黑色静谧
能否清宁灼灼燃烧的神经
那纤细如针的教堂尖顶
能否安顿一颗含蕴六合的心灵

1994年10月20日新邵县严塘镇

翠　鸟

当片片红霞熠熠成斑斓的锦衣
而袅袅雾气轻盈成洁白的梦境
翠鸟是一团飘飘飞舞的绿色火焰

当青绿的细枝弯曲成鸣奏的琴弦
而清莹的碧水荡漾成亮丽的旋律
翠鸟是一个起伏颤动的绿色音符

当悬崖峭壁傲然脚踏喧嚣的滚滚红尘
而清寒的天风在巢边讲述宇宙的神秘
翠鸟是一种翡翠色的玲珑的孤独

总是翩翩翻飞在悠然自得的独来独往里
总是峭立成千姿百态的自然的一帧风景
翠鸟是一种独特的生存方式一种清纯的美

1994 年 10 月 25 日新邵县严塘镇

滴水岩瀑布

这绵绵不断的时光
迸溅着飞奔
　　飞奔着迸溅
轰然劈头砸下
　　劈头砸下
　　　劈头砸下
白花花
　　雾蒙蒙

大自然的风
永恒地吹拂
人世的色彩
多少度变幻
饱经沧桑的我
已步入深沉
莹白单纯的你
却一如既往

1994年11月5日新邵县严塘镇

附

《滴水岩瀑布》原创新图像诗

这绵绵不断的时光
迸　　轰　　飞
溅　　然　　奔
着　白　劈　雾　着
飞　花　　头　蒙　迸
奔　花　　砸　　蒙　溅
大　饱　　　　　莹　人
自　　经　　下　　白　世
然　　沧　　劈　单　　的
的　　桑　　头　纯　　色
风　　的　　砸　的　　彩
永　已　我　下　你　却　多
恒　步　　　劈　　　一　少
地　入　　　头　　　如　度
吹　深　　　砸　　　既　变
拂　沉　　　下　　　往　幻

1994年11月5日新邵县严塘镇

野葡萄

不能更紫晶一些了
每一颗都已紫晶得够饱满
每一颗都已紫晶得够圆润
每一颗都已紫晶得够深沉
每一颗都已紫晶得够梦幻

一颗颗野葡萄把山林变成星空
一嘟噜饱满的紫晶
就是大自然一嘟噜美妙的童话
一串串圆润的紫晶
就是大自然一串串动人的传奇

这一份饱满而圆润的成熟呵
这一份亮丽而芬芳的野性呵
如此纤柔圆腻的生命里
竟如此熠熠地紫晶着
大自然的七彩的神奇

1994 年 11 月 10 日新邵严塘镇

变

一阵轻风飘然掠过
大地泛起一阵微颤

不要说一切还是原样
房顶的风向标已转换方向

一朵硕大的黑灿然舒苞
一段蓝色的幽香悠然鸣响

空气汹涌成一江奔流的春水
江水里漂浮着一双双眼睛

1994 年 11 月 17 日新邵县严塘镇

木芙蓉花

当金黄地芳香的风
悄然擦亮秋光
你嫣然燃烧
煮沸了无数双眼睛

流星一颗颗飞逝进茫茫黑暗
只留下一线线苍白的叫喊
在恬淡的自开自落中
一颗心彻悟成禅

蚂蚁们徒然艰辛地
搬运着忙碌的时光
灼灼的红艳怒放成
一片瞬间的惊喜

宇宙
一辆脱轨的高速列车
一朵不朽轻轻摇曳
艳丽了苍白的无限

1994年11月18日新邵严塘镇

石头记

自女娲炼石补天以后
天空总无休止地铺排石头的颜色
人渴望睡成愉快的石头
石头企盼摇身一变而为人

地动天摇巨石爆裂
石猴子再七十二变
也逃不出如来佛的手掌心
头上的金箍炫耀着人类的威严

悄然潜入白玉为堂金作马的世家
无非亲历一场结局为白茫茫大地的幻梦
反倒让那个潦倒不堪的穷小子曹雪芹
永恒成一块光耀千秋的和氏璧

上帝死了神灵的女娲死了茫茫天地间
最干净的依然只是变成狮子的石头
人的呼声泪水纷纷坠落的颗颗石子
没有翅膀无法飞翔只能一再沉重自己

1994 年 11 月 25 日新邵县严塘镇

春

很春很春了
大地潮涌的每一朵蘑菇梦
都已霓虹着春的芳香
漫山遍野的鲜花
海洋成灿烂的五彩云
把每颗年轻的心都花透了
蝴蝶的翅膀轻轻一闪
就一片流丽的风景
鸟儿们那绿油油的歌声
绿醒了亿万年的沉睡
田野中农民锄地那铁质的声音
诠释着生命的进程生活的真实
劳碌的双手中
烂漫着一朵朵崭新的希望

1995 年 4 月 9 日邵阳市

兰　草

当幽谷幽远成整个宇宙
寂寞是你青黛的呼吸
孤独是你深绿的外衣

任红尘红灼了世人的双眼
任人心骚动成喧嚣的黄金
一如既往你是造化造化是你

久久酝酿悠悠的思绪
灿烂成生命挺直又袅娜的
一朵朵雪白米黄粉红

索性敞开一襟幽香
一任多嘴多舌的风
轻轻重重高高矮矮地去传说

当上下求索的屈原纫你为佩
你便光耀千古为怡性移情的
一枝响亮地芳香的人性

1995 年 9 月 28 日邵阳市

向日葵

——为哲学家画像

太阳那洪亮的笑声
多少次由红变黄又由黄变红了
宇宙与自身的奥秘
依然奥秘如那朵硕大无垠的黑夜
仰头屏息静气地仰头
仰自己的头为一个青翠的圆圆雷达
银白的敏感是一根根神经
旋转不懈地随太阳旋转着画圆
左圆右圆前圆后圆上圆下圆
层层叠叠的圆却只圈住了你自己
探寻调动每一根神经探寻
每一个探寻都绽放一至几朵疑问
成千上万个成千上万颗疑问沉重了你
把你沉重为茫茫大地上青枝绿叶中
镶满金黄的一株——?

1995年9月29日邵阳市

吴刚伐桂

银白的斧声叮叮地敲打着
月宫里桂香般氤氲的晶莹凄清

是你在伐树还是树在伐你
叮叮的斧声银白为一片漫漫时空

人世的色彩亿万度
或红或绿或黄或黑地变幻

不能疲倦的你依然起劲地
挥舞着一道道银白的年轻

树的芳香四溢的顽强生长
使你成为一种芳香四溢的永恒

命定的苦役金灿灿地流芳千秋
苦斗的过程霓虹成生命的辉煌

1996 年 1 月 29 日邵阳市

月亮与人

人，诗意地栖居大地上。
——[德]荷尔德林

月月　年年
从雾蒙蒙的荒漠里
践约一般缓缓升起
皎然一轮永恒丰满的年轻
凄然一朵晶冷孤独的美丽

片刻的漠然惊异之后
人们便低头忙于寻觅洞烛黑暗之火
制造更锋利地砍伐自然与同类的武器
仅有一个女人把长久的守望永恒的信念
飞升为一株奇瑰灿烂永照人间的传说

年年　月月
如水的清光柔情地洒满人寰
片刻的漠然惊异之后
人们便低头忙于用繁殖功名利禄权谋征战
装饰苍白的时间和软泥般的历史

漫漫的长河中仅有那么几位诗人
在花香浓郁如海潮的清丽春晚
在天高气爽如未经污染之灵魂的秋夜
让心灵深处涌动的沉睡已千万年的人性
美丽成一轮人见人爱的永恒皎洁

1996年9月28日湘潭大学

秋　夜

一切的喧哗皆已敛迹
浮躁的骚动渐渐平息
清如水深似海的夜空
永恒漫漫地幽蓝成
甜蜜又澄澈的悠悠静谧

1996 年 9 月 30 日湘潭大学

菊　花

东篱下
不是陶渊明在采你
倒是你那金灿灿的嫣然一笑
采撷了整个陶渊明

一片妩媚漫溢宇宙
柔绿如波光潋滟的春水

南山是他他是南山
他是茫茫天地间
最生动的一朵妩媚
最人性的一枝芬芳

一种金灿灿地混沌的境界
幽幽地风流万古

1996 年 10 月 12 日湘潭大学改旧作

失眠夜

漫天飞舞的数字
已白热成一道光亮的门
你再也无法液体为
举世沉醉的黑色甜蜜
倒挂于潜藏于深埋于结茧于
心灵深处的种种欲望
不再蝙蝠而出蘑菇而出
雨后春笋而出翩翩飞蛾而出
也不再花朵成
一枝枝摇曳不已闪烁不定
可以任意无限扩大或缩小的
红橙黄绿青蓝紫

披衣而起鱼游于漫漫静谧
芸芸众生遗弃的世界
那鸿蒙的深渊
为你全然洞开自己的奥秘
你战栗地惊喜狂欢地恐惧
沮丧地振奋懵懂地明白
你来自来处去向去方
似乎回到了久已忘却的遥远故乡
你被剥夺了一切
又被赋予了一切
你从单一进入混沌
升腾为既是一又是全体的本真

1996 年 10 月 15 日湘潭大学

鳜　鱼

当唐朝的春天盛开为漫野的桃花
桃花灿烂地笑成一片风流的明媚
当幽幽的流水盈盈碧绿如诗
比遍地的春草更柔嫩更富生机
当一只只白鹭翩翩翻飞成一帧帧风景
风景优美为诗人那飞扬飘逸的情思

鳜鱼呵你溯如诗的绿水而上
肥美成中国江河里特有的一种名贵
悠然自得地摇头摆尾进一首词
陶然澄洁为一个圆融淡泊的意境
使张志和在斜风细雨中怡然忘归
让文人们千百年来渔父梦难醒

1997 年 6 月 29 日湘潭大学改旧作

无　奈

工业文明铺天盖地城市了大自然
大都市星星般七彩斑斓的霓虹灯
苍白了太阳的金黄月亮的皎洁
物，很人地东南西北风着

人，一株理性得烂熟的科学
电子计算器自傲地精确了世界的神秘
神性的光辉湮没于科学的沙漠
灭绝物种的幽灵冷睨着万物之灵长

人，很物地东南西北风着
人与人之间近得比什么都远
退路早已断绝一切别无选择
夜色忧郁成漫天浓黑的无奈

1998 年 2 月 26 日怀化市

白蛇传

当寂寞由鹅黄嫩绿而深绿
终于枯黄地叶叶飘坠盖满空山
人世的吸引力战胜了你千年的法力
你少女的身姿春天了三月的西湖

一把油纸伞隔开了自然界的风雨
圆圆成阴阳两极对合的暖暖人情
撑开了伞底玲珑春心的漫天风雨
命运之雨似乎总这样突然又及时

电闪雷鸣的漫天暴风骤雨般的爱中
许仙那颗凡庸的心晕晕迷迷
你狂喜人与自然终于再次和洽一体
你却丝毫不懂人比自然更险恶更奥秘

金碧辉煌的城市灯红酒绿了人心
衣服鞋帽房屋重重壁垒了人性与大自然
人类焚烧自然的本性冶炼引以自傲的文明
你是文明人恼羞成怒地忆起本源的异类

懂得并能调动宇宙神奇的你无法理解
法海莫名其妙的发难许仙惊恐万状的逃避
人不过是万物之一丝毫也不比你高明
水漫金山爱漫金山却无法漫溢许仙的心

高高的雷峰塔矗起了人类自豪的文明

高高的雷峰塔囚禁了自然的神性与美丽
白蛇的爱情故事香艳了一代代嘴巴与耳朵
最母性的大自然却在默默无言地流泪哭泣

1998 年 2 月 27—28 日怀化怀园宾馆

无　题

日子随滚滚车轮遍布各地的游子
羡慕地望着在屋边土里锄地的农民
——我是一棵漂泊的树

成年累月钉在土地上的农民
嫉妒地注目飞驰列车上的游子
——我是一朵生根的云

1998 年 4 月 4 日茶陵至株洲列车上

宝庆山庄听雨

晴朗的天气
繁忙的天气
乡愁如一柄黑黑的小伞
折叠于心灵的一角

熟悉的土地
亲切的口音
乡情如满溢生机与灵气的春天
绚丽了苍白的想象

一夜雨声
悠悠扬扬地
轻弹慢拨着
兴奋愉悦的无眠

雨声暂歇的黎明
索性让那柄黑黑的乡愁
淹没于朝天椒味很浓的如潮蛙声
乡梦嫣然绽放如漫山的桃花梨花

1998年4月12日晨4点半邵阳市宝庆山庄

蒙娜丽莎

刚刚迈出上帝
那全能父亲的阴影
人自身的神话还只是
云海中时隐时现的半月

清醒又迷惘自信又疑惑
放纵感官享乐又追求精神天堂
人字大写又诚惶诚恐于上帝的偶像
这一切织成时代这匹锦缎

自然，千变万化的神奇形象
人，宇宙的精华奥秘如宇宙
几十年抑制不住的迫切探寻
怒放为一朵千古传奇万载芬芳的神秘

远山起伏如自然青黛的玄奥
小路蜿蜒无尽如难穷的人心
溪水潺潺地墨绿如朦胧的梦
时间是蒙娜丽莎嘴角那一缕笑

置身于时间空间这永恒的谜
人的存在注定只是一种牺牲
不可了解的世界中全力挣扎的痛苦者
深深领悟了那千古之谜的笑意

1998 年 4 月 14 日湘潭大学

灿　烂

漫树的槐花
银白的香气灿烂
林野的鸟儿
芬芳的歌声灿烂
翩飞的蝴蝶
缤纷的姿影灿烂
晴朗的初夏早晨
五彩的宇宙灿烂
大自然的挚友
健美多梦的心灵灿烂

1998 年 4 月 19 日湘潭大学

我与蜜蜂

书桌上打开的书本
敞现了一个幽蓝的世界

窗外随风摇曳的橘树
灿烂着一片洁白的芳香

《上帝·死亡和时间》
我深深陷入宇宙的幽蓝

似有一道电光穿透混沌
宇宙的幽蓝依旧微笑成神秘

一只金黄的蜜蜂迫不及待地
钻进刚刚绽放的五瓣洁白的芳香

芳香的洁白轻轻合拢小小蜜蜂
发出一阵阵甜蜜又痛苦的嗡鸣

1998年4月20日湘潭大学

白　发

不知何时
岁月这只鸟
竟悄无声息地
在我刚步入中年的头上
孵出了几茎芦花

我以爱怜融化了
新竹般茁茂的孩子的讶异
当年父亲也这样
以慈爱的眼光
抚慰了我童年突兀的惊呼

1998 年 4 月 27 日湘潭大学

地球村事

轻轻一按电视开关
地球村的重要村事直扑眼前

计算机化了所有传媒所有头脑
世界——一台被遥控的庞大机器

以蝗群扑食庄稼的速度
摩天大楼吞噬着大自然

霓虹灯再七彩
也艳丽不了日益苍白的生命

看他人的戏时
可还有自己的梦

1998 年 8 月 20 日夜湘潭大学

秋　日

金黄的阳光还微微咬人
晶莹的凉爽顿使天高地旷
高大的樟树亭亭如巨伞
老叶新叶融合着油油阳光
多层次的深红暗绿鹅黄……
不知是绿是黄的樟树芳香……

鸟儿跳跃鸣叫在棵棵树上
如雨点在伞面嬉舞欢唱
豌豆大小的粒粒樟树籽
倏然坠下声声圆润的轻响
黄绿或紫晶地相继嵌入
亮丽的寂静明媚的幻想……

1998 年 9 月 7 日中午湘潭大学

菱　角

一个晶亮的秋日
母亲上街卖菜
挑回一担疲惫的昏黑黄昏
给孩子买回几只弯弯的新奇

这水产的弯弯的小小新奇
黑黑的犄角般的菱角
黑黑着母爱的深沉
犄角着牛郎故事里老牛的神秘

四处野鸭和菱藕
落霞与群鹜齐飞
秋水共长天一色
菱歌互答融进了满湖的浮光耀金

重重叠叠的高高山岭
窄小了碧莹莹的天空
粘住了山里孩子远望的视线
却粘不住山里孩子飞腾的想象

1998 年 10 月 5 日（中秋）益阳回湘潭车上

流星雨

一场千年难逢的流星雨
绚丽了深夜和人们心中的黑暗

化身为千千万万颗灿丽的流星
孩子们逍遥地雨游在茫茫太空

人生一世当悲壮奇丽如是
流星雨雄浑成青年的壮怀激烈

逝去了美好的青春过去的时光
流星宏丽地雨着老年缤纷的回忆

流星雨绚丽了深夜和人们心里的黑暗
酿就了一场心悸魂荡回味悠长的壮丽

1998 年 11 月 18 日上午湘潭大学

中　年

有时在黎明朦朦胧胧醒来
沉沉的睡意紧粘住欲睁的眼睛
头脑却似置身雪中山林般清醒

一阵阵黑里透红的凉意轻轻袭来
蟋蟀在细细低吟自然幽黑的神秘
早起的鸟儿偶尔掉下几声短促的轻啼

过去的一切蜂拥着历历游走于脑际
酸甜苦辣咸一齐开火轰击神经
生活是如此可爱又如此无趣

而未来像又光明又黑暗的晶莹幻影
在云端冷峻又妩媚地遥遥招手
灵魂麻木又迅速地受着牵引

1998年12月8日湘潭大学

一束光柱

长久的黑暗
眼睛和心灵都蝙蝠了

一束光柱
透屋顶的隙缝轰然直入

融化的黑冰汹涌为
卷起千堆雪的一江春潮

尘埃烟起雾合
云彩成一朵朵红艳的奇思异想

光柱，幻丽着天方夜谭的圆圆水晶
人，似醒非醒的一只梦寐

1998年12月18日湘潭大学

1910 年 10 月 28 日[1]

终于跨出了这一步
远古第一条鱼跃上了陆地
世界迷惑着惊惶着兴奋着
在悲愤中成熟的果子悄然落地

道德的自我完善
灵魂深处燃起熊熊炼狱之火
精神如蜕皮的蛇痛苦地年轻
世俗的眼中你却像蛇眼幽绿地怪异

长期的神俗鏖战
屹立圣洁的境界高处不畏寒
忘我的博爱遍施人民吝啬了亲人
无情的深情涌向世界悲剧了自己[2]

你满头如诗的银发历史地灿烂了
1910 年 10 月 28 这个黑冷的秋夜
你 82 岁的辉煌使阿斯塔波沃车站
永恒地人性为春光无限的“绿棍子”[3]

1998 年 12 月 20 日湘潭大学

1.1910 年 10 月 28 日，82 岁高龄的托尔斯泰经过长久酝酿，离家出走，途中着凉生病，1910 年 11 月 7 日病逝于当时无名的一个小火车站阿斯塔波沃。

2. 托翁晚年达到了极其圣洁的精神境界，一切为了贫困的人民，极力平民化，欲放弃贵族的一切特权，把家产、稿酬等分赠人们，遭到家人的激烈反对，十分孤立，愤而出走。

3. 托尔斯泰童年常在树林中寻找传说中有魔力的“绿棍子”，它能告诉人获取公众幸福的秘诀。

偶　感

在落叶飘零满地坠黄狼藉的时候
一个女人的背影远远地融入蓝空

她的温柔曾月光了你的灵魂
她的笑容曾春花过你的梦境

你曾灿烂地歌德了一瞬——
永恒的女性引领我们飞升

而世上最短暂的莫过于永恒
最易碎的莫过于一颗痴情的心

在落叶飘零满地坠黄狼藉的时候
一个女人的背影远远地融入蓝空

1998年12月27日湘潭大学

战争，在爱情中继续

爱情，是两颗异性的心灵
在耀眼的电光中美丽地熔合

红艳的高热诗意了一切眼睛
古老的性敌对却原罪般血液于心灵

爱得越深就越想专横地完全占领对方
而越是爱得痴情的一方就越发奴隶

比翼的心灵竞相泯灭对方的意志和自我
终必分出胜负的战争在爱情中继续

1998 年 12 月 30 日湘潭大学

尘　缘

——给一位郴州女孩

苏仙岭的秀气
飘逸在你的脸庞
东江湖的清莹
灿丽于你的神态
你温柔古典
一如秦少游的小令[1]

郴州的隆冬暖融融
你眼睛的星星也暖融融
进入郴江的碧水有幸邂逅郴山
毕竟绿梦翩翩地流下潇湘
一朵淡蓝的小花倏然舒苞
馥郁的芳香喃喃地诉说无定的尘缘

1999年1月26日郴州市

1．苏仙岭、东江湖都是郴州的著名美丽风景点，宋朝词人秦观曾贬谪郴州，写下了名作《踏莎行》（雾失楼台），最后两句是："郴江幸自绕郴山，为谁流下潇湘去。"

旅　行

一只蜗牛
奋力挣脱
阴冷的硬霉
潮湿的陈黑
爬向绿意盈盈的未知

世界海洋着敞开
一种利刃削皮般的清新
一种锥心刺骨的天蓝
一种剥离又生长的腾升
一只似蜗牛又非蜗牛的蜗牛

1999 年 3 月 21 日晚
张家界至广州 329 次列车上

无　题

战栗于黑夜黑艳的广袤诱惑
却被白昼晶亮的光辉一把拉回

海洋的蓝色呼唤
月亮着心灵的潮汐

幽暗的小屋
却漠然铜墙铁壁着

垃圾堆以五彩斑斓的牙齿
蚕食空间

死亡的魔指一触
时间就倒地为一个个骷髅

机器的喧笑声
丰产了物质和人的欲望

一个少女在林间
柔情地爱抚仅存的独角兽

1999 年 5 月 13 日湘潭大学

诗

当芸芸众生
越来越怡然自得地
蛆虫于
滚滚黄流

诗
只能很贵族地
蓝丽
仰视的目光

1999年8月28日上午湘潭大学

食堂的早班师傅

食堂的早班师傅
把细细白雪
和着浓浓黑夜
搓长揉扁捏圆

蒸笼开处
一屉屉热气腾腾的星星
它们是莘莘学子眼中
翻译黑暗的光明

1999 年 8 月 31 日晨湘潭大学

卖菜的老农

泼洒肥沃的生命
浇灌土地的灵气
挑在肩上
一筐筐新鲜的绿色四季

脸上
黧黑的沟壑纵横
以雕刻的力度
显形奔流的岁月

我的双脚
倏然深深扎进大地
我的双手
蓬勃成浓浓的翠绿

贫血的苍白思维
柳絮飘浮的想象
饱满地石榴着
沉甸甸地向日葵着

1999 年 8 月 31 日晚湘潭大学

无　题

欲望的隧洞深处
喧嚣地驰出一列列火车

一堆堆腐烂了的旧梦新梦
青翠地饱满了一株株玉米

一条乳白的鲸鱼
被追捕成莫比·迪克[1]

霍霍飞舞的圆形诡绿怪异
是天外来客还是心灵的幻觉

俄狄浦斯乘坐火车
来到了现代忒拜城[2]

1999 年 9 月 5 日湘潭大学

1. 美国小说家麦尔维尔的《白鲸》，原名《莫比·迪克》，是捕鲸者对一条乳白鲸鱼的称呼。

2. 俄狄浦斯是希腊神话中的英雄，他曾猜破了狮身人面的妖怪斯芬克的谜语，拯救了忒拜城，但他在命运的捉弄下杀父娶母，又受神的惩罚，给忒拜城带来了灾难。

红蜻蜓

红红红红的蜻蜓
红红的稀奇红红的美
像早晨的太阳
来自一个神秘的地方

飞舞空中
一朵红光闪闪的欢乐
停留草尖
一帧摇曳想象的风景

沿着阳光的金路
融入永远欢快的那轮朝阳
飞满红蜻蜓的童年
红艳了黑沉沉的成年

1999 年 9 月 6 日湘潭大学

神　秘

风声的喧嚣中
听风的你
飞飞扬扬地翻卷成
喧嚣的风声

无边的寂静里
倾听寂静的你
光灿为太古之初
第一朵莲花

1999 年 9 月 8 日湘潭大学

牵牛花

向上向上再向上
强烈的愿望
咬破黑沉沉的封闭
艰难成长长的攀援

嫉妒的造物主
得意于一切都是自己的精心算计
要是有一棵罕见的高树
接通天庭永恒的蓝晶

理想都花朵成清丽的晶蓝了
却趴在断垣灌木上仰望蓝天
只有用稠密的无言悲愤
吹奏一曲蓝紫的忧郁

1999 年 9 月 14 日湘潭大学

诗

天地交汇物我融合
灵气粲然成簇簇素美
淫雨干风轮番酷虐
生命纯属偶然而且艰辛

沉甸甸的幸存橘子
笨拙了橘树轻倩的身姿
橘树浑身辉耀着
孕妇的庄严与神圣

生命的果实灿丽着
圆润的红红欢乐
面对死亡幽深的黑洞
高扬诗意的无中生有

1999年9月22日湘潭大学

木芙蓉花

悲凉的浓雾
弥漫了千山

随风摇曳的红萼
竞放成灼灼的无言

韵律着的圆转红艳
默默诠释了苍白的迷茫
结实为禅

1999 年 10 月 6 日湘潭大学

无 题

跳跃在林梢枝头
鸟儿们鸣啭着阵阵欢欣
轻轻展翅，抖落下
一羽羽绿色的无忧无虑

弯腰驼背的棵棵橘树
累累果实日盛一日地
由草儿绿变成月亮黄
又从月亮黄奔向太阳红

一切，透明如水晶
蓦然间，心灵的深处
雾涌起茫茫的一片
没来由的凄楚和烦忧

1999 年 10 月 14 日湘潭大学

世界：我和你

一

以黑云压城的威势
毁灭咄咄地进逼地球

人是宇宙的精华万物的尺度
我自豪地征服掠夺它的一切

疯长的高楼大厦狭窄了空间
无尽的欲望吞噬着有限的资源

西方的科技文明召来了
毁灭这黑色的庞然魔鬼

二

剥你的皮流我的血
你是树我是人已难以区分

我心痛楚你愁容满面
我是人你是虎豹心心相连

放逐冷漠无情的“它”
用友爱织一张保护地球的金网

世界只有：我和你
互爱互助血肉一体

三

以如来佛五行山的法力
超我重压着本我这猴子

他人就是地狱
他的毁灭之火冶炼出我的真金

皈依自然调谐对立弥合分裂
像梭罗简朴快乐地生活于瓦尔登

超我与本我和洽成
海上漂流的一座浑然冰山

取消他的概念用我和你创造
一个春光融融的平等对话世界

1999 年 10 月 20 日湘潭大学

桃　花

一朵两朵十朵百朵
开得太不尽兴
索性漫山遍野
恣肆地朝霞着
无边的灼灼浪漫

开在先秦
春天夭夭地
绽放如火的红艳激情
朴实热烈着
青春的爱情青春的民俗

开在唐代
春天诗意着明媚的风流
崔护随手拈起一枝
就摇曳成一位少女刻骨的梦
传奇着万古动人的一朵凄艳

而今，灼灼的浪漫
却只能闪电般
霎时间艳丽
匆匆的现代人
满眼的灰色迷茫

2000 年 3 月 26 日晨岳阳

梦 雨

春天是梦的季节
梦鹅黄在樟树的枝头
梦红艳在桃树的树梢
梦雪白在梨树李树丛中
梦金黄在油菜地里
梦翠绿在河边的草地上
梦甚至就是春天

梦不知为什么梦
梦不知为什么春天
只是尽情地梦
只是尽情地春天
过分地尽情反而使梦
蒙蒙成蛛网般的丝雨
蒙蒙的丝雨中江南越发诗意了

2000 年 4 月 1 日长沙市

栀子花

雨里鸡鸣一两查，竹溪村路板桥斜。
妇姑相唤浴蚕去，闲着中庭栀子花。
——[唐]王　建

这迎着鼻子叫唤的
白灿灿的响亮幽香
倏然焊接起
中唐雨水淋湿的那个夏日
和二〇〇〇年初夏这个晴朗的清晨

野性的生命力
漫不经心里蓬勃成
闪烁着深沉绿焰的青翠
潇潇洒洒地绽放为
飘飞出洁白韵律的芳香

却只能永远如此地幽寂
永远孤独地闲着
空自喷吐迎着鼻子叫唤的芳香
在中唐雨水淋湿的夏日
在二〇〇〇年初夏晴朗的清晨

2000年5月23日湘潭大学

梦与人生

梦是一种第二生命。

——[法]奈瓦尔

一群蝙蝠
悄无声息地
倒挂潜藏于
心灵的隐秘洞窟

悄然展翅
阳光灿烂的人生
扑喇喇地展示
阴暗而广阔真实生动的一面

2000年8月20日怀化市

黔阳芙蓉楼怀王昌龄

横溢的才气化作朵朵莲花
把你托上诗家天子金灿灿的宝座
但使龙城飞将在不教胡马度阴山
拳拳爱国心只换来醉生梦死者的冷眼
孤洁恬淡　与物无伤
而官场的游戏规则是
你的孤洁反衬出他人的贪鄙
你不踩别人别人却以你为垫脚

于是谣言沸腾着紧逼如狼烟四起
点燃了帝王与高官的黑色惊慌
一贬岭南情何以堪再贬龙标
蛮荒的龙标却默默地迎你
以原始本真的青山碧水明月
和淳朴广阔的火热野性

太白的愁心霍霍飞舞为皎洁的月亮
枉自盈盈倒影于碧水悠悠的㵲水
你绣口一张随意吐出的风流
竟化女苗王的强悍为可人的风雅
你的宽厚仁爱使龙标的各族
仿如沅水和㵲水无间地汇融
阴雨绵绵羌戎的讴歌夜猿的啾啾
虽如微雨沾衣惹起一层凉凉的愁意
当竹丛青青又轻轻地挂满夏夜的凉爽
青山碧水明月接通了友谊抚慰了寂寞

屈原兰芷的芳香
贾谊鹏鸟的忧郁
楚虽三户亡秦必楚的楚地精神
已氤氲于胸飘逸于你的佳句妙吟间
即使寒雨连江冷暗了前途
楚山兀兀耸立着青黛的孤独
你依然如龙标那经冬犹绿的橘柚
一片冰心悠悠地莹彻于玉壶

2000 年 8 月 24 日晚怀化市

无　题

一切都四散了，再也保不住中心，
世界上到处弥漫着一片混乱。
——[英] 叶芝《基督重临》

耀眼的电光中
金灿灿的中心
焊接熔化于
白茫茫的沙漠

宇宙碎裂　虚无漫溢
遍地的各色乌鸦
以黑乎乎的叫喊
起劲地克隆世界

思想的草原
无垠地翠绿
牧放的却全是
他人的马群

梦无法欢欣地霓虹
只能黯然黑晶
神秘的孔雀死了
计算机般精确的程序耸立

2000 年 10 月 8 日湘潭大学

贝亚特丽齐[1]

宿命的激情欺骗了眼睛
圣洁的理想瞒哄了感情
当那一身火红的朝霞
燃起九岁心灵红色的地震
当那一袭飘逸的洁白
灿烂成十八岁灵魂的天堂
你就是我神圣的生命理想
由你，我窥见了伟大的上帝
而今，你竟把自己轻盈的白洁
与世人崇拜的沉重的黄金融织
也许，这才是生活的真实
人，毕竟是靠物质活着的动物
我的激情能唤醒你沉睡的风暴
却不能让你再悠悠咀嚼月夜的静谧
我的理想能升华、高扬你
使你银晃晃辉耀千万代眼睛
却无法让你在当前的尘世活得更好
唉，初恋时我们全都爱的是激情的幻象
对理想的执着使我们陷入痴恋的单相思
不，贝亚特丽齐，贝亚特丽齐

---

1. 贝亚特丽齐，意大利诗人但丁的理想恋人。但丁一生只见过她三次，却终生热恋她：第一次，是九岁那年，她穿一身红装；第二次，是十八岁那年，她穿一身雪白的衣裙；第三次，但丁去参加一个银行家的婚礼，却发现自己的梦中情人竟成了别人的新娘。后来，她因病早逝，但丁痛苦不已，把爱恋她、悼念她的诗歌，用散文连缀成一个整体，取名《新生》，并在传世名著《神曲》中让她成为进入天国的纯洁天使，且引导自己游历天堂。

你依然是我的最爱我的理想
我不愿也不必分清现实梦幻和你

2000 年 10 月 24 日湘潭大学

玛甘泪[1]

爱情是宿命的幸福
也可能是宿命的灾难
我们的一见钟情是慢性毒药
使纯真恬静的你杀母丧兄溺子
最终在疯狂中毙命

两股力量牵引着我
一股使我贪恋尘世的幸福
一股导我向纯净的天空飞升
我是急欲爆发的火山
爱上我你只能悲壮地焚毁

爱情往往是盲目的
盲目的爱情在可怜的人世
导演了成千上万个悲剧
悲剧证实、显现了人生的意义
当事者的经历与感受却太过酷烈

天国的幸福怎能补偿
你尘世惊心动魄的惨酷经历

---

1. 玛甘泪为歌德《浮士德》中的女主人公之一，本是偏僻小镇的平民少女，纯真知足，安于现状，后爱上浮士德，为幽会给母亲服用了过量的安眠药，使母致死，其兄也因反对她的恋爱而死于浮士德的剑下。后来，她又迫于社会舆论，溺死了自己与浮士德的私生子，被捕入狱，死于疯狂之中。最后，她进入天堂，成为赎罪天使，并把死去的浮士德的灵魂接引到天堂，从而留下千古流传的名句："永恒的女性，引领我们飞升。"

你把自己绑上一枚飞驰的火箭
短暂的高速幸福晕眩后
只留下剧烈燃烧的悲壮美

2000年10月28日湘潭大学

黑夜·星星

阳光被束进黑夜的发夹
落日像壮丽的人生
宿命地坠入茫茫的空无
黑暗以水的姿态
浩瀚了有形的空间

一颗颗星星
以亮丽的语言
诠释着自由意志自由选择
悲壮而辉煌的燃烧中
纷飞起一只只意义的彩蝶

2000年10月31日湘潭大学

白　石

一块白石
站在那里
以静默的语言
诗意着自然的大道

目光悠悠
千万年的情缘和历史
在人与石的心灵间交流
宇宙从来就是一个有机的整体

轻轻抚摸
一道雪白的激光
直透心底
五颜六色的花纷纷凋谢

白是生命的本真
石是自然的神奇
只是偶然的奇异瞬间
人才能与石心心相印

2000 年 11 月 18 日湘潭大学

听钢琴神童缪茵钢琴演奏

你轻轻挥手
一个无形的月亮
引发了平静心海的潮汐

雪浪腾空惊涛拍岸
千万条火蛇飞攒
朝着同一个方向

麻木的神经焦灼不宁
心灵的陈皮层层剥离
世界美得令人晕眩

当烟波浩淼的水声
轻轻呢喃着
清晨的无边宁静

经过痛苦的褪皮
一轮崭新的红日
冉冉地升上海面

2000 年 11 月 19 日下午
湘潭市群艺馆听演奏后

即将入海的河流

是的你孤独而静默地行进
过去和未来竞相牵扯着你
深沉是一种成熟也是一种丧失
未来是梦也是一份力量一种恐惧

源头初起泉水叮咚
一种透明的清纯欢快了天地
自然的灵气凝聚
野性的生命力激荡
未来是一轮即将喷薄而出的旭日
燃烧起你清晨的如火朝霞
用欢快的旋律诗意崇山峻岭
以韧性的清纯柔软花岗岩的意志
在万丈高崖喷发心灵的激情
铺开生命的一幅亮丽风景

拼命地向前贪婪地吸收接纳
你成熟为一条温静的深沉
舒缓的广阔从容着迷人的风度
粼粼的水波闪烁出多层次的绿色
外界的干扰只能掀起你表层的波浪
内心深处却自有蔚蓝的方向
但当蔚蓝的震动遥遥地传来
黑色的惊慌如乌云倏然涌现
昔日透明的欢欣历历游走目前
那份青春那种豪勇如今不再

而海蔚蓝的海在蔚蓝地召唤
海是一个幽深博大无垠的境界
过分的幽深博大无垠融化了一切
你不再是你你已成为大海的一部分
你拥有幽深博大无垠的品性
你已成为无限进入普在获得永恒
大海啊大海永远在重新开始
但每天都重新开始的已不再是你
天人合一物我一体令你羡慕又使你恐惧
消泯了自我河流难道还可以称作河流

2000 年 12 月 8 日湘潭大学

自言自语

在这拥挤的空虚里
你不禁有了喧嚣的寂寞
文明的进化以人性为代价
物以亿万条蛆虫的蠕动
解构了意义金黄的中心

人与人近得比什么都远
孤独似夜色浓黑了心灵
遍地荆棘重重路障人生苦短
证明生存的唯一方式
是自言自语发出声音

2000年12月12日湘潭大学

回　文

你说的不是你想的
你想的并非你说的
不可说的正是值得说的
最简单的正是最神秘的
你做的不是你愿做的
你愿做的却总让你不能做
你追求的总是大地上没有的
你得到的总是世界上太多的
你不知道的正是你唯一知道的
可理解的正是你不可理解的
现实总是实在得可怕
梦幻总是霓虹在天边

梦幻总是霓虹在天边
现实总是实在得可怕
可理解的正是你不可理解的
你不知道的正是你唯一知道的
你得到的总是世界上太多的
你追求的总是大地上没有的
你愿做的却总让你不能做
你做的不是你愿做的
最简单的正是最神秘的
不可说的正是值得说的
你想的并非你说的
你说的不是你想的

2000 年 12 月 27 日湘潭大学

深夜鸟鸣

这一串韵律般的鸣声
惊醒了整个世界黑甜的梦

世界沉沉地进入黑甜的梦乡
一切的束缚如疲劳暂时消逝
人们在自由本真的梦里
回复了自然同一着万物的呼吸

大自然造就你鸣唱的天赋
为的是让你鸣唱出神的旨意
一次次或欢快或痛苦的鸣唱声中
韵律化的宇宙获得了秩序与意义

究竟是谁更接近于自然
究竟是谁更符合神的旨意
你深夜里韵律般的鸣声
人们与万物同一的睡梦和呼吸

深夜一串韵律般的鸣声
惊醒了整个世界黑甜的梦

2000 年 12 月 31 日湘潭大学

虚　浮

——观毛焰先生画《无题》

如夜色，灰白的虚浮
弥漫开来笼罩了宇宙

浸泡于这浓稠的虚浮中
人的实在抽空了融化了

眼不能不睁又不能太睁
醒着似睡睡了却必须醒着

即使张口大吼又有何用
你使劲吼出的愤怒也虚浮了——

仿佛不合时宜的滑稽的号啕大哭
又恍若庄严隆重场合灰色的疲惫呵欠

灰白的虚浮使人生虚浮般灰白
甚至人的形状也虚浮得失去轮廓

2001 年 1 月 14 日湘潭观画展后

镜框中的生命

天很高很高地很大很大
浩瀚的宇宙比人心更深更广
幻想奋飞如鲲鹏扶摇直上
才华结实似秋林硕果纷缀

倏然梦觉：生命全都框范在
一个无形而又透明的镜框
再使劲拔着头发也无法脱离地球
水中月荡漾出一圈圈神秘的凄美

2001 年 3 月 27 日湘潭大学

响　塘

这面圆圆的铜锣
悠闲地氤氲着
夏日正午的清梦

穿过云彩
阳光的金锤
倏然挥动

噹
时间和空间
茫茫漫漫成

绿意盎然
而又金灿灿的
一片宁静

2001年8月24日湘潭大学

细雨·往事

细雨，弥弥地轻烟着
天地和心灵间的燥热
淡雾成迷离宁静的梦

蒙蒙的细雨中
一丛金色的花倏然闪现
灿丽了细雨的蒙蒙

迷幻的远处
一群白鹭翩翩飞出
又飘飘落入茫茫的迷幻

天地与心灵间
细雨越发迷蒙
白茫茫白茫茫

2001年8月31日长沙至湘潭车上

睡 莲

此时此刻，上海师大学思湖畔
我孤独静默地观赏睡莲

几十年前，一个雨水淋湿的下午
余光中在台北望着睡莲绮思怒放

近百年前，在法国莫奈不止一次
把睡莲凝视成一幅幅美丽的永恒

睡莲，焊接起不同时空的不同目光
睡莲，是辉印又显形万川之月

2001年9月29日上海师大

月　夜

那年的春天
我们青春的桃花开了
宿命地开在
克拉姆斯柯依的《月夜》[1]

神秘而忧伤的月夜吸人心魂
如诗月光的银色浸染
桃花灼灼的红艳
淡如湖边睡莲花的洁白

狂热地迷失在
克拉姆斯柯依的《月夜》
身边流芳溢彩燥热骚动的月夜
我们却视而不见无动于衷

克拉姆斯柯依的《月夜》
诗意地永恒
我们青春的枝头却结出一颗
画中少女般忧郁的孤独

2001 年 11 月 24 日上海师大

1.《月夜》是俄罗斯画家克拉姆斯柯依（1837—1887）的名作，该画表现的是：宁静的五月之夜，一位白衣白裙白头巾如雪的俄罗斯少女，独自倚坐在湖边的木椅上，孤独而抑郁，月光透过浓密的树阴，流泻在幽深的林间小道，湖边几朵洁白的睡莲，在银辉中悠然吐芳。

康　德

当黏稠而漫无边际的黑色深渊
弥弥浩浩即将漫溢你的眼睛你的心灵
一生的经历如猴群一一欢跳着出现
你欣慰还是憾恨——
思想竟成了你一生的唯一

你每天准时的保健散步
竟让哥尼斯堡所有那些
懒洋洋总走不动的大大小小的钟表
刹那间全都跟上你的步伐

而你自己却完全泡软在
精骛八极神游天宇的思想里
唯思想能使你如鱼在水
可放纵情欲甚至邪恶
比极端严谨有时更近于天堂

在灰色下掩盖着的五彩缤纷的思想
彻底放逐了大千世界的千姿百态
对悠远的追根究底的探寻
吸尽了情欲、本能的汁液破壳奋飞

头上是永恒、静谧的星空
心里有纯洁而又禁锢人性的律令
你在思想中触摸宇宙捕捉终极意义的彩蝶
却无时间过自己作为人的基本生活

2002 年 7 月 26 日湘潭大学

青　松

——献给陈耀球老师

必须有冬天的心灵
才能领略松树的霜枝
枝头白雪皑皑
——[美]史蒂文斯

风起
天籁着你翠绿的淡逸
云涌
秀丽出你遒劲的正直
风停云散后
你冉冉地捧出一轮圆圆的皎洁

一场罕见的严寒
弯曲了你耸直的身姿
而你挺拔的意志挺拔的生命
傲然地翠意盈盈着
满树生命的绿针
丛丛簇簇地灿丽着
让严寒那刺目的苍白
黯然失色

当你依旧捧出
那轮圆圆的皎洁
整个世界都诗意着
晶莹的银白

2002年9月14日上海师大

历　史

人能够忍受身体的饥饿感，
却不能忍受无意义感。
——[德]古茨塔夫·勒内·豪克

断臂的
米洛的维纳斯
她那完整的昔日倩姿
谁也无法真正复现

人是追求意义的动物
追根究底是人存在的证明活着的乐趣
各种各样巧妙或笨拙的补接
昭显的只是补接者自己的思维与想象

断臂的米洛的维纳斯
脸上洋溢着超凡绝俗的安恬
她默默地永恒凝视着
身边的四季交替眼前的云起云灭

2003年5月29日湘潭大学

突围的池中鱼

——致困境中求解脱的现代人

水水水水水水水水
水水水水水水水水
时间的脚步般刻板得单调
池中的淤泥般陈腐成生活本身

水水水水水水水水
水水水水水水水水
忧郁一般阴凉成皮肤
绝望一般冥暗成窒闷

池中鱼的脑中却无休止地狂风大作
白日的憧憬和夜间的梦都已被焦虑煎沸
它们在池中逃离煎熬般拼命狂游乱窜
永恒的禁锢铜墙铁壁般牢狱着

一条鱼哗然飞跃突围上岸
新鲜的感觉轰然雷电骤至
瞬间灿烂的美丽后是漫漫的黑暗
僵死眼睛里的冷漠深入无欢乐的世界

2003年6月2日湘潭大学

人　生

门
门
一开一合
世界改变了模样

门
门
一出一入
你已不再是你

2003年6月7日湘潭大学

江　南

盈盈的绿意在眼睛里开出了绿色的花
柔柔的碧水流溢成心底里漫漫的柔情
蒙蒙细雨中画船载着满满的闲情雅意
悠悠地划引着几千年一双双人性的眼光
淅淅沥沥的雨声让绿色的梦荷花般开放

烟雨蒙蒙思绪蒙蒙想象蒙蒙弥漫天地
江南的美是春雨蒙蒙中艳丽的春天
江南人的想象自由如春天蒙蒙的烟雨
江南人的心胸如江南的春天柔情又广阔
江南人的性格如春天的江花美丽又热烈

2003 年 10 月 1 日湘潭大学

漫步，在冬日雨夜的街头

——致庆仁兄

漫步，在冬日雨夜的街头
任七彩的霓虹散布满街的绯闻
任潮冷的黑暗喧嚣满天的阴森
任淅沥的小雨淋湿畏寒者的暖梦
任大小汽车搬运多彩多姿的人间传奇

我们漫步，漫步，漫步，漫步
漫步在冬日雨夜的街头
追随胸中那一团熊熊燃烧的火
追随远方那花香般氤氲的清新
追随灵魂里那一颗灼灼闪亮的星星

与你漫步在冬日雨夜的街头
这冷凄凄的冬日竟如暖融融的春天
只要胸中的火不灭灵魂里的星还亮
这个在喧嚣又凄冷的街头漫步又漫步的冬日雨夜
定会像漫天丝雨后的春色时常美丽我们的心情

2003年12月5日天津

轻松愉快的美的天堂

——观柯罗画有感

树叶如暮春初夏时少年纯净的美梦
空气似一首轻漾薄荡的银灰的乐曲
色调的细腻多姿竟比梦的变化还要丰富
大自然的一切都晕染成一首首美妙的诗
历史以美的眼睛提示着时空和文化的悠远
黯淡的现实刹那间放射出诗意的神性光辉

朴素得就像太阳放射出光芒
就像鸟儿在歌唱，花儿在开放[1]
天真得就像背上长着翅膀
情不自禁地一边飞翔一边歌唱[2]
你云雀的歌声化作一片神奇的白云[3]
把人托升到轻松愉快的美的天堂

2003 年 12 月 9 日天津

---

1. 阿尔丰斯·卡尔评价柯罗："他画画……就像太阳放出光彩，像鸟在歌唱，像花在开放。"

2. 儒尔·杜普列指出："柯罗……是一个伟大的、轻松愉快的艺术家，可以说，他是背上长着翅膀画画的。"

3. 柯罗曾把自己和著名的巴比松派画家罗梭比较，高度评价罗梭，把罗梭比作鹰，称他为艺术上的革命家，而把自己比作"在灰色的云层中唱歌的云雀"。（以上数据见［苏］雅伏尔斯卡娅《法国巴比松风景画派》，第 85、89 页，平野译，山东画报出版社，2003 年。）

无　题

一场地震
山崩河枯

万蛇飞窜电光闪烁
一片惨红的嘶嘶狂舞

乌鸦的叫声
嘶哑黑暗了天空

一阵天籁
隐隐传自远方

自你的掌心
一行行又一行行白鹭

旋律着袅袅袅袅
飞　飞　飞向青天

2004 年 12 月 19 日湘潭大学

历史·现在·未来

——车过安阳遇雪有感

列车穿行在历史幽深的隧道
每一粒细土都是动人的传奇
西风狂吹传统是艳阳下的浓雾
历史的碎片乱飞起漫天灰尘

列车固执地奔向既定的方向
铁的手臂牢牢地抓住眼下的目标
过去——风轻轻掠过烟远远飘散
唯有偶然能取消既定的必然

漫漫大雪来自遥远的未来世界
银白的未知诗意了所有的眼睛和心灵
干枯的历史润泽出盈盈绿意
铁的功利现在也披上了如诗的银白

2004年12月22日天津市

车行京广线，夜，遇雨

雨落在全中国的土地上
南方北方的梦都湿润而清新

列车是一条长长的千足虫
爬行在湿漉漉的浓黑之中

过去现在未来南方北方
隆隆地响成一片迷幻的烟云

迷幻的烟云中李商隐的《夜雨寄北》[1]
绽开成一朵轻轻摇曳的栀子花

2005 年 6 月 15 日天津至广州列车上

1. 李商隐的《夜雨寄北》："君问归期未有期，巴山夜雨涨秋池。何当共剪西窗烛，却话巴山夜雨时。"向有两种说法：一说赠友，一说寄内。此处用为两可之意，怀友亦念妻。

美的隐忧

——波提切利《维纳斯的诞生》

自毫不经意的宁静中
你神秘地悄悄诞生
粼粼波光以无数闪烁的三角形
轻轻托起一尊静穆的永恒

一种光辉倏然间晶美了整个宇宙
滔滔滚滚的碧波摇漾成一片柔情
风神以缤纷的鲜花华丽地吹送你
春神赶忙送来用星星编织的锦衣

而你漠然于这喧嚣的陌生世界
只是静静伫立成一枝优美的忧郁
惊惶和不安隐隐地蝙蝠于心海
未来的枝头绽开一朵朵凄丽的惆怅

2005年12月16日湘潭大学

梦的彩虹

那一道梦的彩虹
是多么神奇
它使人进入一个
全新的美妙世界

那一道梦的彩虹
是多么残酷
它使这个世界
成为梦者的敌人

2006 年 7 月 3 日天津师大

无　题

漫长的等待后
全然的不经意里
山与水终于相激相荡
风生　云涌
一道道彩虹
绣满了天空
一个崭新的世界
风景了凝望的目光

2006 年 7 月 5 日天津师大

埋香冢

那女子悲痛欲绝
张嘴一喷
血涌起漫山遍野的映山红

落红缤纷埋香千秋
一段缠缠绵绵的情感
凸现为地面圆圆的土丘

惊心动魄的故事
风景了日常生活的
暗淡平庸和麻木
河水奔流云起云灭
那惊心动魄的故事
早已水逝云灭

只留下埋香冢
香艳酒醉人们的想象
诠释时间历史和生命的真谛

2007 年 1 月 15 日上午天津师大

故　乡

何处是故乡
茫茫天地间
人
是一片落叶
金黄或灰黑地
轻飘飘翻飞在
神秘莫测的风里
不知来自何处
也不知去向何方

尘世与彼岸
两个台风中心
时光的海洋
或碧浪荡漾
你灿烂明媚的梦花
或惊涛怒拍
你黑色忧郁的惶悚
而故乡是一场场台风中
在海上漂泊无定的一座飞岛

2007 年 5 月 11 日天津

独乐寺[1]

独乐寺悄然高踞于
现实和一千多年的历史中
贴近得如此遥远
清晰得那样朦胧

狼烟一次次又一次次
像黑色的闪电划过时空和心灵
狼烟又一次次一次次
缓缓淡入永恒的清风和炊烟中

时光的流水与历史相激相荡
宇宙间闪现出七彩的霓虹拍天的雪浪
大浪滔滔淘尽了多少代生灵
涟漪频荡明灭了多少层美梦噩梦

而独乐寺依旧悄然高踞于
现实和一千多年的历史中
贴近得如此遥远
清晰得那样朦胧

只有燕子这黑色的精灵
用一代代欢快的啁啾
和一圈圈优美的飞舞

---

1. 蓟县独乐寺是天津著名的风景名胜景点，唐代已有，是尉迟敬德为迎接唐太宗北上而重修，其观音殿上“观音之阁”四字为唐代著名诗人李白手书，1961 年被定为国家文物重点保护对象。

愉悦着独乐寺清醒的昏花老眼

只有槐树一年年又一年年
绽开一簇簇一簇簇雪白的芳香
捧出一枝枝一枝枝盈盈的翠绿
熏香并陪伴着独乐寺千余年的幽独

独乐寺悄然高踞于
现实和一千多年的历史中
独乐于潺湲或怒啸的时光流水
独乐于宇宙间一代代一次次变换的新鲜

2007年5月12日晨蓟县东风宾馆

车过宣城有感

宣城没什么风景可看
车过宣城
一位皖南人士如是说

两水夹明镜双桥落彩虹
余霞散成绮澄江静如练
宣城的风景已诗了一千多年

鱼戏新荷动鸟散余花落
好鸟迎春歌后院飞花送酒舞前檐
境由心造留心处触目尽是美景

谢朓北楼更是矗立成
一道耀眼的人文风景
点燃了李白们的想象

相看两不厌的敬亭山
不仅让李白与谢朓神交
也让后来者融入风景融入传统

2007 年 5 月 21 日
草于北京至福州 K46 次车上
5 月 23 日改于天津

飞满金翅雀的下午

飞满金翅雀的下午
时空倏然改观
每一件物品每一个意象
都飘逸出茸茸诗意

想象灿烂芳香地嫣然舒苞
一朵十朵百朵千朵万朵
红艳艳地摇曳着
风情了呆滞茫然的目光

梦雪白欢快地飞舞
旋律着的一行行白鹭
冲破平庸僵化的浓厚云层
翩翩诗入蓝天悠远的碧韵

2007 年 6 月 4 日上午湘潭大学

光在飞舞

——读庆仁诗集《风中的肉体》

光在飞舞
穿透坚硬怪诞的种种黑暗
飞舞成纯白得七彩的自己
弥天漫地的灿烂孤独亮丽成
一个层层裹住自己的透明庞然巨茧

光在飞舞
穿透怪诞坚硬的种种黑暗
飞舞成丰盈饱满的庄子
一个个蝴蝶梦破茧而出
翩翩水晶向蓝莹莹的天空

光在飞舞
穿透坚硬怪诞的种种黑暗
澎湃的玄思之海漫涌宇宙
时而沉重如深渊底层的黑暗
时而轻盈如晴朗秋日的透明空气

光在飞舞
穿透怪诞坚硬的种种黑暗
透明亮丽的光之无际空蒙
向一双双凝望的眼睛
诠释生命的坚守与存在的空灵

2007 年 6 月 10 日下午湘潭大学

水

善上莫若水。
——老子

置身于方形容器
你比方形更方方正正
匿形于圆形物体
你比圆形更圆
时而以粼粼的液态
摇漾一片闪闪烁烁的柔媚
时而以刚硬的固态
诠释雪白的坚贞
时而又以灵幻的气态
演绎生命的浪漫和激情

天空穿上霞衣霓裳
你也遍身红艳着美丽的风情
愁烦的乌云爬上天空的脸面
你便黑沉沉起一片片忧郁
叮叮咚咚地欢快奔跑
奔跑成一道歌唱的透明
潺潺湲湲地慢慢流淌
流淌出一条温静的碧绿
响亮的欢呼驱走了山林的寂寞
你从山崖飞溅为一匹雪白的壮丽

用几百年几千年几万年的柔情

夜以继日地轻滴和抚摸
你创造了滴水穿石无坚不摧的神话
以毫不停息永远向前的意志
每分每秒到处渗透不断前进
你拥有了无孔不入无往不胜的传说
拼命地向前贪婪地吸纳
你每时每刻都是你自己又不是你自己
在山泉水清你的清纯诗意了山林和云雾
出山泉水浊你是世界上最大的藏污纳垢之处

温情时荡起一圈圈柔情的涟漪
用甘甜的乳汁滋润大地万物
愤怒时黄流滚滚浊浪拍空
任性地冲毁一切鲸吞一切
有时你匿迹于溶洞和地底
无声无息无形无踪躲避世人的眼光
有时你又惊涛拍岸卷起千堆雪
刻意吸引人们寂寞无聊的眼球
我真不明白如此复杂的你究竟是什么
也许你是道你是人的心你更是中国人

2007 年 7 月 2 日下午天津

牡丹·梅花

所有的牡丹
都豪放地开放在盛唐
而杨贵妃
是最美最灿烂的那朵
丰腴的美流放异彩
蓬勃了生命的活力
昂扬了征服的欲望
会当凌绝顶一览众山小
黄河之水天上来
滔滔飞流进诗人心里
再滚滚奔流到海不复回
即使狼烟惊心胡马遍地
也要直上九天倒挽银河
洗净弥漫人间的浓黑战云

所有的梅花
都悄悄地开放在宋朝
横斜的疏影粼粼的水波
提纯了生命的欲望
浮动的暗香迷蒙的月光
净化了本能的冲动
文人们的骨头里都绽出了
一朵朵冷香幽艳的梦
清冷瘦硬和隐逸引领时尚
自在飞花轻似梦无边丝雨细如愁
即使一树梅花一放翁

也只能多年以后伤心桥下春波绿
无奈而憾恨地高呼错错错莫莫莫

2007 年 7 月 5 日上午天津师大

茵梦湖[1]

茵梦湖轻轻荡起
一圈圈青黛的惆怅
涟漪层层远播
穿过时间和空间
摇漾警醒着
世界各地的一代代心灵
青春的小鸟展翅奋飞
长久沉醉于异地未知的朝霞
过分的自信过分的粗心和世俗
铸成一个金灿灿的金丝笼
把往日的甜蜜未来的幸福
牢牢地关在别人的家里

只有月光下的那朵睡莲
（仿如中国《诗经·蒹葭》中的伊人）
和墙上镜框里的那幅画像
常常让你孤寂的暮景

1.《茵梦湖》是德国作家施托姆（1817—1888）的代表作之一，讲述莱因哈德和伊丽莎白青梅竹马，感情甚笃，深深相爱。然而，青年莱因哈德外出求学，等他几个月后归来，发现朋友埃利希继承了父亲的两个庄园，正在追求伊丽莎白，并为她送来了养着金丝雀的的镀金鸟笼，且赢得了其母的特别好感。莱因哈德临走前含蓄地向伊丽莎白表白了自己的感情，便又外出求学去了。但他两年没有给伊丽莎白写信，结果她在多次拒绝埃利希的求婚后，不得不依着妈妈的心愿，嫁给了他。多年后，埃利希邀请莱因哈德去他的茵梦湖庄园。他到了那里后，心里燃起了对伊丽莎白的激情，但她就像茵梦湖水中月光下他拼命想靠近而无法靠近的那朵睡莲一样，他只好永远离去。晚年，他孤身一人，时常在傍晚散步回来后，看着墙上镜框中伊丽莎白的画像，回忆往事……

浓浓思绪暮色纷飞
思念的蝙蝠轻掠低舞

2008年1月15日天津

伊卡洛斯

一、困境

神奇的智慧使幻想成为现实
超人的机巧把梦定型为迷宫
迷宫——复杂无比的智慧之宫
许许多多的曲折许许多多的转弯
就像人的不断冒泡的主意和思想
没有规律可循永远搞不清方向
复杂却精致另有一种动人心魂的美
人总是这样不断地创造精美的囚笼
囚禁异类囚禁异端思想也囚禁自己
生命本来风一样充满活力自由自在
过度的智慧过分的机巧却使它时时处处
陷身于各种有形无形的囚笼之中

何况，国王米诺斯不再信任，有点害怕
于是，代达罗斯、伊卡洛斯父子两人
就被自己神奇智慧的产物牢牢困住无处可逃
一如至今仍被他们困住的牛头人身怪物米诺陶
黑漆漆的困境像浓厚的夜色唰地在眼前敞开
迷宫深处无数个谜如夏夜的萤火虫到处闪烁

二、飞翔

黑沉沉的困境反倒激发了神奇智慧的神奇潜能

出色的机巧再次产生让人瞠目结舌的奇迹
他们用蜡把羽毛粘在背上竟然变成了两副翅膀
轻轻扇动翅膀他们居然像鸟儿一样升到了空中
神奇的智慧结出了神奇的红得耀眼的灼人果实
万物的眼光霎时间全都凝注在飞翔者身上

飞翔飞翔神奇的翅膀让人冲出了黑沉沉的困境
升高升高向天空向宇宙再一次索取未知的洁白乳汁
清澄的空气荡漾成一片一碧万顷的鳞波细浪
芳香的风儿柔情地吹拂并推动着神奇的翅膀
飞翔飞翔大地的面纱在不断飞翔中层层揭开
升高升高在空中看见了在地面难以看到的美妙景观
飞翔飞翔世界在飞翔中展示全新的面貌全新的感受
升高升高未知在醉人的彩色晕眩中鲜花般朵朵绽放
灼热的太阳强烈地温暖了冷冰冰的智慧冷冰冰的幻想
升高升高靠近太阳靠近那像火一样燃烧的美丽梦幻
飞翔飞翔把自己飞翔成一团燃烧的火金灿灿的太阳
让所有的未知全都燃烧成金灿灿热辣辣的鲜活生命

三、坠落

命定的一切准时降临蜡已融化翅膀散架
伊卡洛斯和散架的幻想一起慢慢悠悠
慢慢悠悠地轻轻扎入碧蓝的海水里
天空依旧冷冰冰地无垠着如水的碧蓝
万物的眼光像海水猛然泛起一圈细小的浪花
又是一片宁静的碧蓝冷漠地秀丽着风景着大地

人是追求意义的动物能忍受饥饿和痛苦
却不能忍受无意义地徒然活在人世间
神奇的智慧有着神奇的欲望神奇的力量
要求毫无限制的施展尽情尽兴的发挥
让美丽的梦幻赋形为最壮丽动人的物象
神奇的智慧把世界变成无穷探索的诱人渴望

世界如此无垠宇宙是如此广袤的悠悠悠悠的广袤
探索也是如此的无垠而且是广袤的悠悠悠悠的广袤
伊卡洛斯以自己神奇的经历展示了短短一段探索
用他的飞翔燃烧起人类探索未知的瑰丽奇幻的想象
用他的坠落诠释了过度探索的虚幻和命定的悲剧
一只只彩蝶总是不由自主地不断扑向未知的灯火……

2008 年 7 月 9 日下午天津南开区揽旭轩

车过洛阳，驰向西安

已被书写的历史
已被发掘的历史
在铁路两旁
或正襟危坐
或巍然矗立
或昂首阔步

未被发掘的历史
未被书写的历史
或紧跟列车
轰轰隆隆地风驰电掣
或躺在铁轨下
凄凄惨惨地声声哭泣
或在前方形成一个
疑云密布的长长隧道
以浓厚的黑色乞求面世

车过洛阳
驰向西安
轰轰隆隆地飞驰进
中华民族的大半部历史
迎面飞来的烟云
都是散碎的历史
吸一口气
都是浓浓的历史

2008 年 7 月 20 日晨黄陵县轩辕宾馆

乾陵无字碑

在这个男人统领一切的世界
我曾让李世民父子相继
沉醉于我那春风般强劲的妩媚里
像日月同时升上天空
我君临天下主宰天下
（这个一直由男人主宰的天下）
翻手为云覆手为雨
比世民的贞观之治更贞观之治
并让散漫的百花
乖乖地在同一天绽苞怒放
现在，不可抗拒的死亡就要到来
一切又将回到一成不变的男人世界
死后是非谁管得千秋功罪任评说
我只能留下这块巨大的无字碑
任男人们和后人们去尽情评说
不过在男人主宰一切的漫漫历史长河中
唯有我曾日月双双“曌”在天空

2008 年 7 月 20 日晨黄陵县轩辕宾馆

姑射仙人

藐姑射之山，有神人居焉。肌肤若冰雪，绰约若处子，不食五谷，吸风饮露，乘云气，御飞龙，而游乎四海之外，其神凝，使物不疵疠而年谷熟。

——《庄子·逍遥游》

奇石伟岩
或耸青列翠
或若鬼斧批削
高高矮矮纷纷阵列

山间流水
或绽开一匹绚丽的素白
或潺湲成一段透明的清音
流去瞬间又串成永恒

太阳红彤彤地升起又落下
月亮圆溜溜地瘦成了玉钩
山风凉落叶黄灿灿地金铺空山
山风暖树木绿盈盈地绣出春天

而我只是在这远离尘寰的深山里
饮日月之精气
餐天地之精华
以宁静为居室

红尘滚滚浮云变幻
短短的一天之内

多少悲喜剧轮番上演
在人世在心间

欲望似火
忧心如焚
情感的波涛冲击出
满脸沟沟壑壑满头白发如雪

而我心如止水
青春永绽
千百年来总是
如初开的鲜花

洞中才一日
世上已百年

2008年11月13日下午临汾市参观姑射山后

霍去病墓前有感

生命短暂而脆弱
死亡张着血盆大口虎视眈眈
衰老以蚕吃桑叶的方式
慢慢侵蚀着肌体
疾病、意外
随时准备把生命
拖入黑暗的深渊

人哭着降临人寰
总不能无声无息地离开这世间
生命必须绽放自己的精彩
给后世留下不朽的功勋
让自己永远活在遥远的记忆里
匈奴未灭
何以家为

这震天动地的豪言
锵锵锵锵
锵锵锵锵
像一道耀眼的电光
穿破千百年浓厚的历史烟云
化作中华民族一股强劲的原动力
震撼着每一个男子汉的心灵

2008 年 11 月 14 日晨
山西省临汾市山西师大

梁祝梁祝

暖融融香熏熏的春日
他俩幸运地偶然结识
小提琴协奏曲梁祝迷人的旋律里
他俩山盟海誓
相知相爱永不变心
就像彩蝶，永远双双比翼

暖融融香熏熏的春日
小提琴协奏曲梁祝动人的旋律里
他们微笑着友好地分手
我们都发现有人更适合自己
现代生活为我们开拓了
了解别人发现自己的广阔天地

2009 年 1 月 9 日上午天津师大

茅　屋

取法自然
来自自然
简洁地古朴着
一种诗意的生存

以矮小和天然
默默地诠释
天空湛蓝的高远
太阳鲜红又金黄的循环

以茅草与木头
无言地呼应并映衬
大地的万紫千红
四季的周而复始

周而复始的四季转换中
居住者一代代花开花谢
但屋内神龛前缭绕的香烟
始终书写着神的尊严人的敬畏

对神明的敬畏
使人诗意地和谐于自然
茅屋以诗意的古朴
默默阐明生命的本真

2009 年 7 月 12 日天津揽旭轩

普救寺

愿天下有情人终成眷属
灿烂夺目的理想
温暖亮丽了遍地的严酷黑暗
干枯的现实绽苞怒放
想象结实为粉红的浪漫神话

西厢院落溶溶月
诗意风景了一切想象
张君瑞崔莺莺
永结同心的神话之光
放逐了唐朝那朵真实而哀愁的美艳

现实越残酷神话越美丽
美丽的神话虚幻了真实
辉煌耀眼的神话中
历史的真实现实的真实
只能在黑暗中无声地悲泣

2009 年 12 月 7 日晚山西师大（临汾）
12 月 9 日改于天津揽旭轩

空　巢

欢乐曾在这里
孵化出一群群
叽叽喳喳的
小小欢乐
深情关注的眼睛里
放飞了一只只
白茸茸的温柔

而今
只有孤独
苔藓般绿沉沉地
到处蒙蒙茸茸
寂寞如夜色越来越浓
惨淡构筑的温暖里
盈满了灰蒙蒙的空虚

2010年1月15日上午天津师大

风和树

花费了如许软语花言
玩弄了如许阴谋诡计
经历了如许艰难困苦
熬受了如许自相吞噬
风终于从小到大由弱变强
狂呼一声昏黑天地
震撼并主宰了整个世界

长久的压抑过多的失败
并未净化并提升
这原始狂暴的黑色力量
反倒使它自傲自狂倒行逆施

取消历史取消过去
我就是历史我创造历史
一切从我开始从现在开始
摧毁法则抹平界限
我就是法则
我就是覆盖一切的唯一中心
我的意志就是宇宙的意志
茫茫天地间闪烁劲吹的
只能是我的狂暴和昏黑

一棵树一棵挺拔的树
挥舞手臂抗击这狂黑之风
暴怒的狂黑之风咆哮着

啪啪直响飞速旋转的旋涡
残忍地囚禁了这挺拔的树
其他各种各样的树啊
或点头哈腰恭迎狂黑之风
或木然静立漠不关心
只有极少几棵树挺身相抗
希望以自己的牺牲唤醒同类：
如果大家一齐举起千万双手臂
至少可以戳穿狂黑之风的狂妄
兴许甚至能屏蔽狂黑之风！

2010年1月20日上午天津

驯虎绝技三招

第一招
把虎和猫狗等等混养
让虎吃不饱让猫狗吃不完
使虎在饥饿和妒羡中
彻底丧失傲气

第二招
隔绝一切外界消息
并让虎一天到晚忙碌不停
使虎在闭塞和繁重的工作中
完全失去野性

第三招
设立极稀少但又让虎动心的荣誉
让虎在拼命竞争中窝里斗
使虎在自相残杀和追求荣誉中
再也没有自由的灵气

三招过后
所有的虎全都
比猫更温顺
比狗更忠诚
比奴隶更奴隶

2010年1月20日下午天津

日月潭

取消了昼与夜的对立
抹平了热与冷的差别
和谐成温静的一潭碧绿
因为山的缘故
因为水的缘故
因为山与水的缘故

山 挺拔秀丽
挺拔秀丽的山
要求自在与适意
水 碧绿宁静
碧绿宁静的水
渴望怡情和适性

山与水
相反又相成
一如红花与绿叶
相反相成的山与水
需要绿粼粼的和平与宁静
尽呈美态而又和谐一体的融洽

2010年6月10日台湾台中市长荣桂冠宾馆

太阳岛上

带着美好的理想
我们来到了太阳岛上。
——20世纪80年初流行歌曲《太阳岛上》

夏日明媚依旧
太阳岛
在我们心灵的湖面
却只能拂起
一丝冷漠的涟漪
青春的激情已经耗尽
理想早已冷藏于黑暗
沉沉暮气
蹒跚地驮着我们

灾难的烈火一再熔炼
命运的苦水反复淬泡
利剑好不容易
锋丽出耀眼的青春
煞有其事的庄重谎言
燃烧欲望的亮丽黄金
熬熔成百分之百的漫天硫酸
锋丽的利剑蚀去了亮丽的青春
只留下凄惨的锈迹斑斑

2010年7月2日晨4点K553次温州至哈尔滨列车上

长 春

长春
十四年过去了
重经旧地的我
真能长春吗

火红的激情
朝霞的理想
湖绿的憧憬
早已全都熬成
一片灰色的疲软
一缕缕白发
触目惊心地
向世界告“白”
青春不再

长春
是美好的愿望
粉红的诗意和憧憬
放飞了
灰色世界灰色眼眸中
翩翩翻舞的
一只只浪漫与希冀

2010 年 7 月 2 日晨 7 点车过长春作

玄武湖边

列车罕见地提前到达
清晨四点三十分
我坐在玄武湖边
静静地等待天明

江南佳丽地
金陵帝王州
几千年的历史
如浓厚的夜色氤氲
无数传奇的故事
如夜色中的路灯
拼命眨动诱惑的眼睛
诗兴如湖边柳林中
早醒的鸟儿开始喳喳鸣叫

突然脚底一阵奇痒
我赶忙脱掉鞋袜
使劲地搔着痒处
真是舒服
思古之幽情
鸣叫的诗兴
竟然全都变成了
这一声欢叹

天已大亮

2010年9月13日晨6点10分南京玄武湖边

湖州赵孟頫松雪斋

就这样整天整月整年
栖息于大自然之中
浸泡于大自然之中
柳荫丝丝弄碧
柳韵摇曳入画
荷叶满塘撑绿
冷香飞上诗句
更有残荷留住雨声
萧疏地晕染出
一片苍凉的人生境界

浑身沉甸甸着
白皑皑银灿灿的严寒
松树却依旧高傲地
挺拔着盈盈绿意
明白又含蓄地诠释了
冬天的心灵岁寒的节操

斋前斋后青竹林立
翠碧碧的虚心傲骨林立
寒梅怒放疏影横斜
一只只清香的彩蝶
翩翩　翩翩　翩翩
飞入诗飞入画飞入宇宙

结庐在人境

而又屏蔽了滚滚红尘
屏蔽了俗物们的无谓奔忙
屏蔽了帝王子孙的气息

一只孤鸿
悠悠翻飞在
大自然的怀抱
辽阔的天地之间
忘怀自我天人合一
鸣唱出与生俱来的
自由自在淡定闲逸
与自然与万物与宇宙
悠然一体的欢欣

2010年9月17日晨湖州瑞银公寓酒店

镇江金山寺古法海洞

真实的历史
是中国老百姓
六经注我的注文

像一条蛇蜗居于
简陋狭小的石洞里
宰相裴休之子法海
在远离尘嚣的金山寺
修身 净性 悟道
一片仁心毫无恶行

民间自由放任的想象
黑白分明正邪绝不两立
总是从一个极端走到另一极端
历朝历代不断演绎
让白蛇与法海斗法的故事
成为中国民间文学
一道亮丽多姿的风景
和展示中华民间思维的
一个最最经典的版本

一如广为流传且脍炙人口的
民间版杨家将故事
把一个小小的悲剧
放大为几乎半个宋朝的壮烈
而把一个仅仅因故救援来迟

而忠勇俱全的潘美元帅
变成一个骂名千古的大奸臣

2010年9月18日上午南京华东饭店

踩疼影子

朝着太阳
长久地追寻
却只把生命和时光
白白煎熬成
眼中花花绿绿的
一片晕眩和空虚

转过身来
大踏步疾追
追赶最真实的影子
极力追上它
并且踩踏它
——踩疼影子！

那份锥心入骨的
麻辣辣痛苦
让你感觉到
此时此刻
你是一个活生生的人
你终于回复到自己

2010 年 12 月 21 日傍晚天津揽旭轩

卡吕普索[1]

你的美丽是天边的朝霞
日复一日年复一年
永远迷人地闪烁着
青春的鲜丽鲜丽的青春
你的深情是波光粼粼的无边春水
漫溢着碧绿的温柔温柔的碧绿
你的允诺是茫茫大海漫漫天空
让我永恒成蔚蓝蔚蓝成永恒

可“认识你自己”
就像一声霹雳
把我从迷梦中震醒
让我清醒地意识到
人是短暂而独特的个体
亲情功勋才是不朽的业绩
我只属于厚实的大地和滚滚红尘
无法成为空虚冰冷的蔚蓝永恒

我的根深植滚滚红尘
牢牢扎在伊达卡的土地里
我的枝干
是珀涅罗珀

---

1. 卡吕普索是希腊神话中的女仙，她收留并爱上了漂流到自己岛上的希腊英雄俄底修斯，只要他们长相厮守，便允诺他成为不朽的神。但俄底修斯思念家乡伊达卡，更想念妻子珀涅罗珀、儿子忒勒马科斯，坚守自己作为凡人的幸福，毅然回家。

是忒勒马科斯
只有回到故土回到家中
才能拥有枝繁叶茂的不朽
繁花怒放硕果累累的功勋

2011年1月18日天津师大

无 题

一朵花
在北半球
嫣然微笑

一个人
在南半球
怦然心动

2011 年 3 月 16 日天津

无 题

有人坐在台上
有声有色地
讲说历史

真正的历史
却在黑漆漆的荒野
流浪成孤魂野鬼

2011 年 3 月 17 日天津

江南丝雨

一
丝
丝
一
丝
丝
一
丝
丝
一
丝
丝
漫拂成满天
蒙蒙的私语
雾漫的柔情
灵幻的诗意

梦
倏然蜕去
北方的
僵硬
陈腐
干枯
春笋成
一枝枝
嫩绿的新鲜
嫩绿的小诗

2011 年 5 月 24 日晨浙江农林大学

沈　园

一种寡母嫉妒漂亮儿媳
试图独占儿子感情的
自私阴暗的心理
（一如《孔雀东南飞》中的焦母
一如《大雷雨》中的卡巴诺娃）
带着东风的温情与无情
以柔情脉脉的爱的名义
以面孔庄重的宏大伦理
反对取消扼杀
另一种更本真更私密的爱
更个性更人性的感情

封建伦理
那神圣的僵硬
吞噬了个人诗意的浪漫
煞有其事的庄重
齑粉了
满树红艳艳的桃花誓言

莫莫莫
错错错
沈园成为千古伤心之地
见证了最最中国的悲剧

2011 年 5 月 26 日晨绍兴

无 题

白云文字
在天上
绵绵书写着
谁也无法明白的
无中生有的传奇
风说
这是我平生最得意之笔
雨长叹一声
默然洒落地下
只有白云文字
依旧在天上
绵绵书写着
谁也取法明白的
无中生有的传奇

2011 年 7 月 22 日遵义返贵阳途中

悼念小狗来福

你这只美丽的蝴蝶
出人意料地飞临[1]
给我们带来了
雪白的欢乐
金黄的幸福
和雪白与金黄相间的忠诚

你引领我品尝
一年四季每一个清晨
滋味不同的清新宁静
你陪伴我丈量
几百个夜晚大体相同的
一个多小时漫步和锻炼的单调

繁重的教学后
下课回家打开家门
你亲热地扑过来
急不可耐地献上
半天或一天的牵挂与期盼
热乎乎的赤诚与慰问

---

1. 来福是一只蝴蝶犬，全身雪白，耳朵和身上有一些金黄的毛斑，长相俊美。去年春节，不到六个月的它被主人遗弃在道旁，我妻子怜惜它，捡回家来，取名“来福”。今年9月21日晚，它突然中毒身亡，才两岁多一点。一年多来，它十分忠诚，特别亲人，有良好的卫生习惯和生活规律，而且善解人意，从不乱啃东西，也从不影响人睡觉——我们睡时，哪怕是白天午睡，它也是安安静静地陪伴在床边上睡觉，也从来不过早地起来吵人睡眠，总是等人起身后，它才高兴地扑过来跟人亲热。

长时间伏案工作中
你拱来毛茸茸的友善
驱散了我眼中灰色的疲惫
短短的午休后
你憨态可掬的睡姿
笑融了我淡淡的倦意

你自得其乐的抛物接物游戏
让我们欣赏到一种自由的天真
你夜间外出前的食物安排[1]
让我们惊叹狗狗的聪慧与心计
你比猫儿还娇憨的亲昵撒娇
让我们心中涌现浓浓的爱怜与柔情

你竟这样遽然飞去了
你这只狠心的美丽蝴蝶
给我们留下了
生命脆弱与无常的感叹
悼惜的泪珠深深的哀伤
美好的回忆和无尽的思念

2011年9月23日晨天津公交车上

1. 来福是一只少见的会安排自己食物的小狗，每晚喂食，它总是预留下食物的三分之一，等锻炼一个多小时后，回家饥饿了再吃。

车到开封

列车飞驰
驶入晓风残月
驶进宋词的大本营
驶进中国古典文化真正的辉煌

仔细探寻
只有高高的铁塔
挑起曾照古人也照今人的
旧时月色的一片清莹和迷蒙

2011年10月15日晨6点开封

武　当

道可道
非常道
道又无处不在
以隐秘的微笑
时时刻刻
分分秒秒
召唤寻道者
等待悟道者

一、太子坡

执着向学
潜心于道
任白云演绎
红尘的沧海桑田
任群山变幻
四季的五彩斑斓
直到小小的油灯
燃成红霞满天中
那轮圆溜溜红艳艳的朝阳

二、逍遥谷

当领悟到
河可以坚钢如剑

剑也能温柔如河
心灵的河面上
飞翔起一群群
雪白的天鹅
落霞与群鹜共舞
彩蝶翩飞成浪漫春光
太极倏然流转
圆圆　绵绵

三、金顶

乌鸦哇哇地
叫黑了天地
光秃秃的大树
以冷凄凄的萧瑟
和瘦伶伶的寂寞
演示征程的孤单
百步梯以阴森森的陡峭
隐喻了求道悟道的艰难

峰回路转
琼台的玉液
猛然间醍醐灌顶
抬头仰望
金顶
在亮丽的阳光下
闪耀着道的辉煌

2011年12月19日武当山

鱼

我们已习惯
气候渐渐变暖
我们已习惯
空气越发恶劣
我们已习惯
水质越来越坏
只要一切不达极限
我们就能快乐生活
得过且过
自得其乐

不要说
水、空气、食物
会毒害我们
历经毒物的浸泡
我们早已具有
强大的抗毒能力
我们自己
早已是一味
制敌死命的
剧　毒

2012 年 1 月 4 日天津

镜　子

芸芸众生悠闲自在
在金色的海滩戏水享受阳光
最有智慧的那个人
却在家中独自对镜凝思

我真的能借助镜子认识自我?
镜中的我究竟是谁?
是我在做梦还是梦在做我?
世界是疯子嘴角的一丝狞笑

镜子是河流河流深处
是清凉漆黑温柔的宁静
宁静的章鱼猛然扑来
他沉入宁静沉入安全的子宫

2012 年 5 月 18 日天津

挑水者之思

脚踏一片坎坷
肩挑一担生机
挑水者在麻木的疲惫中
用思考安慰劳累的人生

每天每天我都用木扁担挑水
也许每天每天军人都用铁扁担挑水
大大小小的官员都用银扁担挑水
皇帝老儿呢，就用金扁担挑水

似有一轮朝阳高高升起
心海里漫溢一片灿丽的红霞
黑夜睁着成千上万只怪眼
匍匐着远远地远远地观望

2012 年 5 月 19 日天津

你和风

当你低下头
有风没有你

当你昂起首
有你没有风

当你凝望地平线
既有你又有风

2012 年 5 月 24 日上午天津

聊斋志异

——蒲家庄聊斋怀蒲松龄

你惊世的文才
岂是八股这张破网
所能捕获
然而，科举却是
学而优则仕
以兼济天下实现理想的
唯一一条独木桥
高举数十个灿丽的生命春天
拼命地敲扣乃至撞击
体制这陈腐的大门
大门却依旧
冷森森地冰封着

穷愁落寞孤苦屈辱
北风般轮番肆虐
于是，穿过绿色茎管催动花朵的力
催动了你翠绿和金黄的年华
更催动你心灵深处
被种种五行山
长期重压着的重重悒郁
重重悒郁纷纷破土而出
开放成一朵朵
美丽多姿的白日梦
开放成惊世绝艳的
一部《聊斋志异》

2012年5月26日山东蒲家庄聊斋

霍州陶唐峪

一切喧嚣到此止息
只有饱吸阳光与溪流的山的哞哞叫声
一切的浮华到此碎灭
一如阳光下美丽耀眼的肥皂泡
只有独得天地之灵气的自然
纷乱又有序繁复而单纯

活泼的负氧离子酒精般清洗发霉的灵魂
透明的飞瀑冲刷出本真的纹理
无数的自然传奇如阴云越聚越浓
等待了几千年的历史迫不及待地隆隆震响
时有一星星的故事急匆匆地霏霏降落

一路攀爬一路行进
走进了大自然永远绿色的传奇
走进了动荡不安的唐朝初年
走进了和平宁静的帝尧时代

2012 年 6 月 22 日清晨山西临汾

无　题

暗淡如水的暮霭纷飞
昏黑如夜的湖水轻漾
落叶萧萧的树林僵立

一片高楼的森林间
倏然间哗啦坠落了
一轮圆溜溜的夕阳

一片昏黑的虚无
笼罩了茫茫宇宙

2012 年 10 月 30 日傍晚回家途中

赤　壁

赤壁既是赤壁
又不是赤壁
周瑜既是周瑜
又不是周瑜
诸葛亮既是诸葛亮
又不是诸葛亮
赤壁之战既是赤壁之战
又不是赤壁之战
我既是我
又不是我
滚滚长江的浪花涛声里
缤纷文化的变换传承中
一轮红艳艳的太阳
荡漾在波峰浪谷间
或是无限放大
或是大大缩小

2012 年 11 月 7 日咸宁赤壁

风　景

云层之上
神秘莫测
时而乌云滚滚
时而五色缤纷
时而丽日晴空
时而雨雪霏霏

云层之下
整齐划一
一切都数字化了
一切都程序化了
数字的程序
格式化了世界和心灵

地壳之下
火却在熊熊燃烧

2013 年 7 月 9 日天津

生　活

市中心的金色大厅内
人们正襟危坐
全神贯注
灵魂遨游于
神秘幽深的
精神王国
未知天地

一条街道上
农贸市场
以鸡鸭鱼肉蔬菜水果
诠释了真实的平凡
另一条街道上
耍猴人
以猴子的滑稽表演
欢娱了生活的平庸乏味
又一条街道上
送葬的行列
洒下了一串串
哭哭啼啼的哀挽

2013 年 7 月 9 日天津

西夏王陵三号墓[1]

是那熊熊燃烧的血
锻造出西夏历史曾经的辉煌
在黑幽幽的虚无中
铺开一片灿烂的锦绣文明

是那更熊熊燃烧的血
吞噬了西夏曾经的辉煌
只留下这一片大大小小的土堆
和黄沙漫漫杂草丛生的荒凉

熊熊燃烧的血
只不过是
转瞬即逝的风暴
大大小小的土堆
却形象地诠释了
什么是永恒和宁静

2013 年 7 月 23 日上午宁夏西夏王陵

1. 西夏王陵三号墓，墓主是西夏皇帝李元昊，他在位时创造了西夏最大的辉煌，后被成吉思汗的蒙古大军彻底摧毁。

贺兰山岩画

这是我们的日常生活
狩猎征战交媾生育娱乐祭神
闲暇之时，欢娱，祭神
当灵感泉涌，我们便
在贺兰山的岩石上
显形我们的诗意和激情
说简单就这么简单

这是我们的信仰
感恩太阳感恩万物
敬仰神灵祭谢神灵
信仰是我们的生命之根
营养并提升我们的精神
赋予我们的生活以激情和意义
说复杂就这么复杂

2013年7月23日中午宁夏贺兰山

沙　湖

茫茫平地间
突现这一片沙山

是沙湖柔媚的眼波
温柔了狂风的进程

还是神秘莫测的造化
另有深意抑或纯属无意

一代代人的眼睛，铺开
一片片深入幽冥的探照灯光

可自然的玄奥，依旧
如斯芬克斯嘴角的微笑

2013年7月23日下午宁夏沙湖

永宁回民之乡金色大殿

漫漫苦海浓浓迷雾
风暴迭起孤舟迷茫
信仰，生命的明灯
前行有了明确的方向

人性本恶念念为己
种种欲望绿森森地蓬勃
没有做不到的
只有想不到的
滔天的洪水
尽情地肆虐

信仰，纯净的火焰
熊熊冶炼人性之恶
锻造出一轮金灿灿的
博爱的太阳

2013 年 7 月 24 日傍晚宁夏永宁回民之乡

水洞沟

三万年的时光向我涌来
倏然间我穿越时空隧道
悠悠降临旧石器时代

我们日出而作日落而息
采摘渔牧所需不多
生活简单而宁静

既未暴殄天物
也未竭泽而渔
更未严重污染环境

可不知为何，老天
竟嫉妒我们的幸福
山崩地裂
湖泊顿成丘陵
大地满目疮痍
水洞沟瘟疫肆虐
我们被迫逃向
浓雾漫漫的未知

2013 年 7 月 25 日宁夏水洞沟

塞壬女妖

男人们那渴望又畏惧的幻想
终于开花结果
荒凉的海岛上
猛然灿丽着
一片神异而有魔力的风景
——你，还有你那迷人的歌声

并非你在诱惑那些男人
而是摇曳在男人心底的猎奇
牵引着男人的脚步和灵魂
并非你杀死了那些男人
而是男人骨子里战栗的欲望
杀死了他们自己

2013 年 7 月 26 日晨 T275 次银川至北京列车上

暮游桥陵

我们驱车长途疾驰
还是被顽皮的夜抢了先
早已成为大自然一部分的桥陵
与夜色融为更浑然的一体

心中的巨石倏然融解于茫茫夜色
我们的心顿时轻松自在如路边的小草
与清新的风儿吟唱的虫儿频频对话
任夜色弥漫成更浓郁的黑色神秘

既定、单一的明确目标放弃后
反而融入更广阔更深邃的境界

2013年11月1日晚陕西蒲城桥陵

历山舜王坪

太行山中的这一片山峰
铺开了生机盎然的绿茸茸神奇
舜曾在此精心耕种
中华民族最务实的神话和传奇

神话绽放成七彩绚丽的晚霞
远古的气息却早已如草丛中的零星白雪
我的全身散发出庄稼的芳香
渴望让神州日益萎缩的田土丰收

啊，但愿我能成为春天
带着全部的童话在神州大地盛开
可浓黑的夜缓缓降临
吞噬了我灿烂的春花的梦

2013 年 11 月 4 日晨临汾市

无　题

灵狐闪现
朝霞在天边铺开火红的希望

浊水滔滔了整个世界
雾霾灰色了所有空间

连梦都零落成泥碾作尘
只剩下黑色灰色钢筋水泥

灵狐闪现
如流星一闪即逝

它那灵幻的身影
灵幻了僵硬的目光

2014 年 1 月 13 日上午天津师大

飞机上看云

蓝晶晶碧茫茫的天空草原
牧放着千姿百态变幻起伏的无数幻想
那是童年自由飞翔缤纷多彩的一个个美梦
而今心灵最幽深处备受压抑的纯净向往

2014 年 2 月 17 日上午天津至长沙飞机上

无　题

幻想
与梦
如星星
灿丽在
浩瀚的夜空里
如野花
烂漫在
自由的原野里
沉重的肉体
轻盈的呼吸

幻想
与梦
似鱼儿
艰难地
喘息在
浑浊的池水里
像重犯
囚禁在
铜墙铁壁里
轻盈的呼吸
沉重的肉体

2014年7月10日上午天津

野蜂的心事

我们的心事
是没有心事

平平凡凡
也简简单单

一切都自自然然
劳作婚媾生育死亡

不像某些动物
一生殚精竭虑用破苦心

死后不过也像我们一样
化作一抔泥土

2014 年 7 月 10 日上午天津

野蜂·玻璃

我一时好奇
飞进了屋里
盘旋几周
却没有任何新奇

展开双翅
我向敞亮处飞去
砰！却撞上了
一堵透明的墙壁

我左冲右突，却只是
撞上透明的墙壁
被撞得昏头昏脑的我
再也搞不清哪里没有墙壁

2014年7月10日上午天津

哈尔滨中央大街

——怀念张铁夫老师[1]

哈尔滨中央大街
依旧如此闪耀着异国的光辉
可我却再不能陪伴
我最敬爱的人在此漫步

哈尔滨中央大街
依旧如此繁华热闹
可再次在此漫步的我
却只能拉长忧伤疼痛的思绪

哈尔滨中央大街
是俄国文化在中国的产物
我的精神之父
却已远在天国

2014 年 7 月 30 日中午哈尔滨中央大街

1.2010 年 7 月 2—5 日，黑龙江大学俄罗斯语言文学与文化研究中心在哈尔滨主办“2010 年哈尔滨论坛”之“俄罗斯文学论坛”，和恩师张铁夫教授（1938—2012）一同住在金谷大厦 1706 号房间，每天清早五点半、下午六点左右，都陪恩师在中央大街散步、聊天一两小时。

呼伦贝尔大草原

把你那被高楼大厦禁锢的目光
朝天边尽情地铺展铺展
把你那尘封发霉的心绪
朝天边尽情地铺展铺展
把你那凝滞板结的想象
朝天边尽情地铺展铺展

让繁花牧草缤纷青翠
你灰色的暗淡时光
让飞驰如箭的骏马
沙沙踏响你疲惫的心弦
让圆月夜的阵阵狼嗥
野性你弱不禁风的想象

2014 年 8 月 1 日呼伦贝尔大草原

飞行有感

难得有这样轻松快乐的日子
随飞机悠悠腾空而起直上云霄
抛下地面蚂蟥般缠身的
种种重负和重重忧烦
让漫漫思绪尽情地与白云嬉戏
时而轻轻飘漾成棉絮的银河
时而巍然耸立成银灿灿的山峰
时而摇身一变成为琼台楼阁
时而绵绵铺展成纯银的草原

2014 年 9 月 13 日天津至乌鲁木齐飞机上

乌尔禾魔鬼城

是什么样神秘的力量
让这千里戈壁陡然跃现出
这一片片土的神奇

是何等的鬼斧神工
漫不经心却又年复一年
执着地砍削出这一片片奇异

大自然默默无言
却以其生动形象的作品
打消世人的狂妄自大自以为是
在他们心里树立起紫红的敬畏

2014年9月16日乌尔禾魔鬼城

走进喀纳斯

走进喀纳斯
就走进了大自然
那美得让人窒息的
神秘和传奇
那一湖溶溶的绿宝石
比蓝天更纯净更透明
也更善于闪现变幻的
层次细腻而丰富的种种绿
那奇异的山川地貌
形象地诠释了
大自然的奇异和神力
那偶尔现身的水怪
更是挑战科学
向缺乏想象力的世人昭告
大自然还有诸多
人所未知的神异

2014 年 9 月 17 日喀纳斯

迷　蒙

迷蒙的细雨
迷蒙的天地
迷蒙的故乡
迷蒙的时光
迷蒙的心情
迷蒙的人生

艰难地走过了
黑白分明的岁月
漫天的迷蒙
反倒带来
一种迷蒙的诗意
迷蒙的诗意中
整个宇宙都
更高更宽更远更美

2014 年 11 月 29 日上午雨中长沙至武汉高铁上

随州市博物馆

青铜器诠释了
南国的宗教和人性
木器漆器彰显了
长江边日常生活的诗意
玉器金器显形了
楚地奇异的智慧
编钟乐舞更是绮丽着
南方的艺术和想象——
豪放处漫天黄钟大吕
温柔处摇漾似水柔情
入世处心系万家灯火
脱俗处翔舞鹤吟凤鸣

2014 年 11 月 19 日下午参观随州博物馆后

无　题

麦浪腾腾的金焰
烹煮着
一滴如血的夕阳
乌鸦黑乎乎的叫声
引发了
黑夜沉甸甸的律动
大海蓝幽幽的大合唱里
飞出了
一支银灿灿的月亮
梦的原始森林深处
矗立起
一座红艳艳的圣殿

2015 年 1 月 20 日上午天津

一树樱花

仅仅 一树
温馨的明媚
就灿丽成
欣悦得
让心儿怦怦狂跳
又新鲜得
令人流鼻血的
春天

苦熬苦等了
整整一个
漫长又漫长
光秃秃
灰蒙蒙的
冬天
就为了
这一树
温馨的明媚

2015 年 3 月 25 日天津

蒙　山

植根于数千年的历史尘土
你奇拔俏丽的风姿
又怒放成绚丽多彩的春天
新叶嫩绿成前景无限的希望
桃花粉红成温馨浪漫的幻想
梨花雪白成少年时那份神圣的纯洁

蒙山高　沂水长
优美的旋律火热的激情圣洁的理想
还有少女那自然质朴动人心魂的
青春之美和青春的歌声
共铸成蒙山刻骨铭心的风骨与美
根植于灵魂深处　永世难忘

时间的长风永恒地劲吹
吹尽了短暂的喧嚣、纷争和硝烟
唯有诗仙诗圣把臂共游的身影
太阳般在历史的云雾中朦胧闪现
唯有漫山的草木依旧绚丽地绽放成
大自然芳香袭人五彩缤纷的梦

今天，山到最高我为峰地
站立在孔子小鲁的蒙山之巅
数千年的历史竟与圣洁的少年时光
融合成野性而又芬芳的满山春色

2015 年 4 月 4 日上午蒙山

曾子山

百善孝为先
孝 感天动地

于是，天地之间就有了
这一片动人心魂的奇迹

辛劳一世的母亲躺下了
安安静静地睡成了一座永恒

脚前 是祭祀的香炉
燃烧着孝子贤孙的无尽思念和真诚孝敬

身后 是一代又一代子孙
跪拜着接过先辈的美德——孝

2015 年 4 月 4 日下午曾子山

四六级英语考试

骤然间
全国各地
如临大敌
考场内
众多考生
和监考人员
战战兢兢
如履薄冰

英语一枝独秀
甚至独占鳌头
高扬起西方的
语言观价值观
（曾讽刺过俄国贵族
法语说得比俄语还地道的
冯维津，在窃笑）
最最母亲的汉语
却在冷宫中
暗暗饮泣

2015 年 6 月 13 日天津

密云县栗林山庄

唯有蟋蟀的轻吟
把满溢着草木清香的夜色
编织成柔和宁静的美梦

群鸟的清歌
千腔百调地绚丽了
近乎原生态的乡村清晨

缤纷的山花
多彩多姿地报道
山野每天的新闻

鸣蝉绿油油的欢唱
煮沸了
金灿灿亮晶晶的白天

密云水库的碧水
空蒙地摇漾着
山野的自由与闲逸

云蒙山长城
猝然间
把青青山色和你的目光
拖拽进历史的悠远

2015 年 8 月 22 日下午北京密云栗林山庄

观看黄河壶口瀑布的两种角度

一

历经千难万险
仍活力四射的
矫健黄色巨龙
岂能忍受
如此狭窄的束缚
咆哮一声
腾空而起
化为漫天水雾
闪射出一道道
绚丽的彩虹
展示生命的奇迹

二

历经千难万险
仍活力四射的
矫健黄色巨龙
岂能忍受
如此狭窄的束缚
咆哮一声
腾空而起
飞落而下
却仍只能

万般无奈地

蚯蚓于

命定的狭小囚笼

2015 年 8 月 28 日傍晚山西吉县壶口瀑布

绵山水涛仙谷

漫步前行
悠悠走进
大自然与历史
（自春秋至近代）的
种种传奇云雾里
每一条曲径
都诗意无限地
通向一个个
崭新的惊喜

再没有地球村
那无所不在的网络
定位辐射
你的身体和心灵
只有丛丛野花
香喷喷地
一片片芬芳浪漫
你的心情
半溪秋水
绿漾漾地
一圈圈荡圆荡远
你的想象

2015 年 8 月 30 日晨山西绵山水涛仙谷

第二辑　散文诗

孩子的笑

郁郁地，他信步走到马路上。他的步子是散乱的，一忽儿东，一忽儿西。乱风中，飘起了一片落叶。他的思想是混乱的，他，正置身于一个密闭的沉闷、炎热，挤满发霉、尘封的东西、秽物、烟雾以及无数框框架架的小屋中。他想冲出去。但，总像鱼要冲到空中去生活一样难。没有一丝缝隙，能透入那永恒、温暖的光亮。

围绕他的，只是，而且总是：陈旧的东西、秽物、烟雾和无数的框框架架以及小屋灼热、黑暗的四壁。

冲出去的欲望，失败的痛苦，饿鹰一般，啄食着他的心。

在马路上，他徘徊着，彷徨着，郁郁地，郁郁地。

一个年轻的母亲，抱着一个一岁多的孩子，从他的身边走过。

美丽、可爱的孩子，向着他，天真地甜甜笑了。

刹那间，一股天外的光——这神圣、永恒、温暖、迷人的光呵，——激光一般，烧熔了小屋。

他的心，欢快、轻盈，云雀一般直冲云霄。

云雀的歌，洒向大地，融进了无垠的太空那可爱的蔚蓝蔚蓝之中……

1984 年 3 月 23 日晚邵阳

“亮亮掉河里了”

是在做梦？是中了孙悟空的定身法？他俩，相对着发呆。

一个，在船头；一个，在船舱。

月光，和着细细的雾气，那么凉爽，那么潜潜地，在飘呀，飘呀。夜色，透明又朦胧。

江面，宁静得像一个轻盈的梦。波光粼粼，波光粼粼。江水，像一首诗，一首绝妙的诗，清清，优美，深沉，神秘。月儿，在天空浮游。月儿，在江里浮游。顽皮的风呀，轻快地飞来。月儿，在水里荡漾。月儿，在天空荡漾。月儿，无数个银晃晃的月儿，在轻盈地荡呀，荡……

饭锅，张着黑中透白的嘴，大口大口地，吞食着银白的月光。菜锅，也用黑森森的嘴，饕餮着，饕餮着。揭开的米桶，盛了一桶皎洁的月光。灶里，只有月光在动，在燃。唉，十多天，十多天没看见一片鱼鳞了呀！

相对着发呆，他俩。船，在轻轻地摇呀，摇。细浪，轻轻地、多情地、不知疲倦地，用清脆、甜美的声音，和船儿说呀，说呀，说个不停。柔和的月光呵，在他俩身上，悄没声息地，顽皮地，爬来爬去，爬去爬来。

两岁的小孩，月光一般，在妈妈的身边，爬来爬去，爬来爬去。爬到船边了，他叫了起来：“亮亮掉河里了！亮亮掉河里了！快捞哒上来！快捞哒上来！”他看看天空，又看看水里，急得手舞足蹈了。

“扑哧！”他俩笑起来了。男的走过来了。他们都乐了。

月光，和着细细的雾气，那么凉爽，那么潜潜地，在飘呀，在飘呀。

欢快的梭子，在穿呀穿，男的，开始补网了。轻快的手，在飞呀飞，女的，收拾东西了。

月儿，在天空荡漾。月儿，在水里荡漾。月儿，无数个银晃晃的月儿呀，在轻盈地，荡呵，荡……

1984年5月3日邵阳

老树新花

从家里到车间，三千五百步。从车间到家里，三千五……“唉！”他长叹一声，烦躁起来。再也量不下去了！闲得难受呵！一身的劲，天亮时笼里的鸡一样，直想往外挤呵！退休呵，退休呵，我身体好好的，还能做事呀！闷得慌呵！掉了三魂六魄似的！忽而，觉得有件什么东西丢了，忽而，脑子里一“咯噔”，又好像忘记了什么事情，忽而，觉得身上某一处痒得不行，但一找，又不知究竟哪里痒了，忽而，又好像想起了什么……什么，什么呢？不得而知。莫名其妙。这过的是什么日子哟，简直是在做一个怪梦！唉！退休的第一天就这样，今后，可怎么过哟！他随手从口袋里掏出一张纸，“嘶！嘶！嘶！”几下扯碎，狠狠地，扔向地上。一阵风吹来，这些碎纸片，零零乱乱、纷纷扬扬地，围绕着他，飞来飞去，有几片，还那么顽皮地，碰一碰他的脸。真是的！他无可奈何了。

一股幽香，钻进他的鼻子。他一抬头，呆了：这棵槐树，开花了！它，一个成人，还合抱不了呢！它的皮，是那样黑，那样粗糙！它的身子，颤巍巍的！伤疤、裂痕，那么多、那么多呀！一张饱经忧患、刻满皱纹的老脸！然而，它那坚实的手，举着一簇簇、一簇簇的花呀！那么洁白，那么芳香！老树新花，老树新花，嘿嘿！他，消失了。槐树。只剩下那棵开花的槐树。

他欢快地走着。他找回自己了！从那开着新花的槐树身上。刚刚，他心里一动，忽然不知哪是槐树，哪是自己了！啊，老树新花，老树新花！

1984 年 5 月 5 日邵阳

橘　花

悠悠地，悠悠地，像一段纯洁、芳香的往事，向你的心袭来；悠悠地，悠悠地，像一片晶莹、洁白的梦，在你的眼前展开；悠悠地，悠悠地，像甜蜜、优美的歌声，把你带入一个美妙的境界。这幽香的橘花，这橘花的幽香啊！

橘树开花了！那幽绿幽绿的叶儿，捧着一簇簇又一簇簇星星般的橘花。小小的橘花，洁白。然而，它不香。它的香，深藏在心底。它是不轻易把自己的香拿出来的。它等待着。终于，它那洁白的花香充满世界了！尘土飞扬的世界，净化了！整个世界，似乎只是洁白的花香，花香的洁白了！这时，你如果走近橘子树，呀，五瓣的，四瓣的，三瓣的，还有六瓣的，尽是绽开的橘花！蜜蜂来了，农民来了，学生来了，诗人也来了！这幽香的、洁白可爱的橘花啊！

而橘花，小小的橘花啊，只是默默地。与它相比，莲花，似乎太高洁了，高洁得只属于少数人；与它相比，桂花，似乎太浓，又太孤独了！而牡丹，似乎太俗、太艳；桃花，似乎太轻佻、太伤感！迎春、腊梅呢，也有争功、炫耀之嫌！它们，它们呀，似乎都是为了自己——以不同的方式，从不同的角度，去惹人注目，去迎合，去取宠！然而，橘花，小小的橘花，它，只是默默地。它不求取悦于人。它不轻易舒苞放出花香，就像一个严肃、庄重、伟大的艺术家，不轻易说出自己心里美妙的观点。它只是为了果实，为了那给人带来许多营养、许多甜蜜、许多快乐的果实呀！它开了，开得那么平凡，但不俗气；它开了，开得那么洁白，但不傲慢；它开了，开得那么芳香，又开得那么幽静！它开在山岭，它开在洼地，却一点也不孤寂！看啊，有洁白的槐花与它呼应呀，有金黄的菜花与它做伴呀，还有那朝霞般的紫云英呀……它开了，没有一点伤感；它开了，开得那么充实；它开了，给世界带来了芳香、快乐和期待！橘花呀，橘花！啊，要是我们个个心里，都有一棵绿色的橘树！要是我们人人胸中，都有一树洁白的橘花！

1984年5月10日晨邵阳

小孩儿与野蜜蜂

"嗡—嗡—嗡"。像花儿绽苞一样，像小草伸展一样，轻轻的，从耳边掠过。小孩儿，抬起头来，笑了。微风起了，鲜花环抱的清清池塘，漾起粼粼的波纹。"蜜蜂！蜜蜂！"他叫着，挥舞着小手，跟过去了。

小小的野蜜蜂，忽高忽低，划着优美的弧线，轻盈地、欢快地，飞舞，飞舞。倏地一转，它钻进了土砖墙上的一个小洞。拇指大的小小洞里，只传出一声："嗡……"

一股冷风，吹过幼嫩、碧绿的树林。小孩儿，睁大了眼睛。"酿那么甜、那么香的蜜的蜜蜂，就住这里？！"一朵洁白的花绽开了，一股洁白的幽香飘飞。小孩儿，激动得涨红了小脸。

等待着，等待着，守卫在洞口的两个小小手指等待着。等待着，等待着，黑溜溜的眼睛一动不动地等待着。等待着，等待着，整个屏息敛气的小小身子等待着。那么真挚，那么热烈，那么急切，那么沉着！

轻轻，轻轻，小心翼翼，嫩嫩的手指，挨近了终于露出洞来的黑黄躯体。"哎哟！"一个美丽的肥皂泡，破了。小孩儿，痛苦地乱舞着小手。"我是想让你住个更好的地方啊！"泪花，一朵朵开在小孩儿的脸面……

而蜜蜂，小小的野蜜蜂，狂飞的野蜜蜂，在远远的、远远的地方，跌进了土里，像一粒小石子……

1984 年 5 月 17 日邵阳市桂花村

梦

炽热的、暗红的岩浆。从无尽头的天边涌来。向无尽头的天边涌去。广渺、浩瀚的宇宙，是浸泡在这炽热、暗红的岩浆之中了。

人们，生活在这炽热、暗红的岩浆中的人们，低着头，喘息着，不停地忙碌着。炽热、暗红的岩浆，大海的波浪一般，起伏着，汹涌着。闷呀，憋呀，可人们仍然只是低头忙碌。有人需要。有人愤恨。这滚滚而来的就是财富啊！需要的满足。唉，这讨厌的、害人的东西哟！愤恨的无可奈何。他们忍耐。渐渐地，也就习惯了。渐渐地，深觉它不可缺了，甚至挺身捍卫它了！这炽热、暗红的岩浆啊！“嚓！”一道闪光，一道天使般纯洁的、照彻一切的、雪白的闪光！忙碌的人群中，有几个，抬头看了！啊，这神奇的光，从他们那炽热的、放出异彩的眼睛里，直泻进他们的心田！他们，净化了，提高了！他们，是和这光一样伟大了！他们的眼睛，这光一样能洞察一切！他们的嘴里，发出了这光一样的歌声！

沉默的世界，骚动了！一些人，跑向了这几个伟大的歌者。他们，也开始唱出美丽的歌了。然而，大多数人，仍是忙碌着，默默地，默默地。甚至有那么一部分人，号叫着，向这些歌者扑来！摇天动地的狂浪般的炽热、暗红的岩浆，向歌者们，压下来了！歌者中，有几个颤抖了，他们，惊惶地投身于令人窒息的岩浆之中，随波退回了！然而，歌者，那些真正的歌者，有着那闪光一样的眼睛和心灵的歌者，却高傲地昂起头，迎着铺天盖地的炽热、暗红的岩浆，欢唱着，尽情地欢唱着。他们仿佛看见了：世界，在他们的歌声中，鲜草丰茂，百花盛开，可爱的春天，驱逐了炽热、暗红的岩浆！人们，美丽的人们，都歌唱着，欢笑着，那样的轻松、愉快，那样的纯洁、幸福……啊，世界，需要歌者；人们，更需要歌者！

1984年6月2日邵阳

卖香椿的女孩

她茫然了。这五光十色的人流……这蚂蚁般来来往往的车辆……这一栋栋高大、壮丽的建筑……这一个个商店、电影院……这光怪陆离的广告牌牌……这各种各样的声音……这各种各样的刺鼻的气味……一切，似乎是有节奏的，有某种秩序的，又似乎是匆忙的，混乱的……全不像乡下啊！乡下，才好呢！一切，都是平静的，清新的，单调而丰富，朴实而优美！这里，美倒是美，就是有股乱味，有股怪味，叫你又新奇，又害怕！她的心，紧缩了。她，漫无目的地，走来走去。手里，提着一篮香椿（篮子上，还沾着细细的花粉和带泥的小草）。鹅黄的嫩嫩的香椿，散发出浓烈的香味。

她今年十四。以前，也进过几次城。那都是有事来着。不是老师领着，就是父母带着。匆匆而来，匆匆而去。没留下多少印象。像现在这样，慢慢地走来走去，看着，听着，想着，她还是第一次。这，使她发现了一个新的世界。使她激动而不安的世界。她，似乎有点喜欢它，又似乎有点讨厌它。反正，比不上我们乡下！她的家，离城二三十里。没事，是难得进城的。进趟城，要好几角钱呢！今天，星期天，爸爸、妈妈让她卖香椿来了。

她可是第一次卖东西呀！而且，好像卖香椿的就她一个！怎么个卖法呢？妈妈说，起码要卖一角钱一把，才能赚回路费，捞点油盐钱。那么，就卖角钱一把吧。可是，究竟怎么卖呢？走了半天了，还没一个人来买呢！她本来就不安的心，有点惶惑、窘困了。

“喂，你这香椿是卖的吗？”她抬起头，如释重负地吁了口气。总算有人找上门来了！然而，一看到那水波般光滑的黑绸面夹背心，一看到中年妇女那眼光，——有些什么呢？她说不出，不过，她感到窘迫、害怕，她涨红了脸，下意识地低下头，看看自己身上的水红衣裳。“呃，卖不卖呀？”“一角钱一把。”她自己也感到惊讶，声音全不像她的了！为什么？不知道。“不能少两分么？”她的脸，就像那次喝了点烧酒，火辣辣、红通通的。她难为情地低下头，忸怩不安了。那中年妇女，似乎被打动了：“好，一角就一角吧。喏，请你收钱。你是第一次卖东西吧？”“嗯。”她窘极了。妇女笑起来，把钱放进篮子里，拿起一把香椿，走了。她痴痴地看着她走。“呃，你等等！”她忽然醒过来似的，拿起一把香椿，追上去了。为什么呢？似乎有某种理由。她，好像知道，又好像不知道。

她轻松愉快了。她挎着篮子，响亮地叫起来：“卖香椿，卖香椿噢！”似乎一下子，她懂得了做买卖。似乎一下子，她认识了这个城市。是的，她似乎把握到某种本质的东西了：城市、城市里的一切、与它相联系的一切，是这么奇怪而有趣噢！

1984 年 6 月 11 日邵阳

小孩儿

他故意重重地撞开门，冲进屋里。爸爸一定又皱眉了吧？哼！他冲进书房："爸爸，我回来了！""哦！玩去吧！待会儿吃饭。"爸爸，抬了一下头，又低头工作了。爸爸，是工程师。这一段时间，从早到晚，不是拿着书翻来翻去，就是拿着笔、尺，在一张张硬硬的白纸上，写呀，画呀；画呀，写呀，连饭，都常常不来吃！好像全世界的事，一下子全都交给他一个人了似的！哼！再也不带我去散步了，再也不给我讲故事了，再也不给我买好书了……他一转身，跑向妈妈："妈妈，我回来了！""好，好！先休息休息，一会儿就吃饭了！"妈妈抬起头，看着他，笑了一笑。那笑里好像有某种东西，他说不出，不过，他懂得它。他的心，正是被它打动了——一股暖流，闪电般从心里经过。妈妈低下头，又继续忙自己的了。真是的，别人的妈妈就没这么忙！妈妈是中学教师，教毕业班。这一段，常常忙到很晚很晚，有时，他一觉醒来，她，还在忙着呢！唉，妈妈的爱抚、妈妈的亲吻，妈妈对卫生、学习的检查……都没有了！

他待了一会儿。有气无力地提着小书包（他是小学一年级学生），闷闷地回到自己的寝室里。恨恨地，他把小书包往床上一丢，仿佛一切全都是这只倒霉的小东西的过错。他一屁股坐在小凳子上，痴痴地发呆。心里，憋得慌啊！就好像睡着了做噩梦，闷得要死，又没一点办法！梦？他吓了一跳。昨晚的梦，又来纠缠他了。他变成了一只风筝，在飘着白云的蓝天上，欢快地飞舞。突然间，线断了，他，成了没线的风筝，在那么宽、那么远的空中，飞呀，飞呀，做伴的，只有冰冷的空气！多吓人呀！他长叹一声，站起来，找出自己最喜爱的“小人书”。

今天，怕是撞鬼了！平时那么有趣，逗得他饭都不想吃的“小人书”，现在，他瞟都不想瞟一下！他甩掉书，“嘭”的一声，直挺挺地倒在床上。风筝，风筝，断了线的风筝。他害怕了。他又像昨夜做梦一样，又闷又慌了。然而，忽然间，他灵机一动。他翻滚，他叫唤，他紧紧地捂住肚子。妈妈，急急忙忙地跑过来了！爸爸，也跟在她后面，慌慌张张地。他心里暗笑。可他不敢笑出声来。他更起劲地翻滚，更大声地叫唤：“哎哟，哎哟，痛、痛死我了！”妈妈，走过来，摸摸他的额头：“哪里痛？快告诉妈妈！”爸爸，急得抓耳挠腮：“赶快送医院！”他这才有点急了，叫唤声低下来，滚得也不那么厉害了：“我肚子痛得狠！现在，好些了！不、不要去医院了！”心里，一股甜蜜的暖流，却在流呀，流呀……

小孩儿，是料峭春风中赤裸裸的小鸟儿，时时需要爱的温暖……

1984年6月16日邵阳

漂水花

“哈，你看！”一个清脆、自豪的童声撞进他的耳膜。他抬起头。两个八九岁的小男孩，正在漂水花呢！一块薄薄的、扁平的石块，轻盈地跳跃着，带起一个个优美的圆圆曲线，远远地，消失在水中。他的脚步，情不自禁地停了下来。“看我的！”另一个孩子的豪壮的声音。他的胳膊猛一挥，“咚！”水花四溅，石块，沉入水底。

“要这样！”那个声音清脆的孩子，手轻轻地一扬，一块白白的圆圆的鹅卵石片，贴地争飞的燕子般，掠过水面，向远处，飞跃，飞跃。“一、二、三、四、五、六、七、八……”圆圆的波纹，有节奏地出现了。

“我也能！”另一个小男孩涨红了脸。手臂一挥，“咚！”水花溅得更高更高，似乎有意在寻他的开心。

他的心“砰”然一动。他突然觉得自己太老了。是的，老得太厉害了：暮气沉沉！其实，他才二十几岁！唉！人的心，一块阴暗、温润的沃土，稍一放松，安逸、懒惰、暮气，便青苔一般厚厚实实地爬满了。是的，过于安乐、平静的生活，是会吸掉人的青春，消磨光人的斗志，使人变得无所事事、平平庸庸的。他的生活，平静，幸福。工资，不算太低，足以购买一些现代化的家具。他有一种特殊的力量——自己，能真诚地爱周围的一切，周围的一切人，也都真诚地爱他。他有一位好妻子。她对他的爱，就像皎洁的月光下这小河里的水，迷得他心里发颤、发痒。他还要什么呢？谢谢老天，一切，都有了！每天，就是：上班，家务，爱，快乐，幸福！啊，我多么……多么老了！我怎么对什么都无所谓，再不愿追求什么了呢？

他抬起头，忽然发现，那漂水花的不是别人，正是他自己，童年的自己，充满活力的自己，争强好胜的自己，笨拙而又聪明的自己。

他全身一颤，一股暖流在周身奔流。他坚定、有力地向前走。青春的活力，在整个身心洋溢。背后，小男孩们的声音不时传来：“哈，我五个！”“嘿！我十一个！”

1984年6月17日邵阳市

猴　子

小小的街道里，热闹起来了。

小孩子，欢蹦乱跳地，从屋里飞了出来；青年们，三步两步跨出门槛；中年们，紧紧地跟上去；就连颤巍巍的老头儿、老婆婆们，也不甘落后，拄着拐棍，急急地走进人群里。

一只毛发金黄的小猴子，用铁链子拴着，系在巷边那棵老槐树上（它，是王家的儿子刚刚带回来的）。它，时而蹲着，向人们做着怪脸，时而，对着走过来的某个人猛扑过去，抓住他的衣角，那么亲热地，使劲地舔……

"哈哈！""哈哈！"笑声，不时爆发。笑着，笑着，大家，亲密地、热烈地议论起来了。议论着，议论着，大人们忽然有点不好意思了！大家之间，不是很好很好么？为什么，以前，各自只是在各自的屋里忙乎、忙乎，忙乎完了，也只是各自找个地方坐下，想自己的心事，或守着电视，从没主动地会集在一起，亲亲热热地说说笑笑呢（除非要借东西，不得不登门去惊动人家）？咳，我们竟然这样过了许多日子！想着想着，他们感到害怕了！害怕着，害怕着，他们的谈话更热烈了！

1984年7月6日邵阳

晒谷的人

六月的中午，太阳毒辣辣的。空气，热得蒸人。

可他，忘了这些。他用手里的木耙，轻轻地，小心翼翼地，把晒谷坪里的稻谷，摊平、耙匀。

阳光下，有着金子般光泽的稻谷一粒粒，饱满，壮实，听话的胖娃娃一样，顺着他那耙子的轻柔的移动，可爱地、规矩地躺下去了。

轻轻地摊着，慢慢地耙着，甜甜的微笑挂在嘴角上了。他停了下来。像注视熟睡中最心疼的儿女一样，他注视着满晒谷坪金灿灿的稻谷。他蹲下来，拈起一粒干了的稻谷，放到眼睛边，看过来又看过去。舍不得似的，他迟疑地把它放进嘴里。“嘣！”脆生生的！白花花的！真甜，真香呀！就像咬破了一个成熟的香甜美梦一样！香香甜甜的笑，突然春花般开满了脸面！

真不容易呀！他直起腰来，甜甜地想着。播种。出芽。护秧。插秧。薅田。施肥。放水。护水。治虫。打禾……是的，就像上次卖菜时那个城里妇女说的，乡里的农民，累得要死！她是好意，是叹息我们。不过，她说我们累死了都没什么乐趣，这就不对了！要知道，只要放肆去做，你自然会有收获；有了收获了，乐趣，自然就跟着来了！什么事都是这个理啊！这个世上，还从来没有没有乐趣的事呢！

像注视熟睡中最心疼的儿女一样，他注视着满晒谷坪金灿灿的稻谷。甜甜地笑着，他移动手中的耙子，轻轻地，小心翼翼地……

1984 年 7 月 24 日邵阳市桂花村

不能撩开的帷幕

有一道帷幕，严严实实地，遮在那里。

它是奇怪的。它的上面写着：

“不能撩开的帷幕：

前行者，到此止步吧！这道帷幕，是不能撩开的！它的里面，是一切的真谛和真相。可是，你不能撩开它！撩开它，你必将付出惨重的代价！回去吧，趁现在还能保持自己的快乐、幸福！”

许许多多来到这里的人，听从了它的话，回家去了。他们保持了自己的快乐、幸福。

可，有一些人，他们，要探个究竟。他们，大胆地，撩开了，那道帷幕。“嚓！”一束洁白的强光，直透进他们的灵魂。

帷幕，合上了，依然严严实实地，遮在那里。

一瞬间，他们变得无比的美丽迷人。

可帷幕上的预言，也马上变成了现实。他们中的几个，当场倒下了。无比美丽迷人地，躺在那里。

他们中的另一部分，无比美丽迷人地，活下来了！他们满足地回望自己居住的世界。天哪，这是怎么回事？他们，变形了！他们变得奇形怪状，丑陋无比！他们再不能说话了！他们再也不能写了！只是，他们的眼睛，无比的美丽迷人而且敏锐。他们，突然发现，世界，原来是这样的……天啊，他们那可怜的心，从此，为痛苦所时时熬煎！他们皱着眉，低头走着。两旁的快乐、幸福的人，越来越多——他们指指点点着，嘲弄着，甚至愤怒地吐着唾沫。这些可怜者啊，就这样，在人们的嘲弄和轻蔑中，在痛苦的煎熬中，直至自己的末日。后悔吗？满足吗？只有他们自己心里清楚。那道帷幕里有些什么？为什么不能撩开？也只有他们心里真正明白！可他们，却成了哑巴！也不能用文字把那些加以表达！

而帷幕，那道帷幕，依然严严实实地，遮在那里，向后来者，挑战……

1984年8月26日邵阳

拔　河

拔河开始了。

绳子中间的塑料花，保持原位。双方僵持着。

她痴痴的，紧张地盯着塑料花。

“加油！加油！”红队这边的“啦啦队”忽然爆发了。

塑料花颤抖着，跟向红队。

“加油！加油！”黑队的“啦啦队”把自己的干劲和热情，倾泻到塑料花上。受了感染的塑料花，颤抖着，又跟向黑队。

寂静。颤抖的塑料花，又处于僵持的中心。

“他聪明，老实，真诚，能干，是个有出息的人！”“真的吗？”“凭我的经验，不会错！你只准备请我吃喜糖吧！”“哎呀，你……嘻嘻嘻嘻……”

“哎呀，我的老同学，你怎么找个这样的人！”“怎么啦？”“嗨！这样的人最傻了！”“他能够自我牺牲，为家里着想，结了婚，我不也同样可以享这个福吗？”“你……你也是一个大傻瓜！就是自我牺牲的人才最傻！他们，把自己的一切都给了别人，自己，又得到了什么，又留下什么呢！就拿这位‘他’来说吧，自己省吃俭用，把钱用去支援家里，那么，结婚的钱呢？办家具的钱呢？这还是小事！今后，有了家庭，他还这么自我牺牲，你可要吃苦了！在钱的问题上，我看，还是顾自己的好！”“嗯，也是，也是……”

塑料花，似乎有点犹豫不定了——跟红队呢，还是跟黑队呢？

“加油！加油！”红队一用劲，它又跟着移过去了。

“你呀，还一点不懂得男子们！在结婚前，他们，特别是不会用钱的，是不会存钱的。他们，要么大把大把地乱用，要么，大把大把地送人！一结了婚，他们就知道存钱，知道计划用钱了！”“那么，这事我可以放心了？”

随着黑队的加油声，塑料花又移了过来。

“哈哈！哈哈！找个矮子！好像嫁不出去似的！”“矮子！这……”

塑料花，激剧地颤抖着。一会儿移向红队，一会儿又移向黑队。

“人不是十全十美的！关键在于心地好！”

“哼，找个矮子！看你们怎么排对子上街！”

“这有什么！有一篇小说，叫作《高女人和她的矮丈夫》，你看过吗？生活中，丈夫比妻子矮的又不是你一个！只要你们感情好，这又有什么要紧！”

“矮子？哈哈！你真是的！凭你的条件，还怕找不到比他强的？”

“哎呀，你怎么这样没主见！我跟你说，有时候，是可以仔细考虑，多多选择，有时候，是过了这个村，就没了这个店！你自己拿主意吧！”

她恨恨地盯了一眼还在拉锯般移来动去的塑料花，心里猛地一震：“啊，我们人，真是可怜！”她再也看不下去了。跨着急促、零乱的步子，她走了……

1984年10月5日邵阳

生活的旋律

常常，有这样的时刻：我们对匆匆逝去的某一瞬间，惊奇地凝望，出神地沉思。啊，生命！生命是多么奇妙，生命是多么神秘！奇妙而神秘的风。而我们的心，是敏感的琴弦。微飓轻袭，它都要激动地战栗。神秘的瞬间，神秘的风，神秘的凝望，神秘的沉思，神秘的启悟，神秘的战栗。韵律地纯化了的战栗，便是诗，便是歌，便是生命的旋律。它既像生命本身一样奇妙、神秘、丰厚，又似透明珠玉的晶体，闪烁着不朽的令人深思的哲理光芒。

一切，似乎是这样的偶然，一切，似乎是这样的漫不经心。而在这偶然中又包含了我们多少年的人生经验的积累，在这漫不经心中又凝结着我们多少的苦苦探索与执着追求！一切，似乎这样全然地不由自主，一切，似乎是这样貌似儿戏、无足轻重的突然迸发，而越是不由自主地战栗出来的旋律，越是貌似儿戏、无足轻重的突然迸发，就可能越是在不知不觉中显示人类几千年乃至千万年的集体无意识。啊，这奇妙而神秘的风，这叫人痛苦又使人欣喜的战栗，这丰富而又深刻的生命的动人旋律！

1984年10月27日邵阳

树·人

头发乱蓬蓬的，他飞奔向那棵树。
古老又年轻的树。虬劲又秀丽的树。
他伏在它身上，把自己的忧伤的脸贴住它。
灼热的、混乱的思绪。树，痛苦地战栗了。
他惊呆了：树的心里，竟然有这么多痛苦的声音！
洪荒远古时粗犷的声音。中古柔和的声音。
近代文雅的声音。现代自由、奔放的声音。
啊，人是越来越文明了。人是越来越认识自己了。
人是越来越发展个性了。人是越来越自由了。
可：人是越来越可怜了。越来越互不理解了。
哭诉。哭诉。亿万年来痛苦的哭诉。人啊！
孤独啊。孤独啊。亿万年来，这个声音，总是
这样响亮地震颤着。人啊，人啊。
历史的脚步声。冷漠地，为形形色色的洪流
席卷的人群，过去了，过去了，过去了……
树，只有树，年轻又古老，秀丽又虬劲，
默默无语地，倾听着，倾听着……
他使劲把胸膛压在树干上。紧紧，紧紧……
他的心，融进树中了。他有了亿万年来人类的痛苦了。
蓦地，他的眼睛一亮：那不是童年丢失的
五彩的梦和白鹅卵石般的忧愁吗？
眨眼之间，他的过去！人类悲哀的洪流汹涌向前。
他悲哀了，更加悲哀了。他又高兴了。

他，已成为人类痛苦的一部分了。微不足道又永恒的一部分。

他恐惧而厌恶地望望自己来的那个方向。呸!
他更紧地抱住树。树的纯洁的血液渗进他的血中。
他是和树完完全全地融为一体了。他的血液乳汁一样洁白。
他现在是透明、晶莹的了。他的根，深深地往地心扎去。
他的干，高高地上耸，与蓝色天空珠联璧合般衔接。
忽然，他全身一震。一股股巨大的热流，从地心向周身涌来。
他的枝头，挂满了一串串晶莹、灿烂的星星。
他失掉了一部分自己。剩下的自己扩张了，完美了。
他是树。一棵有独特个性的完美的树。
他再也不感到忧伤、痛苦。人类的痛苦，全装在
他的心里。他使它们趋于净化，臻于完美。
他顶天立地地耸立着。他的全身水晶般透明。
一颗颗星星，在他的枝头抖颤，就像一只只鸟儿刚刚落下。
他等待着。静静地等待着。像原来等待他的树那样。
远远地，一个人奔来了，像原来的他一样……

1985年3月25日邵阳

两个世界

那个世界是晶莹、透明的。波光粼粼的，尽是蒸馏水。蒸馏水是太纯净了。纯净的蒸馏水只能容纳、发现它自己。我们进入这个世界。透过蒸馏水我们相望。我们近得比什么都远。相向而行，我们错身走过。

这个世界是混乱、浑浊的。咆哮汹涌的，尽是昏黄的洪水。我们相互回头。我们远得比什么都近。心之池里仅余的蒸馏水荡起了丝丝的涟漪。浑浊的洪水呼啸而来，我们从此永分东西……

1986 年 6 月 30 日邵东三中

空山黄昏

已经是黄昏。

我烦闷焦躁地大步往远远的山上走去。近日来，乱七八糟的琐事，已快要把我的灵魂吸空。

山上尽是些灌木林和不知名的藤藤刺刺、野花杂草，丛丛簇簇、挨挨挤挤地紧缠在一起，形成一道道花墙刺壁。夕阳欲落未落，似也被这丛丛簇簇的藤藤刺刺挂住了。红红的光辉泼洒在这四无人声、略显青黛的昏昏山岭上，甜甜的静谧中花香般潜潜地透出丝丝阴森感。我的心渐渐平静。烦闷似已为这甜甜的静谧抚平，焦躁也似已被这若有若无的潜潜的阴森感置换为兴奋。

不知不觉，太阳已经落山，袅袅的暮霭如轻烟似细雾在远远近近的山岭弥漫。静，甜甜的静，静得毫无声息。一种神秘感迫使我不由自主地在一处浓密的树荫里坐下。我的心渐渐平静，什么也不思，什么也不想。只是静静地坐着，坐在这一片如轻烟似细雾的暮霭中，坐在这花香般浓郁的静谧之中。

忽然，“叽叽喳喳”，一群鸟儿飞来，落在我附近的树上。它们在树间欢快地恣意地跳跃着，喜悦地尽情地歌唱着。各种各样的鸟声汇成了一曲动人的交响乐。

暮霭已柔和成一片夜色。鸟儿们开始陆陆续续地隐没、栖息于树叶之中，不再跳跃飞鸣。山岭间、树林中陡然显得如此的空空荡荡！时间、空间仿佛已凝固。一股不可名状的阴森感寒光闪闪地尖锐地刺向我的每一神经。此时，我方才真正觉悟到，要是没有鸟儿，这世界将会何等的缺乏生气，何等的阴森可怖！我祈求着：欢乐的精灵，纯洁的精灵啊，放声歌唱吧，用你那甜美的歌声给大地带来生气，给世界带来欢乐，给心灵带来美与爱吧！

终于，黄鹂那清亮的歌声从枝叶间先是一丝丝、一缕缕然后飘飘逸逸、圆圆润润地飞了出来，显得格外动听。此时，我才真正理解了“悦耳动听”这个被滥用得令人心烦的词。紧接着黄鹂的歌声，小山雀也“唧唧唧唧”地唱了起来。“扑啦啦”，一只鸟从树叶间飞了出来。不知是受了惊吓，还是受了感染，另一只鸟“叽叽”地叫了起来，叫着，叫着，停下去了。接着，“叽咕咕”、“叽咕咕”，一阵似人在痛苦抽泣的鸟叫声在树丛间、山岭中黑沉沉地响了起来。响着响着，也停了下去。远远地，又隐隐约约传来阴郁忧伤的“咕咕咕”、“咕咕咕”的叫声，这叫声连同静静的黑暗，阴沉沉地向心头重压过来。猛然间，两只鸟一前一后相互追逐着，“叽叽叽”地急促欢叫着，投入另一片树丛。一对恩爱夫妻的调情开始了，急促的“叽叽叽”变成了轻柔的“叽—叽—叽叽”，不时从树叶间溜出来。这份风情荡漾在阴森森的山林里，显得格外旖旎，也分外动人。突然间，仿佛冥冥中有一位乐队指挥神奇地一挥手，百鸟一齐合唱起来。在这静谧的山林里，这合唱使我恍若置身于融融的春光、浓浓的花香之中，又似乎枕着一片洁白柔软的行云，梦幻般地在无垠的蓝天尽情地飘飞。

渐渐地，鸟儿们的歌声歇止了。山岭间只剩下一片花香般浓郁的静谧。静，静，静，微风带着凉意，轻轻拂动身边的树叶。静，静，静，山与我开始了同一呼吸。我顿觉万象空明，一片澄澈。我是天空，我是静谧，我是山，我是树，我是草，我是花，我是风，也是那沉沉入睡的鸟。我甜甜地呼吸，也欲沉沉地沉沉地睡去……

1988年10月31日冷水江

踏雪者

当他踏入这大雪纷飞的世界，另一世界离他而去了，远远地，无影无踪地，老鼠见了猫似地。

每天每天，一日三餐起劲地演奏锅碗瓢盆交响曲，津津有味地品尝的，却是一盘盘艳丽的虚度的青春；

每天每天，蚂蚁搬粮食般忙忙碌碌地穿梭于各种书籍之中，却把自己读成他人的一个又一个美妙的思想；

每天每天，热烈紧张地、孜孜不倦地思索着我是谁，我来自何处，我去向何方，我的价值何在，却把自己思索成不知疑问是自己，还是自己是疑问……大雪纷纷洒洒，白茫茫了山岭、田野，甚至小河边的一切一切。

大雪落在河边干枯枯的马鞭草上，沙啦沙啦；大雪落在河边光秃秃的树枝上，嘶啦嘶啦；大雪落在绿幽幽的橘树林里，淅沥沙啦成梦一般的春夜，喜雨从天而降；大雪落在温静的小河里，叮咚叮咚成无数架扬琴一齐在清脆、圆润、韵味无穷地演奏泉水叮咚；大雪落在清脆的竹林上，落你成一尊凝立的塑像，落你成一个美妙的境界：初夏的夜晚，“荷风送香气，竹露滴清响”，月色如银，如银的月光下清风徐来，竹林一阵又一阵地龙吟细细……

在喧闹的人群中他无比孤独，在这只听得见大雪纷飞的冰冷世界里，他独自一人，却感到神与万物游；在骚乱的世界里他几乎迷失了自己，在这白雪皑皑的天地里，他却明确地意识到了自己。

每天每天，就愤怒于那真诚的虚伪、慷慨的吝啬与笑容满面中的嫉恨吗？每天每天，就无可奈何于那大叫大嚷的空虚与忙忙碌碌的无聊吗？每天每天，就听听那自作聪明的俏皮，看看那居心叵测的谄媚吗？每天每天，就这样以可怜与蔑视来磨去自己青春的光彩吗？

他行进着，倾听着，欣赏着。大雪纷纷扬扬得迷蒙起来，他也纷纷扬扬得迷蒙起来。他不知是他在踏雪，还是雪在踏他。大雪在他脚下，吱吱嘎嘎；大雪又在他头上，纷纷扬扬。他终迷蒙成漫天纷纷扬扬的雪花，纷纷扬扬地，撒向山岭，撒向树林，撒向一切的一切，也撒向他自己。他自己踏着自己在向前行进。他自己欣赏自己在漫天纷纷扬扬。他自己为自己创造了一个美妙的世界。他自己为世界创造了一个美妙的世界。

踏雪者匆匆而来，缓缓行进。

踏雪者不是来寻梅，而是来寻找自己。

1989年1月13日邵阳

“蝴蝶花”

每天每天忙着上课忙着开会忙着接送小孩忙着演奏锅碗瓢盆交响曲，今天星期日，我终于能带着三岁的孩子去看望住在乡下的父母了。

走入原野，久关在家中幼儿园听惯了城市的各种噪声看厌了各种汽车轮船甚至电视玩厌了各种玩具包括公园里的一切的孩子，早已兴奋成一只鸣鸣唱唱的小鸟儿蹦蹦跳跳的小松鼠忙忙碌碌的小蜜蜂。而我一边走一边心不在焉地把自己考虑成家务事业人情世故。

忽然，孩子站住了，起劲地拍着小手，把自己拍成一朵绯红的惊喜：“花，花！蝴蝶花！蝴蝶花！”我抬头一看：“喔，蚕豆花。”“不，蝴蝶花！”可不是，这种紫中透白白中有黑黑的小圆点的蚕豆花，像煞了蝴蝶。“它像蝴蝶，可它叫蚕豆花！”我感到很有给孩子传授正确知识的必要。“蚕豆花？不，是蝴蝶花，就是蝴蝶花！”

蝴蝶花？！我的心猛然一震，层层的麻木冰块般纷纷脱落轻烟般四处飘散。蝴蝶——花，多有诗意多美多么新奇多么有想象力！孩子，他可不在乎什么约定俗成，他只忠于自己的眼睛忠于自己的想象忠于自己好奇的心灵，以自己那未受世俗污染没有呆板公式的纯洁的想象力给世界给人们带来新奇带来诗意带来生活的情趣！而我，早已被现实生活摩擦得迟钝麻木早已被现实生活现实得可怕，习惯于一切不假思索地遵循约定俗成遵循现实生活的逻辑，不敢越雷池半步更不敢异想天开，全忘了童年的纯洁天真好奇，全忘了童年的富于幻想敢于想象，全忘了曾经给各种各样的花草各种各样的石头起各种各样富于诗意新奇古怪的名字，竟自觉成麻木自觉成世故自觉成现实生活的逻辑，并且如此作古正经地竭力让孩子成熟为现实生活逻辑成正确的知识！

蚕豆花——蝴蝶花！这是成人的花与孩子的花，这是现实的花与诗意的花，这是约定俗成因循守旧的花与新奇大胆富于想象的花，这是俗众的花与艺术家的花（当年，为蚕豆起名的人也是充满想象，富于诗意，新奇大胆，很有艺术性的，只是到后来，用得太滥，人们使用这一名词已经司空见惯，近乎麻木，没有感觉了）！正因为孩子与艺术家的存在，世界才会富于诗意充满情趣蕴含活力到处有美，平庸现实精打细算如我的大众，才会片刻间震惊成一个陌生得充满诗意充满情趣熠熠生辉的世界……

1990年4月20日邵阳市桂花村

世纪末病症

——一位女大学生自杀前的自白

好没道理的雨好没来由的烦恼想怎么样就怎么样说来就来说停就停来得那么出人意料去得那么飘飘忽忽想没完没了就拼命地没完没了那么骄横那么专制那么野蛮残暴又那么温柔体贴那么轻轻悄悄那么小心翼翼把昨天前天淅沥沙啦成一片幻影一摊稀泥把今天噼里啪啦成突如其来霏霏成漫天驱不散吹不走挥不开斩不断烧不掉你无奈它何它偏奈你何的灰蒙蒙浓雾把明天下成一片死灰的绝望也不知是雨下成了烦恼还是烦恼下成了雨下世界成一片迷迷茫茫不知来自何处为何而来也不知为什么而存在下人生成漫漫黑夜中一点火星好没来由的风跋扈地张牙舞爪好没意思的雨专横地飘飘洒洒好没道理的烦恼固执成漫天浓雾妈妈我再也不欢欢喜喜地跑到雨中去了小小的脚丫把雨水踩溅成啪叽啪叽的高高兴兴嫩嫩的小手挥舞成丝雨中一面惊喜的旗我再也没有旗帜的信仰我似乎被充塞得过多又似乎被抽空空即不空不空即空我已被这雨这烦恼绵绵不断突如其来专横又温柔成噼哩啪啦或淅淅沥沥我不再是我我失去了自己我是雨我又不是雨我分不清自己到底是雨还是别的什么我是人我又不是人人对于我已成为一个贴近得如此遥远的概念我什么都是我什么都不是我圆睁双眼竭力想看清自己啊你们把世界搞成什么样子了一片疯狂也不知是世界疯狂还是我疯狂我双眼充血世界鲜血淋漓妈妈您也鲜血淋漓您的女儿也来陪您鲜血淋漓你必须活下去我愿意活下去我没法活下去靠理想理想气球般爆炸靠现实现实令人伤心令人伤心的是必须粉饰现实同样令人伤心的是实在无法粉饰现实优秀的人们信心尽失坏蛋们则充满了炽烈的狂热又是这好没来由的雨好没道理的烦恼人间的烦恼莫过于没来由的烦

恼莫名其妙地把人生也莫名其妙了我再也不能忍受这鬼天气这鬼人生这鬼世界我要跳下高楼索性跳自己成一道淋漓酣畅的血红闪电刹那间血亮这死气沉沉得令人窒息的黑世界啊上帝快让天使来接我世界的末日到了质本洁来还洁去我跳自己成一颗血弹炸向漫漫虚空的宇宙炸向空洞无物的人生炸碎这莫名其妙好没来由的烦恼也炸碎这莫名其妙好没意思的我自己

1990年5月24日邵阳

听蛙，在深夜……

听蛙，在深夜。蛙声如潮，时起时伏地把你惊喜成晕眩成潮涨潮落中的一叶小舟。小舟飘飘摇摇进银白的月夜。如潮的蛙声银白地涨落，也不知自天上随银河泻下，还是随地下的清泉滔滔奔涌，只是银光闪闪地起伏，把夜色起伏成一个银白清香的梦，散发着幽幽的神秘，悠悠神秘的不知是蛙声还是你自己。小舟飘飘摇摇，飘摇进肥沃的黑夜。蛙声如潮，潮涨潮落成一片黑色而肥沃的神秘，黑色而肥沃的神秘时起时伏，起伏成冥冥之中一张黑幽幽的大嘴，如梦似幻地一呼一吸，呼吸幼小的你成一阵又一阵快乐疑惑与晕眩。

听蛙，在深夜。蛙声如潮，潮涨潮落成你心灵的激荡。枕一片片如潮的蛙声，枕一股股如潮的激荡，晃晃悠悠进辛稼轩的词里，稻花响亮地香成如潮的起伏，香成金灿灿沉甸甸喜滋滋的丰收梦。蛙声如潮，少年的情怀如潮，听得出如潮蛙声中那一份夹杂着汗水的泥土香，听得出那一个响亮地开放在肥沃的神秘中的金灿灿的丰收梦，听得出少年情怀中那一份如潮起伏的金灿灿的欣喜……

听蛙，在深夜。蛙声如潮。今夜的蛙声已不是过去的蛙声。一个人不可能两次听同一种蛙声。今夜的你已不再是过去的你。你无法回到那在如潮的蛙声中惊喜晕眩的童年，也无法回到那在如潮的蛙声中欣喜成金灿灿的丰收梦的少年。如潮的蛙声不再深沉神秘，如潮的蛙声不再散发夹杂着汗水味的泥土香。如潮的蛙声今夜是稚嫩尖细，散发着浓郁的农药味，如潮的蛙声中隐含有如潮的忧惧惊恐，如潮的蛙声凄楚成自己的挽歌，如潮的蛙声凄楚成你起起伏伏的如潮心事。如潮的心事无奈地时断时续。手电光一次次又一次次刺目成粗暴狰狞的屠刀的寒光，脚步声一次次又一次次沉重成野蛮的打击。蛙声如潮，今夜的蛙声稚嫩尖细如潮，明夜的蛙声也许只汩汩成流水声，后夜的蛙声也许就只如小小的清泉流进茫茫的荒漠，而醉汉们的歌声却散发着阵阵浓烈的蛙肉香，和着害虫们黑色的得意，在夜空狂荡成惨红刺耳的大起大落……你不由寒噤成一棵茂密的大树，各种各样的害虫在你身上咬来啮去，你战栗飘摇成无法抑制的阵阵痛楚，枉自无言地呼唤那如潮的蛙声……

1990 年 5 月 30 日邵阳市桂花村

樱　花

早就听说樱花是日本的国花，并且花期很短，心里总以为既然花期很短，那么这花之所以成为日本的国花，必定异常的艳丽。

在青岛旅游时，正值中山公园的樱花盛开，从未见过樱花的我，赶忙驱车前往。

乍见樱花，便急不可耐地走近一棵，细细观赏。原以为定是风姿绝世，秀色可餐，然而，我失望了。樱树不是和桃树相差无几吗？红黑的树皮。中等的树干。嫩绿的叶，稀稀疏疏、躲躲闪闪的，就那么几片。而我以为秀色可大饱我这老饕渴欲之心的樱花，也跟桃花颇为相似——大多呈粉红色，有些也呈白色。这种花有何出奇之处？为何能成为日本的国花？我不由暗暗怀疑起日本人的审美水平来……

正当我疑惑之际，猛一抬头，只见身边这一大片樱林中，每树满满的都是樱花——每一枝每一杈，一簇簇又一簇簇，那么热烈那么烂漫那么尽情地怒放着，怒放着，全不顾及自己生命之短长，只是每棵每棵不约而同争先恐后齐心协力尽情奔放地怒放着，向世界向人们展示自己的生之华丽。在这一瞬间，我忽然明白了樱花何以能成为日本的国花，也明白了日本何以能在战后艰难而短暂的时间里急起直追，进入世界先进行列！与此同时，我也真正彻悟了生之方式、生之意义与生之价值：生命，必须尽情地怒放，方能放射出夺目的光辉；生命，必须冲决一切犹豫徘徊冲决一切罗网，自由自在不顾一切地怒放，方能显示其创造的价值！而春天，并非某一樱树恣情地热烈地怒放所能造就，它需要每一樱树都尽情地齐心协力地怒放，方能造成漫山尽染的春之绚丽！

后来，我听说，樱花开得适时，谢得利落。凋谢时，如有风吹，则一夜之间落得一干二净——即使昨天还繁花似锦，一夜之间，则花落如雨，早晨去看，樱树下粉红洁白的花瓣如同厚厚地铺上了一层地毯，而树上却一片花瓣也没有。这使我更深刻地明白了樱花何以能成为日本的国花，也进一步领会了人生的意义：生得壮丽，死得壮烈，有生之年，但尽情地奉献自己的生之华丽！与其庸庸碌碌窝窝囊囊地长命百岁，倒不如痛痛快快悲悲壮壮地变成一阵粉红洁白的樱花雨！

1990 年 7 月 21 日邵阳

观　海

一

第一眼展望大海，生长于小岭小山起起伏伏绵绵延延不能矗然耸立但又足以遮断视线狭窄心胸的丘陵地带的我，先是震惊得麻木起来，继之感到一种被撕裂的痛苦。这横也无边直也无际的浩浩瀚瀚的大海。这无风也三尺浪奔腾起伏的大海。这既优美又壮美既温和秀丽又巨浪腾空的大海。这神秘莫测的大海。这幻想与梦的大海。这原始伟力的大海。想到的太多太多，要说的太多太多，反而什么也说不出。我只好静静地静静地站立成一尊缄默的塑像。任海风吹乱我的头发和思绪。任海浪一起一伏地撕扯我、扑打我，把我撕扯成一点一点的飞沫，又把我扑打成一个又一个波浪。

海水湛蓝地前仆后继绵绵不断地汹涌澎湃着，我也湛蓝地前仆后继绵绵不断地汹涌澎湃着。我被汹涌澎湃成一个新的整体一个新的自己一个大海一样宽阔的心胸，我身上的活力也海水般地汹涌澎湃……

二

仔细看海，你会有一种又兴奋又沮丧既神采飞扬又痛苦不堪的感觉。这神秘深沉的大海，安静时风平浪静，温和秀丽，近处浅绿，远处碧蓝；愤怒时汹涌咆哮，浪花飞溅。它总是那么激情满怀然而又惶惑不安地急遽地此起彼伏地一波紧接一波地猛力扑打着漠然的海岸，仿佛冥冥之中有某种无形的力量在控制着它，使它那深深蕴积的伟力无从释放出来，而它急不可耐地极力反抗着，最终还是无可奈何，只能恨恨地奋力扑打那永恒成铜墙铁壁永恒成禁锢的海岸。人的心，不也如此？人的心，一个无边无际的深渊，蕴积着海水一样多的力，却徒然地被种种东西所压抑，被某种无形的力量所控制，不能尽情地释放出来！有谁，能释放这巨大的能量，引发它，使它汹涌而出，成为造福人类的伟力？这伟力，这强大生命力之象征的伟力，使人兴奋使人神采飞扬，而那一波又一波此伏彼起却又徒劳无功的汹涌澎湃，枉费气力的奋猛扑打，又使人沮丧使人痛苦不堪……

1990 年 8 月 7 日邵阳

失 眠

失眠是失眠者的痛苦。

夜深人静，别人睡梦中的呼吸都那样睡意香甜，而你却翻来覆去地睡不着。明天要做的事情要处理的问题偏偏不识趣，执拗地彩色成走马灯旋转在你眼前。你恨不得马上入睡，睡他个天昏地暗，日月无光。越想睡你越发睡不着，越睡不着你越想睡。你终于失眠成一个痛苦的恶性循环。恶性循环循环你成苍白绵软的疲惫不堪。你开始数数，一二三四五六七，一百二百八百一千一万，数字的浪潮却只能把你拍打成一座屹立于海心的青翠小岛。你无奈地抓起手表，让时间来嘀嗒你成沉沉的睡意，手表却嘀嗒你成柏格森的理论，这一夜的时间竟长过亿万年。亿万年的时光一齐涌来，把床都冲击得吱吱嘎嘎地发热，且铅块般沉重的浓云似的缩小了房间，挤压一切张牙舞爪地狞笑着逼近你……

失眠是失眠者的快乐。

退一步，乾坤宽。既然已经失眠，索性披衣静坐，或者安然而卧，凝神细听。细听一切的一切，把自己听成非失眠者难以体会的种种乐趣，把自己听成茫茫宇宙的神秘：听凉风轻轻踩过树叶，如春天的小雨银白地下树叶成淅沥淅沥，听蟋蟀与各种夜虫吟咏成远古的诗人，听宇宙心脏神秘的搏动，听夜灵向你歌唱自然的秘密，听自己成庄子，栩栩然羽化为蝴蝶，在蔚蓝的太空里御风而行，翩翩翻飞，翻飞成一枝蓝色的神秘，蓝色的神秘开放出一朵又一朵红色的花绿色的花紫色的花黄色的花，终开成一朵最美最香甜的梦，梦得自己忘记了自己，也忘记了一切……

1990 年 10 月 9 日洞口县竹市镇

恐惧死亡

窗外茁茂的树枝又一次把红艳艳、绿油油的春天，触目惊心地捧送到你的眼前。春天，春天，年年的春天都是如此的相似，如此的妙龄永驻，如此的巧笑倩兮、美目盼兮！而你的青春之花，却在她的一次又一次巧笑和顾盼中，一瓣一瓣地，即将凋落殆尽！你在一天一天地走向衰老，走向凡是人、凡是生物都无法逃避的——死亡！而春天，却是这样永恒地，年复一年地，连每粒沙子也可绿得发芽地，强劲又轻盈地准时降临！

你恐惧死亡，强烈地恐惧死亡，你渴望不死，你使出浑身解数来对抗死亡，力求超越死亡。

有人赞美死亡，有人诅咒死亡。但不管赞美者还是诅咒者，最终无一能逃脱死亡。死亡，是如此的平凡。每天每天，周围都有人死亡，每天每天，在钟表的嘀嗒声中，你一点一滴地坠入死亡。极度的平凡中往往蕴藏着极度的不平凡、极度的神秘。死亡，究竟是什么？死亡的意义何在？谁也不得而知。死亡，永远是一个使你激动又使你恐惧的谜。英俊睿智如哈姆雷特，也被这一永恒的谜弄得无法采取行动。

知己知彼，百战不殆。要对抗死亡、超越死亡，必须认识死亡、了解死亡。于是，你拼命阅读古今中外哲人们的著作，以期打破这一永恒的哑谜。而哲人们非但弄不清死亡是什么，甚至连“我是谁”、“我来自何处”、“我为何来到这世间”、“我去向何方”都弄不明白，几十年的伏案苦读，几十年的苦苦思索，几十年的惨淡经营全成为空白——哲人们不过是被死亡耍来弄去的小丑。而你的生命也在这种阅读、思考与探索中白白地耗费，读来读去，反而把自己读成纠缠不清的一团乱麻，一个没有谜底的谜，你跟在古今哲人们的屁股后边，也光荣而辛酸地小丑了一番……

你决不甘心！你于是用爱来战胜死亡。你全身心地投入爱中，爱得神魂颠倒、天昏地暗。而在神魂颠倒、天昏地暗之中，却滋生了深沉的悲哀：你唯恐爱人红颜老去，也唯恐爱人或自己惨遭不测，恩爱夫妻不到头。死亡那冷森森的舌头竟是如此关心地时常舔抚着你！于是，你力求与爱人水乳交融地融为一体。在那整个宇宙和你们一起旋转、飞舞、升腾的时刻，你似乎进入了永恒的天国。然而，那不过是片刻的美景、瞬间的幻景，你马上感到，自己失去了一切重量，进入了一种空空荡荡、悠悠扬扬的黑暗之境，什么也不知什么也不见，而这，多么类似于死亡的滋味！爱，并且有了爱的结晶。你从他身上仿佛看到了另一个你自己，看到了自己的希望，未来的业绩。于是，你整天整天花全部心血来教育他、培养他。终于，你发现，这个未来的你却使你丧失了现在的你，未来的你在一天天成长，现在的你却一天天在无所作为中逝去。爱，使你更深切地体会到了死亡的滋味。

不，你只是你，你只是现在的你自己！你应该有你自己的存在，你自己的业绩！“生命不满百，常怀千岁忧，何不饮美酒，被服纨与素。”既然死亡是命中注定、无可逃避的，与其追求不死，不如追求现实生活的密度。于是，你整天整天地沉溺于吃喝玩乐，而且时常大醉。然而，拼命的吃喝玩乐反而加速了生命的衰亡。一觉醒来，你感觉到的是一阵晕眩的空虚和一片白色坚硬的死亡！

你恐惧死亡，强烈地恐惧死亡。过分的恐惧反而使你不再恐惧。你索性放声高喊：“让我死去吧，但给我不朽的名声！生命不在其长度，而在其密度！”既然死亡不可避免，既然渴望不朽与必然死亡的矛盾悲剧乃是命中注定，你何不干脆蔑视死亡，而拼命奋斗，以自己有限的生命换来奋斗的成果，留下属于自己的一些光辉的东西，闪耀在历史里，在后代的记忆里……

1991年5月6日邵阳

云山之秋

自从那天随夏君、熊君走入武岗的云山之秋，至今，我还未走出来。

那天上午九时左右，我们三人登上了云山。经半山水库，过三里庵，粗看云山，既无我所见过的崂山的浑厚雄壮，又无衡山的清奇秀拔，更不如张家界集“奇险怪秀”于一身，而是那样自然朴实得近乎一眼即可尽瞥：杉木青翠，秀石挺拔，灌木丛丛簇簇，小溪潺潺湲湲，一条青石板路，忽伸忽屈，蛇向远方。然而，一过五里亭与十八茅湾，我就像那年在北京景山公园，先是窃笑那以麻绳布成的诸葛孔明的“八卦阵”之简单得近乎儿戏，不久即昂然而入，最后竟左冲右突，费尽心机，却只是走不出来。云山之秋也以她那丰富得近乎简单的自然色彩之“八卦阵”俘虏了我，迷失了我………

漫山遍野尽是各种各样的树木，高高矮矮，大大小小，或傲然耸立，睥睨人间；或俯临飞泉，戏掬瀑布；或因风起舞，娇态纷呈；或临流自镜，婀娜多姿。然而，更使你眼睛忙碌，更使你的心潮起潮落的是那树叶，那色彩极变化之能事的树叶：时而以深黄或老红刺激你的视神经，时而又以淡黄或嫩红柔和你的情绪；时而以叶叶飘坠的灰黄或枯黄令你感叹生命之凋谢，时而又以青翠或深绿使你赞美生命丰盈芳香的青春；时而，又以红黄相间、淡深交融……等色彩向你展现自然之奇幻与瑰丽……

云山，云山，云雾缭绕的山。可我来得不巧，正值秋高气爽的季节。大晴天看云山，一览无余；大雨天看云山，云山早躲进茫茫雨水之中，你所看到的，只是哗哗啦啦迷迷蒙蒙的一片雨色。

云山，毕竟是使我迷失得至今尚未走出的云山。她先以蒙蒙的丝雨为我拭去灰尘，让我饱吸清爽的空气与空气的清爽，饱览白色的云雾与云雾的白色，领略阴雨天云山的美。渐渐地，细雨停了，云山的天空也开始白一块黑一块蓝一块。而当我们到达云山的最高峰宝顶时，太阳竟热烈地暖融融着一切。此时，天空碧蓝，放眼望去，周围的山岭全无云雾，只有那晴朗亮丽的山色青润你的眼睛，青润你的心。远处，四面八方的远处，只见一片云海，白茫茫，白茫茫……不久，山风凉起，远处茫茫的云海开始飘动变幻，周围的山下也突地冒出了白云，或丝丝缕缕地轻飘细飞，或成带成团地急急上涌，或如“素藕多蒙别艳欺”的莲花展开一朵朵银白，或如“剪不断，理还乱”的思绪，缠绕在山腰林间……霎时间，宝顶与我们全都幻化为云雾。云山云蒸雾绕，我们的心也在云蒸雾绕……

云蒸雾绕的我们尽情地云蒸雾绕着，突然间听溪流声越发潺潺湲湲，听鸟鸣声越闹越静，而脚下的夜色却越来越浓，浓得化不开，踢不掉，软绵绵、黏糊糊向一切的一切，左右的山色也越来越青黛，且与夜色浓郁成软绵绵黏糊糊的一片，竟不知哪是山色，哪是夜色，也不知哪是云山之秋，哪是我们自己……

在北京景山公园的“八卦阵”里，急如热锅上的蚂蚁的我最终被工作人员领了出来，而迷失在云山之秋的我，却不愿走出，宁愿久久地久久地迷失……

1991 年 10 月 21 日邵阳

流光岭水上乐园

流光岭水库是一个遥挂天边的梦，清凉，碧绿，很久以来，清凉着你炎炎的尘思，绿透了你心中的向往。绿透了的向往终于汹涌成澎湃怒啸的一道急湍，起起伏伏、盘盘旋旋地把你推上流光岭水库的堤坝。现在，流光岭水库是一枚熟透的苹果，扑进你的胸怀。

长时间长时间地身处都市，你的心和天空一起被一幢幢高楼大厦分割得支离破碎，你的呼吸也随空气一起被一道道红的灰的黄的黑的废气污染得光怪陆离，置身于这流光岭水库，你的心倏然完整晶蓝一如这高旷、亮丽的晴空，你的呼吸也一变而为这杂有水腥味、泥土味、草木的辛辣味、花的清香味的纯净的空气。

游名胜风景，千万年的人文历史，以超光速纷纷芸芸、熙熙攘攘、摩肩接踵地向你急涌而来，席卷而来，让爱因斯坦惊讶得目瞪口呆，并以沉沉乌云笼罩天空之势，占据你的心灵，让你的心发跳发热发重，终至麻木。流光岭水库没有千万年人文历史的重负与压力，在这里，疲惫不堪的你大可尽情轻松、自在，看你所想看，听你所想听，想你所愿想，说你所欲说。

无风水面琉璃碧。一汪清碧就是一副最好的眼药水，你那在滚滚红尘中熬得红红灼灼的双眼，顿时融入那闪烁着无数金色三角形的一道道清凉的粼粼波光之中。而你的心思，则一如那大大小小、圆圆尖尖的青螺也似的山丘，在波光浪影中似动非动，欲动未动。

流光岭水库前两年才被省里定为市级旅游风景点，但你早已从一些邵东朋友那里熟悉了它。他们的一再怂恿，把流光岭水库变成了一个清凉、碧绿、诱人的美梦。据说，流光岭水库全长有一二十公里，直达群力煤矿。而现在开发为水上乐园的，不过四五公里。但这水面群峰拥翠、水边青山环抱的四五公里水乡泽国，的确不愧为水上乐园。

你可以坐上“慢漫游”，让时间在轻划的桨叶上荡成银白的细碎浪花，看大大小小的青山如何在水面玩曲径通幽的游戏，在水上着意体会一回山重水复、柳暗花明的境界，那滋味较之当年陆上的陆放翁，恐怕是有过之无不及。如果是一对时间充裕的年青恋人，那滋味就更美妙了。在晴天丽日之下，在山容水态之中，那小小的一叶鸳鸯舟更加鸳鸯，四五公里的短短水程竟成为风光旖旎的漫漫爱河。泛舟爱河，轻轻地划动炽热的情感，慢慢地游长温馨的情思，细细地品味浓浓的情意，尽情地领略热恋的滋味，年青的罗曼史更加罗曼，也更玫瑰红……你也可以潇洒走一回，乘上摩托快艇，让叠叠青山、茫茫碧水飞驰成每小时六十公里的速度，让阳光亮丽的时间紧张成扑面而来转瞬即逝的带水腥味的清风，让你的心随快艇时而向左倾成一片哗哗飞溅的惊悸，时而向右侧成一片雪白雪白的欣喜，时而又像蛇一样高抬头部，疾驰成一道似欲冲入云霄的渴望……如果你的雅兴更高，时间更充裕，你还可一竿在手，钓那在水面跳来晃去的蝉鸣鸟唱，钓那悠悠绿水中的蓝天青山白云，钓那一轮明晃晃、亮晶晶的太阳，最终钓上一条鲜蹦活跳的红色欢乐……

流光岭水上乐园是一个历历犹在眼前的美梦，清凉，碧绿，很久以后，还清凉着你的俗念，碧绿着你满腔的情思……

1992年8月18日邵阳

选　择

你来到了这一片广漠无垠的荒野。你不知道你从何而来，为什么来。不管怎样，你已来到了这片荒野。这偶然中的偶然竟已变成了现实。你感谢上帝。至少，你面对的是茫茫的一片空无。有空无就有可能。茫茫的空无意味着无限的可能。每一种可能都是一种全新的选择。每一种选择都能鲜明地昭示你的自我。

你不由得仰天纵声哈哈大笑。你却发现，在这茫茫无际的荒野中，笑声就像一朵朵磷磷飘浮的幽灵鬼火。茫茫的空无许诺着茫茫无边的选择。茫茫无边的选择反而使你无法选择。你犹豫，踌躇，徘徊，彷徨，苦闷，你的心思、精力全都花在选择选择之中。你力求选择一个属于你自己的选择，一个最能显现自我、证明自我的选择，过多的选择，反而使你迷失了自己。

你情不自禁地放声大哭。阮籍途穷而哭，毕竟他还走了一段自己想走的路啊！而你……茫茫的荒野中，哭声就像抛进浮萍遍布的幽静池塘的石子，徒自打破沉闷的孤寂。毕竟，你还有着无限的选择。毕竟，你还有着无穷多的可能。虽然选择一种选择，放弃了无数个选择，虽然为了一种可能，舍下了无数种可能，终究，这还是你自己的选择啊，你自己的这一选择至少证明了你的存在。

你不再犹豫、徘徊、彷徨、苦闷，你迈开大步，奔向自己心爱的一个方向。然而，定睛一看，你不禁哑然失笑。这里根本就不是什么荒野！脚下的每一寸土地，都有预设的路标。你的一切选择，早已被预先设定。你根本就无需选择，也无需劳神费心。选择来选择去，你的选择，也只不过是这预设的千百万种中的一种……每一种预设都是一朵艳丽的鲜花，以自己那风情万种的盈盈浅笑，向你允诺灿烂的未来、无限的可能，让你兴奋，使你陶醉，令你沉迷……灿烂的浅笑中你的自我渐渐泯没……

不！你猛然惊醒，你勃然大怒。应该拥有自由、全新、只属于自己的选择！不管怎样，你来到了这“荒野”，既然你似乎绝不可能来到此处，都已在冥冥之中、在鬼使神差之中，天方夜谭般奇异、偶然地成为可能，既然你已极其偶然而又极其幸运地确确实实、真真切切地来到了这片“荒野”，你就应该也只能拥有属于你自己的选择。千万朵鲜花一齐发出火红刺耳的嚣笑。你，大步奔向一口深深的古井，以最潇洒的一种姿势纵身跳入……

也许，这是唯一能证明你是你自己的选择，也许，这也是冥冥之中早已预设定的一种选择……

1997 年 8 月 10 日湘潭大学

白云岩

童年的梦最真，童年的梦最美。

很小的时候，宝庆十二景之一的白云岩，是大人们家常闲扯的轻风中吹落的一粒五彩种子，很春风地掉进你幼嫩的心田，发芽，长叶，茁壮，最终开放成一朵朵绚丽多姿的美梦，明媚鲜艳芳香灿烂了你平淡的童年。

那时，你常常独自一人，坐在门前小山丘顶峰的大青石上，朝着白云岩的方向久久地凝望，直到白云岩像天边变幻无定的白云，以千百种迷人的丽姿，在你的脑海里飘飘摇摇柔柔曼曼成一曲曲洁白的旋律、洁白的向往……

而今，山立百仞、连亘十里的白云岩已突兀眼前。一条青石小路弯弯曲曲地把成年的你，青碧地蛇向白云岩顶，蛇向缭缭绕绕的白云深处，蛇向天真、美丽如白云的童年之梦。

青石小路弯弯曲曲，通向童年之梦的路也弯弯曲曲。多少回红尘中的摔爬滚打，多少年人世的艰难拼搏，童年的梦就像红艳的太阳被浓云密雾严严遮掩，早已不见踪影。每天，盘绕心灵的，是一条条粗大滑溜的喷火的尘思，它们不停地蠕动着，纠缠着，撕绞着，搅得你五内俱沸，让你时常苍白成难忍难堪又无可奈何的彻夜无眠，深深感到人生的干枯与艰辛……

青石小路的两旁绿草如茵，绿树成荫。一片片稻田摇青晃翠，绿意葱茏。一条小溪，清澈见底，水声潺潺，穿过石桥，钻入石隙，只留下一串清亮的天然诗韵。鸟儿悠然地飞舞嬉逐，虫儿自在地“吱吱”、“唧唧”，风儿自由地轻拨慢弹天地间的各种琴弦。一股泥土味浓郁的天然韵律，如诗如画地清凉了你炎炎的尘思，让小路幻化为童年的天边似隐似现的一弯月牙。

一路天然韵律如诗如画的悠悠清凉，使你置身山顶那高旷、清幽的妙音寺时，终于豁然开朗，更深刻地领会了人生。妙音寺建构巧妙，环境清幽。它背靠山岩，面向空旷的山野田间。它恰到好处地利用了白云岩山顶的一个岩洞，使寺门与岩口相齐，造型天然、美观。寺前耸立的尽是一株株百年老树，枝粗叶茂，浑身爬满了盎然的古意，到处蓬勃着深绿的宁静。站立寺前，面对寺门上“云郁山峨，云是山，山是云，云卷云舒山自在；风清洞古，风生洞，洞生风，风嘘风吸洞无心”的楹联，默记着洞中观音菩萨像旁“云飞鹤舞真佛地，岩清龙吟似普陀”的对联，细品着白云岩的雅称“白云樵隐”，回味着明人黄宅中的《登白云岩夜宿山寺》诗：“白云知我到名山，放出千峰碧汉间。青枥林深藏寺古，绿庵人静伴僧闲。屏风匼匝楼三面，玉佩琤琮水一湾。此夜尘心都洗净，月明如镜印禅天。”再俯瞰来时的地方，只见远远山下的公路上，汽车仿如一只只小小的甲壳虫在穿梭爬行，行人则像一只只细细的蚂蚁在来来往往。一阵凉爽的清风倏地吹来，你那过于自信、有些麻木的心猛然一颤，炎炎的尘思如狂风中的白云，霎时全无踪影。王国维一首《浣溪沙》词中的两句随即涌上心头：“偶开天眼觑红尘，可怜身是眼中人。”

妙音寺，白云做伴的寺，到处是洁白的云雾，云雾的洁白，尘世的喧嚣暂时还未侵扰到这里。在这里，只听见寺中从石壁里渗出的山泉，一滴滴滴入寺里蓄水池时清脆、银亮的“叮咚”声，真真切切、悦耳动听的风声、鸟声、虫声，以及时而升起的富有节奏的喃喃诵经声、“咚咚”的木鱼声、“哨哨”的梵钟声。水声、风声、鸟声、虫声的衬托，使诵经声、木鱼声、梵钟声在这静谧的山顶显得格外的响亮，格外的空灵，也格外的静虑清心。刹那间，似有一道耀眼的电光穿透你混混沌沌的头脑，在一阵惊喜而痛苦的战栗中，你恍然大悟。一种充实饱满后的空无，一种返璞归真后的空无，亮丽成一片白云般的洁白，流荡成一种银白的韵律，漫飘宇宙。童年的梦，如一轮皎洁的满月高悬苍穹，清光悠悠，朗照天地……

1997 年 8 月 20 日湘潭大学

蟋蟀的歌声

已是深秋。窗外，霏霏细雨织成一张迷迷蒙蒙凉气袭人无边无际的丝网。冷风时起，吹动木然挺立的树木，发出一阵阵森森的瑟瑟声，沙啦沙啦的水珠落地声，透出一股隆冬冰雪天手触黑铁时凉入心底的寒意。夜色渐渐黑咖啡般浓黑，你的神经越来越兴奋。

孤处异乡，偏僻的异乡。独坐斗室，静寂的斗室。陌生感似火苗陡然上窜，以红艳的舌头，痛吻焦舔着你的每一根神经。孤独感浓郁成窗外的夜色，一片漫漫无边的漆黑静寂。时间的概念消失了，空间也似已不再存在，你所感到的，只是漫漫无边的浓黑的液体般的冷寂。

突然，一阵犹豫、胆怯、低沉、简短、断续的歌声从墙角轻轻地逸出，接着，窗外也飘来了同样的歌声。蟋蟀的歌声！黄昏时，蟋蟀的歌声总是有些犹豫、胆怯、简短，时断时续。你的心猛然一震，一个神秘的洞天石扉訇然中开。空间，明亮、灿烂、无边地伸展。故乡，家，亲人，似乎近在眼前。无须“举头望明月，低头思故乡”，蟋蟀的歌声已把你送回故乡，送回家里，送到亲人们的身旁。曾经，在父亲如雷的鼾声的间歇里，你欣喜地听到蟋蟀柔和的歌声，紧张的神经顿时松弛，渐渐张开梦的翅膀遨游广阔的天地。曾经，听着妻儿轻柔恬静的呼吸，咀嚼着银白的甜蜜，让花香般阵阵袭来的蟋蟀的歌声，为你披一件轻盈如白云柔软若棉絮的梦的衣裳……

时间，晶莹、辉煌、无际地蔓延。远古，周口店山洞的火堆旁，北京人在如潮的蟋蟀的歌声里，忘记了为生存而挣扎而搏斗的一天劳累，沉沉入睡。周朝，无名诗人在蟋蟀的歌声的长期浸泡下，绽放了一朵朴实而又美丽的诗：“七月在野，八月在宇，九月在户，十月蟋蟀入我床下。”唐朝，由“九天阊阖开宫殿，万国衣冠拜冕旒”、“稻米流脂粟米白，公私仓廪俱丰实”的开元盛世，陡然转入兵荒马乱、战祸连年、“朱门酒肉臭，路有冻死骨”的时代，蟋蟀的歌声似也变得感伤、悲郁、善体人意，使忧国忧民的“诗圣”杜甫大为感激：“促织甚微细，哀音何动人。草根吟不稳，床下意相亲。”宋朝，蟋蟀的歌声透明如烈酒浓郁似美酒，两位陶醉的诗人各自捧出了性情鲜明、清丽多姿的一瓣心花。张镃回到了月洗高梧、露水盈盈、表里俱澄澈的童年，循着蟋蟀的歌声，在萤火点缀、香气灿烂的丛丛花影中，去寻找童年的好奇，捕捉童年的欢乐。姜白石则从蟋蟀那“哀音似诉”的凄凄切切的歌声中，由自身的经历，想到了千千万万不幸的人们——那“夜凉独自甚情绪”、轧轧弄机杼的思妇，那“别有伤心无数”的谪臣迁客、士人游子和帝王后妃、宫娥彩女，刹那间，上升到杜甫那“安得广厦千万间，大庇天下寒士俱欢颜”的博大仁厚境界。当代，蟋蟀的歌声，似乎带着浓浓的乡音，又似乎永远总是同一首最轻最亲的“千丝万缕的歌”。海外的游子听得痴了，悠悠回到阔别了数十年的家乡。于是，诗人洛夫高吟出《蟋蟀之歌》，发现“广东的那只其声苍凉 / 四川的那只其声悲伤 / 北平的那只其声聒噪 / 湖南的那只叫起来带有一股辣味”，并且，情不自禁地《与衡阳宾馆的蟋蟀对话》。夜深了，蟋蟀的歌声越来越响亮，越来越欢畅，也越来越深沉，越来越悠长。无数蟋蟀的歌声汇成一种似乎银白又似乎蔚蓝的旋律，一种液态的黑水晶似的旋律，流荡在茫茫夜空里。蟋蟀的歌声里，你不再孤独，陌生感也早已荡然无存。你鲜明地感觉到，你与大地、与宇宙、与人们、与故乡、与亲人，有了一种更深层次的亲密。一种蟋蟀的歌声般迷人的旋律，从你的心底里飘飘逸逸地飞出……

1997年10月5日晚郴州市资兴县东江师范学校

坐飞机

飞机是人类最诗意的想象与最科学的思维联姻的结晶。人，牢牢地植根于大地，又时刻渴望着挣脱地面，飞向漫漫高空，直探宇宙那缎子般柔软波浪般起伏花朵般美丽黑夜般神秘的幽蓝奥秘。

坐飞机是一种别有一番滋味在心头的喜悦。

当飞机在跑道上滑行如一道疾驰的风，你仿佛驾着人类最美妙的想象在奔驰，思绪飘舞如天空中变幻无定的云彩，激情奔腾似一浪高过一浪的滚滚海波。

当飞机倏然脱离地面，升入空中，你猛然一震，一种鲜红的被从大地活活撕裂开去的剧烈疼痛，一种由于失重而产生的银灰的晕眩、惨绿的恶心，在你的头脑里翻腾如受伤的蛇，在你的耳朵里滚荡如沸腾的水，你成为一根不浮不沉又似浮似沉的无轻无重的稻草，悠悠在浩浩渺渺如光似水的空气里。

你欣喜，你终于挣脱了大地的羁绊，梦一样自由地飞行于无垠的天空，而且，你似已穿透阳光那纯洁得七彩成雪白的柔滑长裙，窥见了宇宙那雄奇又生动的幽蓝奥秘，收获了天空那多彩瑰丽的一朵朵蘑菇梦。在欣喜之中，一种沮丧情不自禁地潜潜滋生。脱离了大地，你这大地之子成为剪断脐带的婴儿，一种回归母体的冲动，逼迫你真想像婴儿一样扑向母亲，或者狂呼高喊。而且，你是以一种“遥望齐州九点烟，一泓海水杯中泻”的方式，缩小了广袤若天空的人寰，虚化了多如繁星的芸芸众生，从而高高地树起你那空幻的“宇宙之精华，万物之灵长”的人的自尊，人的强大、人的万能的神话。

你骄傲，人类不仅把最美妙大胆的想象变成了事实，而且似已把茫茫的空间转化为时间，一种能被人灵活自如地掌握的时间，一种能给人类带来利润、价值和成果的时间。与此同时，一种遗憾也伴随骄傲袭上心头。人类最美丽的梦最诗意的想象竟然是如此冷漠无情的一件钢铁之物，你的命运、你的生命、你父母的希望、全家的幸福就交付在它的手里，“轰”的一声，哪怕你风流潇洒、才华横溢如徐志摩，能征善战、名震中外如叶挺将军，也只能化作长长一溜哭泣的黑烟，来自泥土复归于泥土。即便安全到达，从甲地到乙地，世界也小得变成一段梦一般飞逝的短暂时间，和一种把一切都简单得单调乏味甚至把人自身也简单得单调乏味的高速度。时间就是速度，速度就是金钱。当一切都完全速度化、金钱化了时，人是什么？

诗与科学的骄子，竟然是这样一个难以捉摸的怪物，一个令人迷惑的谜？

也许，一方面深深迷恋大地、执着于大地，一方面又放飞梦想、渴求离开大地、飞升太空的人类，本身就是一个难解的谜。

1997年10月6日晚郴州市资兴县东江师范学校

双清之游

双清景色殊绝，情趣古典。“双清胜览”几百年前即闻名于世，“双清秋月”更是宝庆十二景中的佼佼者。双清之景，四时各异。游双清而欲领略其不同的风采神韵，须四时各有讲究。

春阳热烈如恋女之痴情，春花娇媚似七彩的霓虹，双清之游宜在上午偕情人或伴娇妻而往。牵着爱侣，牵着灿丽的春光，撑开一柄粉红的小小罗曼史，躲开城市的喧嚣，漫步于双清公园，任野花芳香你们的爱情，阳光灿烂你们的心绪，碧于蓝的江水碧绿你们的憧憬，曲径通幽处，一个崭新的境界如桃花源豁然出现，你们粉红的罗曼史更加灼灼其华。

沉沉阴云低矮了天空，绵绵春雨模糊了时间空间，双清之游宜在苦闷时白天独往。撑开一柄黑尼龙伞，撑开黑色的心情，一任清新的雨淅淅沥沥地冲刷，徘徊于园中的小径上，玩味着魏源“屿扼双流合，江涵一郭烟”、“溪涨山为岸，春深雨失天”的诗句，俯瞰高庙潭中春潮汹涌，旋涡迭起，虽不再有“野渡无人舟自横”的古典，也无“小舟撑出柳荫来”的情致，但使你浑然想起顾磷咏双清砥柱矶的警句“阅尽狂澜色，何须问水神”，不禁频拍栏杆，欲歌欲啸，壮怀激烈，豪情万丈。

炎阳如火，城市如火炉，人们静坐室内，以空调或风扇来止热息汗，消除暑意，双清之游宜三五知心好友，在中午或傍晚时分，携西瓜或带啤酒而往。围坐亭外亭中，朗吟明代诗人李青的《游双清亭》诗：“天开画图在双清，绿水青山泼眼明。风入琳琅摇凤尾，云移松桂偃龙形。望中隐隐窥衡岳，坐里闲闲看洞庭……”看点点白帆如只只白鸽滑翔于悠悠碧水之上，指点江山，侃侃纵论古今中外事，兴酣情热之际，忽觉口干舌燥，一拳打碎西瓜，分瓣而食，或一口咬开瓶盖，举啤酒共饮，西瓜沁凉，啤酒解渴，而清风阵阵，徐徐吹来，再诵亭外亭原有之长联："把酒涤烦襟，任天涯草绿，世界尘红，此心澄似双江水；凭栏舒画眼，看远浦帆樯，夕阳城郭，胜概多于六岭春。"大家相视而笑，快如之何！

天空与江水格外澄洁，格外水晶，桂花飘送金黄、银白、丹红的芳香，双清之游，宜圆月夜独往。长空悠远澄静，素月晶莹柔丽，置身亭外亭中，徜徉公园之间，遥望隔江矗立的北塔，细品清末诗人徐小松撰写的名联"云带钟声穿树去，月移塔影过江来"及明代车大任的《双江秋月》诗"郭远双津合，天空片月浮。银河通下界，素魄落中流。蟾兔疑沾湿，鱼龙看出游。清光与澄碧，同泻万年秋"，你会倏然进入宋代词人张孝祥那"素月分辉，明河共影，表里俱澄澈。悠然心会，妙处难与君说"的奇丽境界，栩栩然不知庄周梦蝴蝶，还是蝴蝶梦庄周，但觉天人合一，物我一体，悠悠远远……

树们光秃秃地裸露瑟缩，寒风凛冽，呜咽如笼中的困兽，双清之游宜在雪后的早晨与家人同往。此时，城里城外，红装素裹，分外妖娆。而光秃秃的枝头，也正如岑参诗中所说的"忽如一夜春风来，千树万树梨花开"，飞来石前，亭外亭畔，以及各个景色俏丽之处，按下快门，为父母，为妻儿，为自己，留下一份难得的清景，留下一个美好的回忆。而你们，撒下一朵朵欢笑的玫瑰花，火红茫茫白雪世界的单调与寂寞……白雪的天地寒气刺骨，而你们心中却暖意融融，亲情盈溢，春光无限……

1999年1月12日邵东县牛马司

云　雀

南方，闷热、阴沉的六月早晨。我独自一人，郁闷地走到野外。一片荒凉的草丛，开满了各种各样细碎的小花，在闷热、阴沉中显得呆头呆脑的。我的思想、我的精神，也变得呆头呆脑起来。

突然，一只灰褐色的鸟，从草丛里一飞而起。它一边向上飞翔，一边悠悠歌唱，歌声清脆、甜美、嘹亮，仿若一股清风倏地吹来，令人精神一爽。云雀。和云雀的歌声。这小小的精灵，在空中自由自在，尽情尽兴：一会儿往左边斜斜地上飞，一会儿又笔直向上直冲云霄，一会儿又像直升飞机停在空中，它的歌声随飞翔的姿势而有所不同——斜斜上飞时婉转嘹亮，直冲云霄时全身就像一朵颤抖的花儿，歌声也像一团颤动的火，停在空中时，歌声清脆悠扬，像盈盈露水洒向四方。它飞翔着，不停地向上、向上，一直飞进云霄之中。然后，又从云霄中飞出，双翅张开，一动不动，像一架滑翔机，徐徐下滑，慢慢着地。云雀的歌声是如此美妙，仿如仙乐，无怪乎雪莱在《致云雀》一诗中要一再歌唱：“向上，再向高处飞翔，从地面你一跃而上，像一片烈火的轻云，掠过蔚蓝的天心，永远歌唱着飞翔，飞翔着歌唱……从霓虹似彩色云霞也难降这样美的雨，能和随你出现降下的乐曲甘霖相比……晶莹闪烁的芳草地，春霖洒落时的声息，雨后苏醒了的花蕾，称得上明朗、欢悦、清新的一切，全都及不上你的音乐……比一切欢乐的音律更加甜蜜而且美妙，比一切书中的宝库更加丰盛而富饶，这就是鄙弃尘土的你啊你的艺术技巧。”（江枫译）

我郁闷的沉甸甸的心，也像云雀一样冲天而起，笔直向上，心灵的歌声也露水一般，盈盈、盈盈地洒向人间……

2006年6月16日上午湘潭大学

第三辑

诗剧、叙事诗

孩子和母亲（小诗剧）

一条蜿蜒曲折的乡间小道，两旁是大片大片青翠欲滴的树林。地上，一片绿盈盈的小草，中间，夹杂着星星点点的各色各样花儿。清晨，凉风习习，刚刚出现在东山上的太阳，就像刚从睡梦中醒来的少女那丰满的玫瑰红笑脸。一个小孩在小道上蹦蹦跳跳地走着，他的母亲，提着一篮猪草，在后面跟着。

孩：啊，蝴蝶，多美的蝴蝶！
妈妈，妈妈，你看她多白呀！
母：是呀，它真白，真白呀
可哪有我小乖乖的小手白呀！
它真可爱，真真可爱呀
可哪有我的小乖乖一半可爱呀！
孩：妈妈，妈妈！我要是有一对
蝴蝶这样的百合花般的翅膀
我就再也不会一个人待在家里了
我就要像现在吹着的风一样
轻轻、轻轻地飞到你的头上
看你在地里挖土，在田里薅田了！
母：真是我可爱的小乖乖！
嗯，快走吧，栏里的猪要喂了！
孩：妈妈，你听，你听呀！
这鸟儿叫得多好呀！
母：是呀，是呀，这鸟儿叫得真好啊！
可它哪有我小乖乖的声音好啊！
孩：妈妈，妈妈！要是我唱得鸟儿这么好
每天早晨，在你起来梳头的时候

我就要站在门前那棵高高的梧桐树上
给你唱这早晨一样清新的歌
每天晚上，当你劳累地躺在床上
我就要在屋后那一片青青的竹林里
为你唱月光一样美丽的歌了！
母：我的小乖乖，可爱的小乖乖！
让我亲亲你，亲亲你！
还是快走吧，妈要做饭了！
孩：妈妈，你看，你看呀！
这草里有好多好多的小花呀！
真有热天夜里天上闪亮的星星
一样多，一样好看呀！
不，不，比星星还漂亮！
星星总是那么白白的
可花有这么多种颜色！
母：噢，我的小乖乖，你喜欢它吗？
我摘一朵给你戴在头上！
孩：妈妈，别摘；别摘，妈妈！
她在这青青的草里，多好啊！
呃，妈妈，你猜我想起了什么？
猜不着？要不要我告诉你？
哈，我要变成好多好多的花
开放在你月光一样的梦里！
母：真是我的小乖乖，真是我的小花朵！
还是快走吧，吃了饭妈还要做事呢！
孩：妈妈，妈妈，快来看呀，快来看呀！
这是什么，这是什么？
（蹦跳着拍掌）真好看，真好看呀！
母：小傻瓜，真是一个小傻瓜！

这是清晨草叶上的露珠！
那里面红红的，是太阳的光！
孩：啊，妈妈，要是所有的树
都结这样的果子，那该多好啊！
母：你真是一个可爱的小幻想家！
来，走累了，妈妈抱你！（抱起孩子）
孩：妈妈，你看，你回过头来看呀！
东边山上的太阳多好看
那一堆堆红红的云儿多好看呀！
母：小淘气，你知道吗
早晨的太阳叫朝阳
那红红的云儿叫朝霞！
孩：妈妈，你出汗了！
（用小手轻轻地拈一颗颗汗珠）
呃，我有一个办法了！
母：（心不在焉地）什么办法？
孩：你每天中午回来，都汗透了衣衫
这讨厌的太阳，比坏蛋还坏！
它，为什么不总是像现在这样
而要像那燃烧的金针呢？
我要把它抓起来，嗯，抓起来
像屋里挂的那个大挂钟一样
用钉子把它固定起来……
不，不，这么漂亮的东西
用钉子固定，太不好看了！
那我就用糨糊或者胶水吧
像屋里贴的画一样
粘起来贴在墙上！
不，不！也不好，不好！

好了，好了！就像上次
爸爸养那条红尾巴鲤鱼一样
用家里的大花脸盆
装一盆清凉的井水
把它好好地养在里面！
它就会永远像现在这样
发着这么漂亮而不热的光了！
那时，你出去做事就再也不热了
我们大家夜里也不要电灯了
还能常常看到这么漂亮的东西！
母：（用脸亲一下孩子的小脸）
你真是个可爱的小淘气！
你知道吗，爸爸和我今年挣了些钱
我呀，要给你和你爸爸
买几件漂漂亮亮的衣服
还要给你这小淘气
买好多好多好吃的东西！
孩：漂亮的衣服？好吃的东西？
不，妈妈！我要那朝霞做的衣服！
我还要那朝霞做的裤子！
嗯，还要朝霞做的枕头、被子……
穿着它，像风一样的轻
枕着它，比棉絮还要软
盖着它，像盖着一个很好很好的梦……
嗯，它比桃花还要红
苹果也没有它那么好看
妈妈，朝霞一定好吃吧？
它比蜂蜜还甜吧？
它比芝麻还香吧？

它比西瓜还解渴吧?
它……
母:(自言自语)塘里的鱼可卖好几百……
今年可以砌新屋了!
孩:妈妈,要砌新屋?
我有个最好的办法!
你看,天是多么的蓝!
我要像爸爸划玻璃一样
把它一块块划下来
用它砌成我们的新屋
还用它铺地面、做窗子……
嘿,我们蓝晶晶的新屋
多透明,多漂亮啊!
母:是吗?你知道吗
我们栏里的那两头大猪
到今年年底
还可卖好几百块钱呢!

1982 年 6 月 27 日湘潭大学

鹅卵石（三幕诗剧）

第一幕

白云缠绕的青翠大山。山顶，一块四四方方的美丽青石。风，花，鸟，虎等。

风：从无际的空蒙之中
从宇宙母亲火热的心里
带着自己流线型的美
带着自己年轻、自由的心
轻轻，轻轻，温柔地
我出来了，我出来了
啊，天地是多么广阔，多么美丽
空气，是多么轻盈，多么清新
啊，醒醒吧，兄弟们！
啊，醒醒吧，姊妹们！
红红的太阳，就要在东边的山上
拍摄你们这群懒虫的彩色照片！
啊，醒来吧，弟兄们，姐妹们
我们一起去跟那可爱的青石交谈，讨论
唉，几天远出不见他，不和他交谈
心，罩上了一层淡淡的忧愁
笨鹅一样呆板，黄河一样浑浊！
啊，快点吧，姐妹们，兄弟们！
花：啊，你轻盈、温柔、迷人的风呵
那青青的、匀称的、健康的大石
是比蓝天还要美丽、迷人！

我多想去跟他当面交谈
可我、我的孩子，正在心里蠕动
啊，可爱的风呀，你知道
他是多么纯洁、善良、天真、快乐！
不能当面与他交谈，我的心多么忧伤！
那么，风啊，请带去我的问候吧
——我这浓郁、芬芳、醉人的花香！
鸟：轻快地飞舞，轻快地飞舞
有力的双翅，击打起光波
那青青的大石，是多么的迷人
他，风一般的自由而温柔
他，花朵般美丽而芳香
他，比我们鸟儿还天真快乐
他年纪轻轻，又像什么都经历过
一切的一切，似乎他都知道
啊，我亲爱的年青的翅膀呀
你快快地、快快地划动吧
我多想早点见到敬爱的他呀！
啊，什么都一样，总有人走在头里
瞧吧，那漂亮的老虎已快到青石身边！
虎：这个世界啊，真是奇怪！
同一个东西，人们的看法却大不相同！
这个说，青石少女般美丽、温柔
那个说，青石小孩般天真、欢快
另一个又说，他比什么都自由
这个世上，没有什么他不知道！
而我要说，我要说啊
在百兽中，我是雄壮威武的大王
我生性剽悍，性格刚烈

我的高贵的意志左右一切
任它什么东西，都不敢把我触犯！
可我，不得不心悦口服地承认啊
青石的意志，比我的还要坚强！
青石的性格，钢一般宁折不弯！
青石的棱角，就是上天也要碰撞！
啊，到了，到了！你好，可爱的青石！
（旁白）也是我真心喜爱、佩服他
不然，这场面真叫人嫉妒！
那高高的茂密的树，竟那么吃力地
把枝叶伸展过来，为青石遮阴！
那柔嫩的青青小草啊
竟那么害羞地，用颤抖的小手
温柔地、深情地把青石抚摸！
啊，你好，轻盈、自由的风！
你好，无忧无虑的少女般活泼的鸟！
青石：你好，神通广大的风
整个广渺浩瀚的世界都属于你！
你好，美丽、可爱的小鸟
只有你有着风一样珍贵的自由！
你好，高贵、威风的虎
那一只兽敢不拜倒在你的脚下！
啊，多么醉人的芬芳的花香
这一定是那迷人的花儿的一片深情！
啊，来吧，朋友们，来吧！
我们一起尽情地畅谈、讨论
我们一起快乐地歌唱、舞蹈
我们，一起欢度这美好的时光！

老虎，再一次真心诚意地向青石致礼；小鸟，放开美妙的歌喉，开始为青石歌唱；花香，彩蝶般围绕青石作美的舞蹈；风，轻轻地滑下来，偷偷地、深情地在青石的脸上吻了一下。青石，温情地抚摸着被吻的地方，激动得高声大喊：

啊，老天呀，祝福这样的人吧！
他，四肢发达，那凸出的一瓣瓣肌肉
凝结着刚劲的力、无穷的热和能
蕴藏着朝阳般富有活力的美丽、健康
他的心，纯真有如初生的婴儿
美丽如同天边簇簇的红霞
小鹿般善良而惊怯，狮子般勇猛而果敢
浑浊的尘世，对他没有丝毫的侵染
他，处在高高耸立的山顶
他的身，只为清净的云气所缠绕
他，呼吸着天地的精气
他，用自己的心跟一切交往
一切，都跟他和睦相处，充满恬静的爱
他，也太阳一般把爱无私地献给他人
他聆听小溪的琤琮，树叶的呢喃
他欣赏鲜花的艳丽，虎豹的雄壮
就像夏夜的天空布满晶莹闪烁的星星
学识、才华也这样充满他整个心灵
他的心，时常追逐蓝天中那飞飘的白云
未来的梦，鲜花般在他脑里五彩缤纷
他，没日没夜地拼命奋斗
渴望自己蓝天般伟大、永存
他为美丽鲜花的枯萎凋零而伤感流泪
他从夏夜广袤的暗蓝星空

读出自然与人生的奥秘
他经历过世道的许多艰难辛酸
他目睹着人间的许多痛苦、变迁
他的心，他的心呵，也曾为之紧缩
可仍太阳般热烈乐观，处子般纯洁天真
啊，亲爱的老天呀，祝福这样的人吧！

第二幕

天空，浓云泼墨，电闪雷鸣。滂沱大雨，倾盆而降。山洪暴发。青石被强劲的洪水，冲推到滔滔的江里。水，石。

洪水：小而又小的，积聚起来
却有着翻天覆地的力量！
啊，我们，这聚集起来的点点滴滴
把世界牢牢地掌握在手心！
我们，是一个巨大的熔炉
任它再坚固的，也能熔化
我们，是一个特大的染缸
这世上一切的一切
都要在这里领受色彩的奖赏！
哼，顺我者生，逆我者亡
一切的一切，都必须
随我们的波涛而起伏升沉！
青石：仿佛突然跌进一个可怕的噩梦
浑身战栗，内心恐惧、痛苦
却又无可奈何，不能有一丁点行动
思想，也似是而非，迷迷茫茫

不，这不是梦，这不是梦啊！
分分明明，是洪水推着我向前！
啊，多么可怕，多么可悲！
看，柔嫩的小草被连根拔出
在水里，将臭的死尸般发白！
啊，那可爱的小花，美丽的小花
竟像死去的臭虫般漂浮在水面！
悲哀啊，原来那样葱茏挺拔的大树
现在竟像凌迟碎剐般抛尸江中！
看吧，小鸟在焦急、惊惶地乱飞
百兽，在慌乱、恐怖地狂奔！
啊，你自由的风，温柔的风呵
竟像被凌辱的少女，撕心裂肺地呜咽！
唉，这个世界，纯真是注定不能存在
原来那么和睦、美好的一群呵
而今，竟像猛然遭受偷袭的雁群
惊惶地、悲哀地四分五散，各奔东西！
啊，一切的一切，是这样混浊！
苍天呀，这样混浊，这样混浊！
啊，一切的一切，是这样的奇臭！
苍天哪，这样陈腐，这样奇臭！
啊，我的心呀，你坚强起来吧
你一定要拼死抵抗，再抵抗！
啊，我花朵般柔嫩的纯洁、童真和理想呀
我要拼性命保护你们不遭蹂躏
决不让恶魔的险毒用心得逞！
洪水：哈哈，我们的力量强大无比
虽然，我们貌似柔弱无力！
人们，讨厌我们，害怕我们

又需要我们，离不开我们！
没有我们，他们便无法生存！
我们，把单调枯燥的世界变得丰富多彩！
哈哈，人们要想幸福美满地生活
必须抛弃自己的一切，而把我们崇拜！
不然，哈哈，哈哈，连他们的同类
（他们皈依了我们）都不能把他们容忍！
哈哈！在我们强大的力量面前
谁能不变？谁敢不变！
青石：力，力！到处是力，到处是力！
电光般四处闪烁的灼人的力！
暴乱的、骚动的、强劲的力！
帝王般专制、蛮横、残忍的力！
空气般无形而实在的力！
力，到处是力，到处是力！
啊，力，你征服了一切，你不可一世
可我，要挺身反抗，叫你无能为力！
洪水：你这样的东西，我见得太多太多！
开始，气壮如牛，色厉内荏
不消一时半刻，就像任人捏的稀泥
哈哈，征服你，我们不费吹灰之力！
啊，动起来吧，伙计们！一二一！
聚集起我们的波涛，给他点厉害瞧瞧！
我们要他像山坡上滚下的西瓜
纷纷滚滚，身不由己，头破血流！
青石：哈哈，哈哈！你们这群废物！
也不拿两根棍子撑起你们的狗眼
好好看看你石爷爷我是何等样人！
纵使你们把我推得纷纷滚滚

我的心，依旧保持着纯洁和童真！
理想，仍白鸽子般在我心里翩翩翻飞！
啊，反抗吧，我坚硬的棱角
把你强有力的刺对准他们！
哈哈，原来你们还知道怕痛？
干吗像挨了打的野狗落荒而逃？！
洪水：（狂怒地）这小子真不识抬举！那么
伙计们，翻卷起滔天的大浪吧
我们要尽快地使他在巨岩上
狠狠地撞去他那可恶的棱角！
青石：哈哈，废物，废物，真正是废物！
你们难道不知道，我的棱角
就像那传说中魔王的头一般
撞去一个又生出无数个？
哈哈，你们看吧，你们看吧！

浑浊的洪水，无可奈何，长叹一声，退了下去。清清的江水，清清的江水……

清水：轻纱般柔软、轻盈
蓝天般清澈、深沉
太阳，在我们三角形的粼粼波光上闪耀
月亮，从云缝偷看明镜般的我们中她的倩容
星星，在轻梦般宁静的夜晚
快活地在我们幽幽的怀中游泳
多情的风儿，常常那么甜蜜地
把我们轻轻、轻轻地亲吻
我们，生性活泼、天真、恬静
我们，母性般温和，充满柔情

啊，你好，美丽的青石！
啊，你好，勇敢的英雄！
青石：滚开，别装腔作势，自作多情！
对你们的一切，我都切齿痛恨！
你们，把一切变得低级、下贱
反倒把自己打扮成世界的救主！
清水：哎呀呀，你可误会了，我亲爱的英雄！
我们，是少女一样柔弱而充满温情！
我们，少女一样渴望荣誉，崇拜英雄！
我们，少女一样羞答答，爱得专一、深沉！
啊，我们对你崇拜得五体投地！
我们，清楚地记得你反抗的每一个细节
我们准确地知道你身上有多少英勇的伤疤！
啊，亲爱的，你是这样伟大，这样美丽
我们……我们真想吻一吻你！
青石：哈哈，你们的头脑也简单得可怜！
唉，实在太可怜，只会硬的不行来软的！
你们，外表恬静而美丽
内心，却茅坑般恶臭、肮脏！
告诉你，你们就是上天摘下星斗
也不能夺去我的理想、纯洁和童真！
清水：哟哟，真是我尊敬的英雄！
不过，一个人若想生存发展
必须适应环境，紧随潮流
既然这样，只有两条路在你面前：
要么，顽固到底，早早毁灭有才干的自己
要么，顺应潮流，幸福美满地生活！
而且，我们再一次郑重其事地告诉你
你就是反抗到底，也毫无用处！

我们，会用亲吻、抚摸使你变形
洪水，会用狂暴的力磨去你的烈性！
就这样常年地循环往复，往复循环
直到你最终乖乖地投降我们！
青石：哼！……

第三幕

许多年以后。清清的沙滩上，一颗圆圆的鹅卵石。水。鱼。风。

风：飞呀，飞呀，整天不停地扇动翅膀
我见过许许多多的名山大川
我见过熙熙攘攘的人世经过的许多沧桑！
我见过各种各样的人物和性格！
可青石……唉，如今是鹅卵石啰
它，我却实在，实在难以理解！
原来是那样纯洁、天真、善良、富有理想
而今，却是这样的……你看，你看！
鱼：我们在水里，就像鸟儿在空中
清清的水，空气般柔软清新
我们，自由自在地游来荡去
各种各样的小虫，是我们的美味佳肴
啊，走吧，伙计们
我们去瞧瞧那圆圆的、美丽的鹅卵石
他那滚滚而来妙趣横生的笑话
每天总是逗得我们喜笑颜开！
清水：带着风一样流线型的美

怀着热恋中少女般满腔的柔情
我们，前去跟可爱的鹅卵石相会
我们，去为亲爱的鹅卵石翩翩起舞
啊，多么聪明、多么美丽的石呀
它现在生活得何等愉快，何等幸福！
是呀，本来就不值得花那么大的劲
废寝忘食地去寻求什么知识
冥思苦想地去探索什么奥秘
煞费苦心地去大干什么事业
竭尽全力地去献身于什么真理！
啊，多少春花秋月被等闲耽误
多少人情的温暖、生活的甜蜜
和人生的享受，被白白地弃置！
哼，受尽了孤独寂寞烦闷痛苦的折磨
到头来，不过是海市蜃楼般虚无缥缈！
哼，机械蠢笨地保持什么童真纯洁
倒不如随波逐流，和平幸福地生活！
哈哈，那些子虚乌有的纯洁理想功名
引动欺骗了多少可怜的痴人呆人！
啊，只有投身于人世的温情
只有满足于眼前的生活
每天，做一点力所能及的事儿
把令人发笑的话花朵般撒落
这样的人，才真正地幸福
这样的人，才叫会享受生活！
啊，你好，聪明美丽的鹅卵石！
怎么样，今天有何美妙的笑话？
鹅卵石：啊，你好，美丽的鱼！
你好，我最亲爱的水！

笑话吗？你看，天上那红红的太阳里
掉下了一只三头六臂的癞蛤蟆！
哎哟！亲爱的鱼呀，你真捣蛋！
幸亏我是这样玲珑的圆圆一身
不然，你这么狠命地往前一推
我岂不要跌倒在地，头破血流？
哈哈，你们瞧呀，我是这样的轻盈
在水中这么轻轻一漂就稳稳地着地！
清水：（旁白）可怜的、可怜的孩子
连每一个细胞都已变了！
当年，是那样桀骜不驯，铁骨铮铮
而今，却是这样……哈哈！
啊，老天呀，祝福我们吧！
鹅卵石：昨天，一条狗熊一样
又笨又重的甲鱼老太太
沿着这条棉絮般柔软的水底沙地
这么一摇一摆地慢吞吞爬来
“沙沙！沙——沙！”沙子轻轻作响
忽然，它的屁股重重地挨了一下
它，兔子般惊怯地这么抬头往后看
“啪！”我飞快地窜到它的前脚底下
只这么轻轻、轻轻地一拱，呵哈
它就四脚朝天，在水中抓弄了半天！
清水：是吗？你真是太聪明，太可爱了！
你跟我们的关系一天比一天融洽！
鱼：哈哈，哈哈！多聪明的石呀！
真比那诡计多端的小孩还要狡猾！
鹅卵石：啊，江潭的深夜静悄悄的
连风也一动不动地躺在布满细雾的空气里

深蓝的天空，倒映在这明镜般的江水里
满天闪闪烁烁的晶亮星星
原野上细小的白花般缀满江面
景色多么美妙，我正深深陶醉
忽然，“哗”，美梦裂成了碎片
一条火红火红的小小鲤鱼
被一只美丽强壮的大黑鱼追到这里
“啊，救命吧，美丽的鹅卵石呀！
让我到你的身下，躲过这一灾难吧！”
“什么？你要躲到我这里？
把我当挡箭牌？让我受罪？
这可不行，一万个不行！
弱小的既然不能生存，就干脆自动地
把自己献给强大的，让强大的更强大！”
于是，那小鱼便马上进了黑鱼的肚里！
鱼：啊，英明，真是最最英明！
要想幸福地生活，就得不惹是非！
清水：啊，你实在是最最聪明！
你完全符合我们的行动准则！
啊，欢呼吧，歌唱吧，舞蹈吧
热烈地祝贺一下我们的聪明人吧！
鹅卵石：（兴奋地）啊，上天呀，祝福这样的人吧！
他，不追求什么虚无缥缈的事业功名
他，不追求那永远找不到的真理！
他，不为虚幻的想象所困扰
他，不为抽象的东西而苦闷
他，满足于自己，满足于眼前的一切！
他，日出而作，日没而息
他，追求的只是实实在在的东西！

啊，多么像梦里，我真不敢相信
曾经，我是那样固执，那样愚蠢！
啊，我要衷心地感谢你们！
亲爱的水呀，我最最亲爱的水呀
是你，给了我这种无忧无虑的欢乐！
啊，现在，我是这样的圆滑、玲珑
啊，现在，我是这样的美丽、强壮
一切的一切，我都能左右逢源，应付自如
一切的一切，我都能恰到好处地处理
我能顺应千变万化的一切潮流
千变万化的一切潮流
都为我所掌握，利用！
哈哈！今天的我，今天的我呀
不再是过去那可怜的我了！
今天的我，是如此的完美、崇高！
今天的我，是如此的强健、伟大！
啊，上天呀，亲爱的上天呀
祝福我吧，尽情地祝福我吧！

（剧终）

1983年9月6日—9月7日邵阳市

绪任克斯（叙事诗）

生命诚可贵，爱情价更高。
若为自由故，二者皆可抛。
——裴多菲

一

阿尔卡狄亚是一座奇异的大山：
山顶，冻结的几丈厚的皑皑白雪，
在阳光中银光闪闪，美丽无比，
严酷的寒冷，耀眼的阳光般
亮闪闪地挤满在稀薄的空气里；
山腰，一片绿色的热带森林，
四季鲜花盛开，香气氤氲，
一层层小草铺展成绿茵茵的地毯，
在风中荡漾着盈盈的绿意，
一朵朵五颜六色的花儿，
在草丛中争相怒放，竞奇斗妍，
它们随风与草儿不断轻轻摇曳，
就像山林一只只梦幻般的眼睛；
一棵棵铜枝铁干的参天大树，
向天高举起无数双健壮的手臂，
一根根翠绿的常春藤，痴情的恋人般
充满深情地柔柔紧缠住它们；
一群群五光十色的鸟儿，居住在林中，
整天整天无忧无虑地追逐，嬉戏，
把清新优美的歌儿盈盈的露水一样洒下，
一只只色彩斑斓的美丽蝴蝶，

像一个个展翅的天使，在这里欢快地飞舞，
一只只花鹿、一只只孔雀、一只只野鸡……
一只只猛虎、一只只雄狮、一只只美豹……
在这里栖息，生活，繁殖；
山脚，一片温带的森林，
随四季的变化而姿色各异——
春天，它是小孩般幼稚的嫩绿，
夏天，它是成人一样深沉的碧绿，
秋天，它是一个珠光宝气的丰满少妇，
冬天，它是一个憔悴、干枯的老婆婆；
山下，一大片平展展的原野，
层层的青草绿绒绒地铺满地面。

二

在这优美、自由的绿色王国，
住着两个俊美异常的自然神：
一个叫克拉西威，是树儿们的神灵，
全身碧绿碧绿，盈溢着绿色的青春，
绿得那么柔和，又绿得那么深沉，
就像一颗绿色的太阳，放射出绿莹莹的光，
他那绿色的肌肉，一瓣一瓣凸起，
健美、壮实得让人惊叹不已；
另一个叫霍彪提佛，是一个牧神，
他的全身，就像天上那银色的月亮，
散发着柔和、娟美、纯洁、迷人的光。
他俩一个绿莹莹，一个白灿灿，
但同样的聪明，同样的诚实，同样的善良。

他们是一对形影不离的好朋友，
他们共同生活在这美丽的山林，
日子，风一样自由，美梦般甜蜜。

三

一群美丽活泼的山林女仙，
像一朵朵秀美的彩云，飘然来到山林。
他俩的心，就像静静的湖水，
被突来的风所搅动，久久不能平静。
他们万没料到，这世上还有人比自己更美！
他们在这广大的山林，是出众的美，
每天，小鸟看到他们，便唱起美的颂歌，
花儿见到他们，也深情地频频致意，
就连那骄傲的孔雀，也向他们不住地点头！
可那群女仙一进山林，就改变了整个气氛：
她们众星拱月般簇拥着一个女仙，
（那是她们的姊妹，美丽的绪任克斯）
风儿一般轻轻地在林间飘来飘去，
顿时，鸟儿忘了歌唱，
惊异地看着那美丽的姑娘，
花儿、草儿也为那少女的美所激动，
狂热地跳起优美的春之舞，
那美丽的孔雀，竟激动得几次为她开屏！
树神和牧神也惊呆了，觉得这山林
就像那深蓝的夜空中一轮皎洁的圆月
洒下漫天盈盈的清光时一样温柔美丽，
让人脑中充满无数美妙的幻想，

心中酣睡的爱情被柔柔地惊醒！
于是，一股股爱的激情在他俩心中燃烧，
他们一起奔向美丽的绪任克斯，
虔诚地献上自己的一颗火热的心……

四

绪任克斯是美丽的，也是自由的，
她把自由看得比生命还宝贵。
她不愿恋爱，因为一滋生爱就有了依恋，
一有了依恋就有了束缚，便丧失了自由，
她更不愿用婚姻这条沉重的锁链，
把那小白鸽一样的自由牢牢拴住。
可她是那样的美，别人一见她，
就深深地迷恋，不惜一切代价，
狂热地追求她，甚至因此而互相残杀，
于是，她不得不逃避他们——
今天，从这一山林逃向那一山林，
明天，又从那一山林流浪到另一山林。
如今，她来到这个优美的山林——
这是山林大神潘最喜爱的地方之一，
他常常来这里巡游，欣赏这里的美景。
她深深为这山林的美所打动，
发誓要长久地住在这里。
没想到树神和牧神又迷上了她，
抓住每一个机会，狂热地追求她。
她想要离开这里，可望一望这里的美景，
无限的留恋油然而生，

"何况无论到哪里都有人求爱，
不如就在这里住下，只要巧妙地
尽力逃避这两个热烈的追求者……"
于是，她便一天到晚在山林里漫步，
一见两个追求者的影子就躲得远远……

五

就这样，快乐又烦恼的几月过去了。
这里的美景使她甘愿永远住在这里。
可有一天，她正一手抓着只美丽的彩蝶，
一手拈着朵火红的鲜嫩玫瑰，
在森林里一面缓缓、轻盈地漫步，
一面得意于自己超人的美丽与自由：
那花、那蝶，在她手中，竟因
这样近地面对她的美色而羞得低下头！
那自由的风儿，竟像一个热恋中的少女
依恋着自己的恋人，温柔地依恋着她！
猛然间，她抬起头，第一次吃了一惊：
这个人竟然如此俊美，简直是世上难寻！
他缓缓然而轻盈、优美地向她奔来，
地上那一丛丛小草和花儿竟被他的美，
激动得伏倒在地，浑身抖个不停；
鸟儿也只知一味地鼓动翅膀表示欢迎，
孔雀王后也自惭形秽，偷偷躲进草丛！
她心乱了，扭过头去，想不看他，
却自己也不知为何又突然扭过头来。
于是，两双迸出激情的目光重叠在一起，

双方从目光中看到了各自白鸽子般的灵魂，
这初恋使人永不能忘的灼人的一瞥啊，
使他俩陶醉了——竟只呆呆地站着，互相凝视！
美，月光一般潜潜地渗进彼此的目光中，
甜蜜，甜蜜，一丝丝的甜蜜渗入心里，
全身都醉了，全身都酥了，全身都甜透了，
甚至那深渊般的心底也有了痒痒的甜蜜！

六

一只小鹿突地从他们身边冲过，
绪任克斯惊惶地抬起头，心内小鹿撞撞，
她想起自由，这比生命还宝贵的东西，
为自己刚才的行为大吃一惊，
在心里开始狠狠地谴责自己：
“什么，你要恋爱吗？
什么，你想抛弃自由吗？
难道，你要把那么高贵的自由捆绑起来？
这可不行，绝对不行！”
于是，她就像一只受惊的小鹿，
慌慌张张地风一般跑向远方。
她跑着，慌乱地狂跑着，
一口气在没有路径的荒野里跑了许久。
回头一看，只见他在后面紧紧追赶，
而那绿色的树神和银色的牧神，
又紧跟在他后面，不住地高声大喊：
“巡游到这里的山林大神，伟大的潘啊！
你难道不要自己的尊严和骄傲了吗？

你竟然向她——一个小小的山林女仙
这样如痴如醉地拼命求爱
而不顾她已拒绝你，并且逃避你吗？”

七

绪任克斯听了，为那可爱的潘难受，
可一想起自由，她又痛苦地压制了爱恋，
于是，她比风更快地跑起来，
她听到那可爱的潘在回答了：
“你小小的牧神和树神，
请别干涉你的统治者的事情！
难道，这世上还有比爱更高贵的东西？
啊，爱着而且被人所爱，是多么的幸福！
爱啊，伟大的爱啊，你就是一切！”
绪任克斯忍不住了，开口对潘叫道：
“您高贵的山林大神，伟大的潘啊！
爱是神圣的，爱是高贵的，爱是伟大的，
然而，自由，比爱更神圣、更高贵、更伟大！
我要的是自由，你要的是爱情，
咱们俩所想的大不相同，互相矛盾，
请您行行好，别再追求我吧！”
“不，你撒谎！你在爱着，
而且在深深地、深深地爱着！
我从你对我那一瞥中清楚地看到了！
啊，多么美妙奇异的初恋少女的一瞥呀！
它，惊心动魄，令人销魂！
它，像一个神奇、灼人的印章，

在你的心里刻上永久不灭的一个字：
爱！
啊，它多么纯洁，多么美丽，
它多么甜蜜，又多么芳香！
它是甜蜜的勾魂手，轻轻地，
只一下就勾去了你的生命！
我爱你，爱你，深深地爱你！
如果没有你，没有你的爱，
这世上的一切对我还有什么意义！”

八

绪任克斯听着这真诚热烈的情话，
差点陶醉得酥软到地下，
她的心里，甜蜜蜜的，
然而，自由，神圣的自由，
又提醒她抵抗这爱的迷人的诱惑！
于是，她不再说话，只是一味地狂逃，
而那热烈的追求者仍死死地追着不放：
逢山，过山；遇水，涉水……
一天天的时光，就像身边这些山河，
倏地一闪就消失了，风一般的轻快。
也不知翻过了多少座山，
也不知涉过了多少条河，
也不知摔掉了多少白日，
也不知丢下了多少黑夜，
他们还在不停地跑着，追着，
前面的像一股风，猛猛地往前刮，

后面的像一团火，烈烈地朝前卷。
那绿色的树神和银色的牧神，
早已筋疲力尽，缩回了山林，
可他俩还是顽强不息地跑着，追着，
一个，为了神圣的自由，
一个，为了伟大的爱情。

九

猛然间，绪任克斯停了下来——
前面，是一望无际的拉冬沙河：
滔滔的江水，夹带着黑黑的泥沙，
狂暴地翻卷起一个又一个骇人的巨浪，
暴怒的狮子般，发出摇山撼岭的狂吼，
贪婪的饿虎般，凶猛地飞快扑向天空。
河边，是干枯的一层层黄色小草，
没有一条船，甚至看不到一只鸟。
河，是这样的浩荡、宽广，
河水，是这样的汹涌澎湃，
而绪任克斯已经疲惫不堪，浑身无力，
她，渡不过这条沙河，
她，将要丧失神圣的自由！
她回头一看，那可爱的潘也已气喘吁吁，
然而，就像一只疲乏的饿狮
猛然看到一只吓呆了的羔羊，
他见她这样束手无策地呆立河边，
顿时干劲倍增，狂喜地猛扑过来。
她急了，心里火烧般的难受，

在无可奈何里，她急中生智，
暗暗哀求她的姊妹——山林女仙们
在大神潘没追上她之前，改变她的形体。
她的哀求惊动了其他的山林女仙们
她们满怀同情，在遥远的山林里
一齐使出了法术……
就在这时，潘张开了爱的手臂
热烈地，紧紧地，围抱过来……

十

潘大吃一惊，他所抱住的，
竟是一株青枝绿叶的芦苇！
他发狂般的大叫，他暴跳如雷！
可青青的芦苇已无法变成婀娜的少女！
于是，他悲叹起来，深深地悲叹起来，
声音越来越大，越来越大，
其中的悲哀与痛苦也越来越沉重，
竟使变成芦苇的绪任克斯也被感动，
为他发出如泣如诉的悲哀的回声。
——潘差点高兴得疯狂起来！
这神奇的曲调，无异于在他失恋的痛苦上
给他受伤的心以温柔、销魂的轻轻抚摸。
“就这样吧，啊，我的变了形的爱人哟！”
他在痛苦和欢乐交织的情绪中叫道，
“即使这样我们也将合为一体，永不分开！
我将既尊重你的自由，又获得你的爱——
我将把你制成一支小巧精致的牧笛，

时常用我火热的嘴唇紧贴着你，
不断地吻你，用你吹奏出迷人的曲子，
而你酷爱自由的灵魂，则随着美妙的曲子
自由地，悠悠地，向四面八方飘飞，飘飞！”
于是，他砍下各式不同长度的芦苇，
用蜡粘起来，制成一支精巧的芦笛。
然后，小心翼翼地轻轻试着一吹，
啊，多么美妙迷人的笛音！
它，美丽的绪任克斯一样可爱、动人！
潘激动了，疯狂地、热烈地吹奏起来。
成群的星星，轻盈地从天空飘下，
像一只只玉色的蝴蝶，落满枝头，
而一朵朵鲜花，像童话里所说的，
从枝上走下，手拉手跳起优美的环舞，
风，也变得格外轻柔而温驯，
随笛音旋转着，旋转成美的旋律，
那一座座山，用大片的翠绿森林，
那一条条河，用盈盈的绿色微波，
与地上那一丛丛青草、一只只鸟儿，
自动组成合唱队，随旋律唱出美的颂歌。
潘吹着，吹着，不停地吹着，
觉得自己被爱着了，自由了，甜蜜了，
他看到一切的美聚集在自己的身边，
他看到绪任克斯那透明美丽的灵魂
随着这优美的笛音在翩翩地舞蹈、飘飞。
这炽热、伟大的爱情和神圣的自由
所合奏出的无比奇异动人的笛音啊，
芬芳的花香一般充满了整个宇宙！
终于，他依依不舍地停了下来，

发现天更蓝，山更青，世上的一切更美丽，
而他自己爱得更深，也更为自由，
他久久地、深情地凝视这神奇的牧笛，
郑重地把它命名为“绪任克斯”……

1982 年 9—10 月湘潭大学

公子和王子（叙事长诗）

友谊真是一样最神圣的东西，不光是值得特别推崇，而是值得永远赞扬。它是慷慨和荣誉的最贤惠的母亲，是感激和仁慈的姊妹，是憎恨和贪婪的死敌，它时时刻刻都准备舍己为人，而且完全出于自愿，不用他人恳求。

——薄伽丘

一

很久很久以前，一个小小的国家
有一对好朋友：公子和王子
公子是干练忠诚的宰相的独子
王子是贤明国王的唯一的儿子
真挚的友谊，越过了尊卑的界限
就像受阻的泉水渗过坚硬的岩石
他们，好得就像形体离不开影子
他们，亲密得就像绿叶间两颗并蒂的果子

世上的事真是千奇百怪
而且，往往无奇不有
他们两人同年同月同日同时生
长得也就像孪生的兄弟
只是，一个成年的青松般壮实、挺拔
一个，白杨般秀丽、细长
他们，既是知音，又是知心
友爱之情，胜过同胞的手足

八岁，公子就被接进宫里

和王子共被而眠，学文习武
多少回，月夜贪看击剑晚
多少次，晨风欢送马蹄轻
多少回，琅琅的诵读惊醒了梦中的太阳
多少次，书桌上的小灯烧尽了漫漫黑夜
十年，整整十年的时光呵
就在这几堵高墙分割的天空下
就在付出的河水一样多的汗水和心血里
流进沙漠的小溪一般，无踪无影了
两位好朋友，请教了全国的名师
有了满腹的文章，一身的武艺

年轻的心，年轻的心呵
就像那羽毛已丰的鸟儿
再也不愿待在小小的窝里
而渴望那蓝天下自由、广阔的世界
于是，他们悄悄商量定：
在某一天，偷偷地出外打猎

二

春天来了，春天来了
春天在越来越火热的亮丽的阳光上
春天在母爱般温暖的绿色的东风上
春天在鸟儿新长出的细绒绒的毛上
春天在绿盈盈的草上
春天在五彩缤纷的花上
春天在充满绿的温情的江上

春天在牛犊甜蜜欢快的“哞哞”叫声上
春天在既陈腐又新鲜、又涩又辣又甜的泥土气息上
春天在少女燃烧着激情的亮晶晶的眼睛上
春天在年青人开始骚动的火热的心上
（它被光怪陆离的幻想包裹着
就像太阳为漫天鲜艳的朝霞所包裹）
啊，春天来了，春天来了！

就像云雾缠绕的重重青山中清亮的小溪
一边欢快地前行，一边欢快地欣赏
公子和王子前进着，前进着
用春天美丽迷人的景色
喂饱眼睛，喂饱年轻的心
用猎得的各种新鲜野味
喂饱近来食量大增的肚子
啊，前进，前进，再前进！
年轻的心，年轻的心呵
就像第一次飞入大自然的小鹰
久久地，久久地
不愿飞回那可怜的小小窠里！

三

前进！他们来到了一个地方：
一条绿色玉带般的江，静静地流着
江的右岸，一片绿茵茵的草地
草地上面，一座绿荫荫的大山
一群雪白雪白的羊儿，“咩咩”地叫着

四散钻在这江与山之间嫩嫩的草地上
（就像夏夜暗蓝的天空中密密麻麻的星星）
一个红衣红裙的牧羊少女
坐在这绿茸茸的草地中间
唱着歌儿，看守着这可爱的羊群

一股温静的美，在心里缓缓地流动
公子老远就惊喜地把它指给王子：
“啊，兄长，那幅图画是多么美妙！”
王子呆呆地、热烈地看着
（只是拈着新长出的胡子）
一首火热的诗，滴溜溜从口里冲出：

“江是绿的，绿得那么温静
山是绿的，绿得那么轻盈
江与山之间这一片草地也是绿的
——绿盈盈的，绿得那么柔和

“一个红衣红裙的少女，唱着歌儿
蝴蝶般轻盈地飘过来了
一群雪白的羊儿，‘咩咩’叫着
温驯地走在她的前面

“她们来到这一片绿的草地上了
红衣的牧羊少女，在草地的中间坐下来了
那一群羊儿，四散钻进嫩嫩的草里去了
（多像一群白色的天鹅落到碧绿的湖面）

“啊，大自然，你有着多少这样天然的美丽画图！

你是一个多么伟大的艺术家！
而我们，在你美丽的画图里，生活着，奋斗着
爱着而且为人所爱，是多么的幸福呵！”

前进！绕过了这座青青的大山
月亮，已高高地挂在如水的中天
漫山遍野的一大片橘子园，展现在眼前
绿幽幽的一棵棵橘子树
在月光下闪闪发光
是那样的宁静、优美！
公子和王子在这里久久不能离去
好久好久，才恋恋不舍地前行
王子还不停地催促公子：
“景致是这样优美，这样迷人
贤弟呵，你必须即兴赋诗！”
“良辰、美景、赏心、乐事，四难俱全
兄长呵，这实在是美，实在是美
可小弟才疏学浅，只怕有辱于这样的美景！”
“呃，你我兄弟，何必来那外人的一套！
我以兄长的名义命令你——
快快赋诗，而且要在十步之内
谁不知你的才学赛过温八叉、曹子建！”
公子含笑从容地前行了六七步
一首优美的《月下橘子园》不慌不忙地出口：

“朗月的银光
似涓涓的细流
潜潜地流向
这布满橘树的果园

“一棵棵橘树
婀娜多姿地玉立着
叶儿青幽幽的光
与银色的月光嬉戏

“一朵朵飘出白色馨香的橘花
似一粒粒细小的星星，缀满枝头
寂静中同‘嗡嗡’歌舞的金子般的蜜蜂
甜蜜地接吻

“一阵绿色的风缓缓地吹来
这大片大片的叶儿
便像清清的江水，波光粼粼
而那在风中时隐时现的橘花
就像被风摇动的满江星星

“对此，孤独的心收敛了淡淡的忧愁
一股幽静的美，月光一般
潜潜地流进你心里
你的心在这美里，慢慢地消融，消融”

王子高声叫好，又喜又惊：
“好呵，贤弟！妙呵，贤弟！
可你，为什么是孤独的心？”
公子淡淡一笑，长长地叹了口气：
“兄长，你我可是十分知心
你看，大自然的春天是这样美丽
这样充满生命力，这样吸引人的目光
自然中的万物，这样的欣欣向荣

这样唯恐落后地竞奇斗妍
而我们……我们人生的春天……
我们的事业，我们的功名……
唉，国内，有谁理解我们
急切渴望建功立业的雄心？！”
“噢呵，贤弟！你是为这烦恼！
啊，贤弟，不必这样着急！
几年之后，国家就全靠我们
那时，一切的一切会够你劳累！”

四

前进，前进，不断地前进！
也不知离家多远了
只知道更美、更好的景色在前头
前进，前进，不断地前进！
也不知离家多久了
只看到天上皎洁的月亮
好几回缺了又圆，圆了又缺
美丽、丰富的大自然母亲呵
用那海洋里的生物一样多的美
洗涤他们的灵魂，陶冶他们的性情

这一天，和着天边日轮的节拍
他们奔进了一座雄峻的深山老林
刚挤出的牛奶般清新洁白的雾
就像无数条轻盈、柔软的白纱巾
以柳条般婀娜、白云般轻巧的舞姿

柔美地舞动在这春天的树林里
懒洋洋的太阳，从东山边爬了出来
慢慢地，被一棵棵挺拔的大树
用无数双翠绿的健壮大手
轻轻托起，高高举在头顶
一刹那，红色、绿色、白色
随着阵阵湿润的料峭春风
在海洋般广阔的林中，轻柔地荡漾
幻化出种种令人迷醉的形象
一群群的鸟儿，更加活泼，更加热闹了
它们，爱笑爱闹的天真少女般
在林中欢快地飞舞，追逐
把露珠般清新圆润的歌儿，尽情洒落

大概是饱吸了牛奶般的晨雾和诱人的森林的秀色
太阳，纯净的金子般发出黄灿灿的光芒
湿润的翠叶上的小小露珠
也变成了一颗颗闪闪发光的小小太阳
林中绿茵茵的草丛里那红、黄、紫、白、蓝……
各色各样的知名、不知名的花儿
在女性般温柔的绿色的春风中
就像春天山林的奇异美丽的眼睛
闪烁着梦幻般的五彩光芒

醉了，醉了！
王子哈哈一声大笑
从马上跳向绿茸茸的草地
俯下身颤抖着狂热地亲吻！
醉了，醉了！

公子也深深地醉了
他勒住马，像一个傻子
只是定定地向林中呆看

肚子“咕咕”的叫声
把他们从童话般美妙的梦幻里惊醒
两人不约而同地把手伸向背囊
却又闪电般地把手抽回
脸上露出惊讶的表情：
怎么，东西就没了？
于是，又把手伸向箭袋
啊，昨天，就已用完最后一支箭！

王子长叹一声
疲惫地垂下沉重的头
又微微抬起，忧郁地看着公子
公子飞快地向他瞟了一眼
望着林中欢乐的小鸟，皱起眉头
忽然，他的眼睛一亮——
“我去找找有没有充饥的东西！”

王子守着马，看他的影子
为一片浓郁的绿荫所吞没
开始了急切的苦苦等待
好半天，公子才狼狈地归来
“果子还在花苞里呼呼地睡懒觉
野兽们，都像长了翅膀！”

王子“唉”了一声，跌坐在绿绒般的草地上

“那可怎么办？那可怎么办！
后退，几百里没一缕人烟
前进，还得翻过这座方圆几十里的大山！”
公子默默无言，轻轻坐下
睁大眼睛，朝林中四处张望

“咴，咴咴！”马儿的叫声打破了沉寂
公子欢喜得跳了起来
“啊，有了！有了，兄长！
这不，明明放着上好的食物！”
“啊？！你真会说笑话，亲爱的贤弟！
几百里、几千里的漫长艰难的路程
怎么少得了它，怎么少得了它！！！”
“留着它，我们饿死
这没有丝毫的意义！
只恐怕是更大、更滑稽的笑话。”
“活人能叫尿憋死？
车到山前必有路！
老天不负苦心人！
难道，就不能再想想办法？”
“我都想过了，没有选择的余地！”
公子含着泪，牵出自己心爱的马

“什么，你疯啦？干吗杀你的马？”
王子大叫一声，冲上去把马夺过
“我是兄长，应该杀我的马！”
“不，兄长，小弟比你壮实
应该杀的是我的马！”
“不，贤弟！长兄当父，你该记得！”

“呵，兄长，你忘了七岁让梨的孔融！”
“我是兄长，我命令你不要再争！”
“不，兄长，这一次我不能服从！”
“杀我的！”“杀我的！”“只有杀我的！”

公子黑亮亮的眼睛滴溜溜一转
偷偷地拔出刀紧握在手里
“啊，你好，陌生的朋友！”
猛可里向王子背面点头笑问
王子老实地回头张望
“嚓！”血淋淋的马头滚落地上
“你，你……真是个鬼灵精！”
王子长叹一声，便默默无语

五

又是一番激烈的争论
好不容易，才做出决定：
剩下的这马，两人轮流来骑
于是，他们便开始新的行程

走马灯似的，这些山，这些树
一片片过去了，一片片又来到眼前
时而挨着天，浑身沾满了潮湿的云雾
时而在谷底，听飞湍的瀑布在身后的深潭轰鸣
路，路，之字般的路，长蛇般蠕动的路
啊，漫长的几百里道路，远远地抛在了身后！
看，远处黄灿灿的漫漫无边

是什么奇迹？抑或什么幻影？

“不得了，真不得了！”
前面的王子忽然惊慌地打马转来
“啊，兄长，发生了什么事情？”
“前面，是一片黄漫漫的
海洋般无边无际的沙漠！”
“真的？”“真的，而且又热又闷！”
“那我们……”

“救命啊，救命啊！”
“是什么，叫得这样凄惨悲戚
使人听了，不由得热泪滚滚？”
“噢，刚才我骑马飞奔
看到一件好生奇怪的事情：
沙漠里有一个小小绿洲
绿洲上有一个小小的土坑
一条尺来长的鲤鱼，十分可爱
（像一朵艳丽的朝霞织成）
在那只有小半坑泥浆水的坑里
艰难地呼吸，不停地喊着救命！”

“啊，真可怜！我们去看看
兴许能帮它做点什么事情！”
“你真是的，自己都快顾不了啦
还要去管一条鱼的事情！”
“走吧，兄长，恻隐之心，人皆有之
它和我们一样，也是一条生命！”

仿佛苍蝇般讨厌的正午炎热中疲惫的行人
在极度绝望的干渴里突然发现了一股清泉
美丽的鲤鱼一见公子和王子来到坑前
眼里放出异彩，狂喜地大叫“救命”
公子蹲下身，同情地轻轻发问：
（王子在一旁，含笑静静地看着）
“你是鱼，为什么会说话？
你不在江河，为什么来到这里？
你肯定有什么苦衷，能不能告诉我们？
只要可能，我们一定让你得救！”

仿佛一个被昏官错判了的无辜的人
在押往刑场即将问斩时突然得到赦令
鱼儿一下摔开了死的阴影，十分狂喜
——它那美丽的鳞甲不停地一张一合
滚烫灼人的晶亮晶亮的泪珠
也一颗一颗地“啪啪”滴进水里
“啊，仁慈的过路人，好心的过路人！
愿菩萨保佑你们，使你们心想事成！
我叫龙女，是白发的龙王最小的女儿
生长在东海下金碧辉煌的水晶宫里
只因生性活泼，又年青任性
一时冲动，偷偷地独自出外游玩
啊，天地多么广大，空气多么清新！
世界上有多少我从未见过、从未听过的东西！
自然，是多么神奇，多么美丽，多么伟大！
我陶醉了，我的青春，从未这样火红、美丽！
我的生命力，从未这样旺盛，以至要盈溢！
啊，那小小的宫殿，是多么单调，多么闷气！

可没想到祸福相依……我撞上了一条蛇精！
啊，真是气人！它一见我就如痴如醉
不住口地夸我美丽，死死把我纠缠
我根本就看不上它，怎么也不答应
它费尽了心计，也没达到目的
就恼羞成怒，使起了魔法——
把我囚禁在这里，给我一百天期限！
啊，水，生命一般珍贵的水啊！
什么都这样，多的时候人们不当回事
一旦奇缺，那东西便百倍的珍贵
啊，水呀，水！我可爱的生命！
好心的人哪，坑里刚好只有一百天的水！
这从小伴我生长的可爱的水呀
在它的魔法下，随时间一天天消失
一百天，短暂的一百天，漫长的一百天
油锅里受煎熬的活鱼般难受的一百天！
吞噬一切的熊熊大火般触目惊心的一百天！
啊，如果到第一百天我还不答应
我的生命，我花朵般娇嫩鲜艳的生命
就会在那准确的一刻，永远离开人间！
现在，已是八十七天，难受的八十七天呀！
我的心，如在巍巍大山的重压下艰难地喘息
我，度日如年，要死不死的病人般苟延残喘
想自杀吗？跳不出坑，又没任何工具！
盼人救吗？谁会来这可怕的荒凉沙漠？
天哪，你是注定我受尽折磨才能进天国！
啊，不！天呀，你是公正的，你是善良的
你送来了救我脱离苦海的两位恩人！
啊，恩人呀恩人，我定当衔环结草报答你们！

老天呀老天，我要把你的恩情铭刻在心！”
王子再也不能平静，他满怀激愤：
“好一个该千刀万剐的恶毒蛇精
它在哪里，它在哪里，它在哪里？
不把它杀死，碎尸万段，我誓不为人！
你不要说什么报答、谢恩
救苦救难，是我们英雄好汉的本分！”

奇怪！在令人恐怖的危险之中
粗豪的言行比细致的关怀更能打动柔情的心！
看吧，鱼儿一下便对王子十分喜欢
她睁大那深渊般不见底的美丽的眼睛
（而它们又是那样的清澈，亮晶晶）
深情地呆呆看着王子
心里涌起了一阵阵痒痒的甜蜜
好半天，才充满柔情地回答：
“它住在离这里很远很远的山洞
每十天才腾云驾雾来问我一次！”

这一切，都逃不过公子那鹰一般的眼睛
他在心里为朋友高兴，为朋友祝福
“那么，你说说，我们该怎样救你？”
“噢，谢谢你，好心的人！
只要你拿东西装上点水
把我放在里面，带到河边
再把我倒进河里，我就能得救！”

“水！”王子急忙向四处张望
一下子就泄了气没有劲儿

“这样闷热的沙漠里，哪里去找水？
这可恼可恨的该死的蛇精
抓住它，我非叫它碎尸万段不可！”

公子没事一样地四处看看
又转过身来轻轻问鱼儿：
“这方圆几十里都是漫漫沙漠
要找水，真是十分困难
不知，马血……能不能代水？”
“对于我小龙女，完全可以！
而且，它还能破除蛇精的魔法！
可你们，没有了马……”

“我们，”王子抢上前来，“没什么要紧！”
“我们都是年轻力壮的男子汉！
啊，你看，我们是这样的壮实！”
他豪迈地拍了拍自己的胸脯
“只是，这马一杀，血，不是……”
公子又向着鱼儿轻轻发问
“噢，这不要紧，这不要紧！
我可以树根般先把它全部吸下
然后，再把它全部吐出……
啊，就吐到那张马皮里吧！
请你们小心地把它剥下！”

“好，太好了，真是太好了！”
王子孩子般高叫着欢跳起来
“啊，苍天不负苦心人哪！”
他三步两步冲过去牵自己的坐骑

公子，在这边悄悄地告诉鱼儿：
“这，是王子性命般爱惜的宝贝！”

六

沿着美丽的鲤鱼指引的路径
抄近道，他们来到了江边
“哗！”王子猛地把鱼儿倒进江里
小孩子般欢快地大叫起来
“啊，自由了，你自由了！
去吧，快乐地游吧，尽兴地游吧！”

鱼儿好像到了一个新奇的地方
只是睁着惊奇的眼睛左瞧右看
又仿佛一个长途跋涉中久渴的人
突然遇到了清水，显得十分贪婪
她快活地在水里游来游去
又“嘣”地一下欢快地跳出水面
再轻轻落下，击起朵朵细碎的浪花
——就像一个久离家乡的绝望的游子
忽然意外地回到了家乡
有着一种难以言说的复杂的喜悦心情
终于，想起了岸上的两位恩人
她轻盈地游过来，邀他们到家里做客
“多亏两位相救，做出巨大牺牲
我真不知该怎样感谢你们！
我想请两位到寒舍小憩一会
也好让我的父母认识一下恩人！”

“你这人真不够朋友，不够义气！
遇难相救，是人的本分，也是人之常情
没什么了不起，根本用不着感谢！
有时间，我一定到贵处拜访
可现在，我们急着向前赶路程！”
一丝苦笑阴影般从公子脸上掠过
他轻轻摇头，又向王子使个眼色
王子却昂首向天，雄赳赳地
一个劲儿嚷着要赶快前行

“啊……这……”龙女又羞又愧，无可奈何
女人，毕竟最能适应环境，应付各种情况
她们，风一般的灵活，最会随机应变
眨眼间，龙女就像石击后的湖面恢复了原样
“既然两位英雄如此豪侠
我也就不拘于小家子礼节！
不过，还得请两位稍稍等等
我到家去一下，回来再作道理！”
王子又要开口，公子轻轻一碰
又向他飞快地递了个眼色
王子皱皱眉，默默地点头答应
龙女甜甜地笑了，惊喜地潜进水里

等呀，等！时间怎么这么慢，这么慢？
就像石缝中渗出的一丝丝可怜的水
缓缓凝聚后，慢慢地一滴一滴往下滴
等呀，等；等呀，等！啊，时间，时间！
终于，像一团游动的火，鲤鱼游了回来
一颗晶莹的珍珠，在口里闪闪发亮

“你两位是英雄豪杰，做事洒脱
我，也不再在感谢的事上纠缠
可毕竟我和两位曾有过一次难忘的相遇
我想送你们这颗分水珠留作纪念
——它，是我家祖传的一件奇宝
饥饿了，只要拿出它摇三下
说一声：‘宝贝，开餐吧！’
一张桌子，就奇迹般出现在面前
桌上，是人所罕见的山珍海味
如果你们有什么困难需要帮忙
只要来到江边，把它往水里一放
就像中间有股极强大的神力在逼迫
水，被截赶的羊群般迅速地两边分开
我，马上就会出现在二位面前！”

这番话说得如此巧妙
王子嘴张了张，却没什么话说
公子笑盈盈地看了看王子
俯身恭敬地双手把分水珠接过
“啊，多谢你的礼物，多谢你的情意！
愿这纪念品成为大家美好、甜蜜的回忆！”
公子致礼谢了龙女，转身把礼物递给王子：
“啊，兄长，这是龙女的纪念礼物
它，应该归你好好收藏！
人情是把锯，有来必有去
我看，你也该送她点东西留作纪念！”

王子心里把公子暗暗埋怨：
“大丈夫做事自当豪爽洒脱

为什么这样婆婆妈妈，拖拖拉拉？
难道，你只是为了人家的感谢和礼物
才在危难之中把别人救助？”
又只得含笑接过礼物，向龙女致谢
然后，无奈地拔出寒光闪闪的佩剑
双手捧着，俯下身递给那鱼
“鹅毛虽轻，情意深重
这也是我祖传的宝贝，留给你做个纪念！”

“哗！”江里的水花微雨般溅起
鱼儿不见了，一个如花似玉的姑娘
那么轻盈地飘飘走上青青的江岸
她那天鹅的颈子般秀美的眼睛
深情地望着王子，羞涩地接过礼物
王子大吃一惊，霎时间竟呆若木鸡
只是静静地、热烈地看着龙女
一股甜蜜的震颤痒痒地掠过全身

公子在旁边，会心地默默微笑
王子的心里，却摆开了战场
一边，为龙女惊人的美丽所慑服——
“啊，她是多么美丽，多么可爱！
我再也离不开她了，我的心已不属于自己！”
一边，是男子汉大丈夫的豪侠心肠——
“患难中救助别人，是英雄豪杰的本色
也是我这即将为万人之主的人的本分
救一个孤单无助的女子，又去爱她
这……是不是有点乘人之危？”
这两边如同战场上敌对的双方

都排开阵势，吹起号角，互相冲杀
只杀得天昏地暗，日色无光
只杀得王子心内慌张，没了主见
杀呀，杀！正好像交战的双方
必有一方获胜，必有一方失败
王子心中那男子汉的豪侠心肠
战胜了情意绵绵的儿女私情
他毅然向龙女一拱手：“后会有期！”

公子在旁边只急得抓耳挠腮
美丽的龙女，却大胆地向前一步
“恩人，真的不到寒舍坐坐？”
公子马上乘势拦住王子：
“兄长，龙女是一片真情
我看，应该去拜访拜访才是！”
王子脸色一沉，声音稍稍提高：
“我们瞒着父母，出来已经好久！
你是否想过，他们为了我们
已多少天茶饭无味，坐立不安
多少回长夜不眠，忧心如焚？
难道，我们还忍心再犹豫迟疑？”

公子惋惜地长叹一声，向龙女道谢
和王子一起踏上了回家的路程
那美丽的龙女，多情的姑娘哟
望着渐渐远去的王子的背影
心里一阵阵刀绞般的疼痛
洒下了一滴滴晶莹的热泪！

七

“啪啪”的脚步声，催着月亮下山去睡
“啪啪”的脚步声，催着太阳早早醒来
在美丽的景色中，公子和王子啊
又度过了许多个不安的日日夜夜

美丽的景色，折磨得王子憔悴不堪
有时，那丛丛簇簇的红花绿叶之中
忽然出现了龙女那“飞天”般美丽的幻影
使得他如痴如醉，狂欢不已
可幻影一消失，那恼人的相思和忧愁
就像一条条缠身的毒蛇，越缠越紧
有时，美丽的景色又引起他无限的厌憎
“哼，你再美，也不能代替迷人的龙女！
可你，为什么要勾起我对她的思念？！”

就像那老实的小孩，无意中做错了事
又想自我安慰，便一个劲地责怪别人
王子，也反过来不时责怪公子：
“贤弟啊贤弟，都是你啊，都是你！
都是你做事太没男子汉大丈夫气！
为什么，你要在江边那样长久地逗留？
为什么，你又接受她的礼物和邀请？
唉，都是你个倒霉的好贤弟！
害得我如今神不守舍，苦苦相思！”

这一天，行走间王子忽然长叹一声
沉默半晌后，开始忧伤地悲吟：

“你是一个美妙的梦
向我展现世界所有的奇幻、瑰丽
我深深地陶醉在梦里
我的心，再也不属于我自己
而正在这个时候
你却突然奇异地消失
只留下迷惘、痛苦的我
在这里深深地叹息！”

公子宽厚地淡淡一笑
再一次对王子高声说道：
“啊，兄长，你为何变得这般怯懦？
爱，应该像烈火，能烧熔一切！
爱，应该像江河，长年滔滔不绝！
爱，应该像风，无拘无束，自由自在！
爱，应该像小鸟，纯洁、天真、欢快！
爱，应该大胆、真诚，无所顾忌！
即使在爱的追求中残酷地毁灭
你总还有大胆、热烈的甜蜜！
可你，明明爱着，却小鹿一般胆怯！
不，你是深深、深深地爱着！
羞愧呀，兄长！你哪像一个男子汉！
她，我早已告诉过你
在沙漠的泥坑里听你说话时
就已深深深深地爱上了你！
她是那样放肆、狂热地盯着你
她是那样大胆、真诚地邀请你
她又是那样巧妙地送来定情的信物
并且，为你的离去那样痛苦、伤心！

你，还有什么需要犹豫、徘徊？
你呀，应该马上到龙宫去向她求婚！”
“那，我们马上回国奏明父王
再热热闹闹地到龙宫求婚！”
“好，好，真是两全其美！”
于是，他们便追着北斗向家里前进

八

一座山，一座山，又一座山……
忽然，两人一齐停住了脚步
前面，一条波浪滔天的宽广的大江！
岸上，光秃秃的，见不到一个人影
只有湿润的或者干枯的白色鸟粪
星星点点地布满地面
几朵不知名的小小野花
充满生机，稀稀疏疏地缀在石缝间
仿佛这荒凉的岸的几朵孤寂的微笑
漫漫的江面，只见汹涌怒吼的波浪
江边，没一条渡船，连一根树木都看不见！
公子望望岸，又望望水，正低头寻思
王子却灵机一动，摸出了分水珠
他把这晶明灿亮的宝贝
紧紧地、紧紧地攥在手心
鸟儿般欢快地冲到江边
期待又犹疑地轻轻放进水里
于是，惊人的奇迹出现了：
就像被一股神奇的魔力

紧紧地迫使着往两边退去
那汹涌的江水，猛地往两边分开
一条大路出现了，从此岸到彼岸
一块块牛犊般的巨石，突然间
从空中雨点般飞向这里
霎时就铺成一条坚实的石板大路
公子和王子赶忙跑步上前
急急地把茫茫大江甩在身后

两人坐在岸上，看水忽地又合了拢来
惊喜地说笑一阵，正准备前行
忽然，后面传来了莺啭般的声音：
“两位请停一停，两位请等一等！”
王子浑身颤抖，马上回头张望——
一个红衣红裙的美丽、丰满的少女
似一朵在树林上空轻轻飘舞的朝霞
似绿叶中沾着露珠的艳丽的红花
轻盈、柔美、飘逸地走了过来
一对吸人灵魂的明亮的眼睛
热烈、深情地紧紧盯着自己
“两位不认识我了？
我可永远记得你们！”

王子被她大胆地盯得浑身燥热
仿佛有一条蘸了蜜的松毛虫
在心里爬来爬去，既甜蜜，又难受
听了龙女那真诚深情的话儿
又陶醉得晕晕迷迷，不敢答话
公子马上上前施礼

神秘地微微一笑：
“哪里，我们怎么忘得了你？
尤其是我这兄长，真正是无时不想！”

两朵红霞从心底升到龙女的脸颊
她快活而羞涩地甜甜笑了起来
“两位这样看重，我实在感激不尽！
现在，我奉父王之命，请两位到寒舍做客！”
春日阳光下风吹动后的池塘泛起涟漪一般
喜色，也这样在王子的脸上迷人地荡漾
可，那血红的羞涩，却像锁一样
锁住了厚实的嘴唇，说不出一个字来
公子满脸笑容，马上向龙女致谢
“既然龙王如此盛情，我们只好愧领！”
龙女朝着王子，深情地嫣然一笑
便风一般轻盈地到前面领路

才要下水，她忽然停住
摸出两粒丸药，递给公子和王子
“请把它吃下——看我差点误了大事！
——你们就能像鱼一样在水里自由活动！”
公子和王子吞下这金色的药丸
马上变得十分轻盈，他们轻飘飘走进水里
正好像鸟儿在空中自由运动一样
他们，在水中鱼儿般运动自如
那水，对于他们，就像空气一样
柔软，清新，只不过是有形的

一路上，各种各样的鱼儿见了他们

先是士兵那样整齐地排队欢迎
然后，和那些虾兵蟹将一起
开始了鱼们优美欢快的歌舞
在这盛大的欢迎的歌舞中
公子他们说说笑笑来到龙宫

戴甲的士兵守卫的水晶宫金碧辉煌
白发苍苍的老龙王迎候在宫外
龙女又羞又喜地做了介绍
公子和王子赶忙上前施礼
老龙王看了玉树一般的王子
心里仿佛有一股蜜汁在流动
“啊，请！”“您先请！”“请！”“请！”
三让五让让进了宫，虾兵蟹将马上摆出酒席

银光灿灿的夜光杯
装满了馨香四溢的红红美酒
那琥珀碗中，那白玉盘里
盛满了从未见过的美味珍馐
一丛丛美丽的珊瑚树点缀着室内
一双双精巧的象牙筷在黄金桌上
有了珍珠的贝壳组成了乐队
一条条鳗鱼开始了优美的舞蹈
各色各样的无数鱼儿啊
组成了声势浩大的壮美的合唱队

在迷人的音乐中，在翩翩的歌舞里
端起夜光杯，拿起象牙筷
龙王、龙女、公子、王子一边吃喝

一边欣赏，一边海阔天空地闲扯
王子风度翩翩，谈吐潇洒
声音似一颗颗金珠轻碰，优美悦耳
老龙王手拈白须满脸笑容
喜滋滋把他左边看了右边看

忽然，他挥挥手，叫乐队退下
双手抓着长长的胡子优美地两边分开
眉毛尖上挂着凝聚的舒心的笑
喜盈盈对公子和王子开了言：
“小女承蒙救护，方能逃出大难！
老朽即使衔环结草，也难报大恩！”
公子和王子一齐起身谦让
老龙王对着王子又郑重开言：
“俊美的千里马必须有金鞍相配
无垠的天空必须有太阳、月亮、星星
美丽的花儿啊，还得有绿叶相扶
英雄和贤惠的美女啊，是天生的一对！
你，是豪侠而俊美的英雄
小女，是我家里最美的明珠
趁这良辰吉日，我把她许配给你
不知，你是否同意这件婚事？”

就像那含苞的花，在温柔的春风中开放
王子的心花在老龙王的话中怒放
他偷偷地瞟了一眼龙女——
她羞涩地笑着，笑得那样的甜蜜、幸福！
便激动得赶忙上前，跪倒在地
“承蒙错爱，小婿我多谢岳父大人！”

公子的心里，吃了蜜一样香甜
笑盈盈地在一旁也把龙王感谢
老龙王笑得小孩子一样的尽兴
急匆匆跑上前，双手把王子扶起
喜滋滋，大家又一齐入席

九

酒过三巡，公子笑眯眯站起身：
“英俊的王子娶上美丽的龙女
这正是广渺的蓝天配上了洁白的云彩
雄峻的高山配上了青青的大树！
我祝愿你们永远恩爱、幸福！
我想，先回国禀知国王（也使父母放心）
安排好车马、礼物，到龙宫来接亲！”
“要走咱们一起走，”王子急忙站起身
“不要走，都住下，在这里好好玩玩！”
老龙王急慌慌把两人一齐拦住

仿佛高山顶上一棵挺拔青翠的松树
盈溢着春天一般迷人的静静的绿意
公子英俊的脸上，浮着舒心的微笑
鹰眼一般敏锐的晶亮的眼睛
放射出高贵、智慧、热情的光芒
“兄长，你安心在这里多住几天
与龙女一起陪父王散一散心
我回家禀过国王，把一切准备妥当
那时，你只管接亲，岂不两全其美？”

像鹰在不露声色中明察秋毫
公子把王子他们的一颦一笑全看在眼里
急急忙忙端起美丽的夜光杯：
“好，这一杯是饯行酒，我就此告辞！
祝你们几位这几天甜蜜、欢乐、幸福！”

这举动入情入理，王子只得点头答应
老龙王见他如流水不可挽留，便饯行送客
乐队的鱼们，奏起了别离的音乐
合唱的鱼们，唱起了别离的歌儿
那舞姿优美的可爱的鳗鱼啊
随旋律跳起了充满深情的别离的舞

在这充满别离气氛的歌舞声中
送别的人，开始缓缓地、缓缓地移动
“老伯留步，恕小侄不能奉陪！
老伯的一片盛情，小侄我永记在心！”
宫门外，公子恭敬地对龙王行了一礼
老龙王笑着一挥手，鱼儿端上一盘黄金
“贤侄路途艰辛，望时时小心在意！
这是老夫的一点心意，请留作路费！”
公子爽快地收下，再一次向龙王致谢
送别的人，又缓缓地向前移动

来到江边，公子向王子、龙女行了一礼
“兄长、嫂嫂，送君千里，终有一别
小弟我、我，就在这里告辞了！”
王子的眼泪“唰”地流了出来
“贤弟啊贤弟，亲爱的贤弟！

十年来，我们何曾有一天的分离！
如今，一别就是那么多天
你叫我、叫我，心、心里……”
公子凄然一笑，又强作镇静
“兄长，我们只是暂时相别
不必、不必这样小儿女般悲悲凄凄！”
“啊，兄长我因分别一时糊涂
做出了眼泪沾襟的儿女情态！
可，十年，漫长的十年呵
我们就像形影一般互相厮伴！
唉，不提它了，不提它了
这颗分水珠，你就带在身边！”

公子微笑着连连摇头
“兄长，你真是聪明一世，糊涂一时
身有奇珍异宝，又是孤身一人
迢迢的千里路程，怎么能行！
何况，它还是嫂嫂给你的定情信物！
我呀，有了老伯的这些心意，就足以回国！
好，你和嫂嫂就请回宫吧
小弟我，我……这就动身！”

龙女的眼泪，秋风中的树叶一般
接二连三“唰唰”从眼角洒落
“善良、勇敢、聪明、艺高胆大的贤弟啊
路途上，你可千万、千万要小心！
切莫贪快，天不黑就投宿客店
睡觉要格外警醒，留心可恶的小人！
饭，要吃饱；酒，适量地饮

这初夏的天气婴儿的脸一样变幻不定啊
你可要、可要随时注意加减衣服！”

十

凄然送别了公子，王子和龙女
相对无言，惆怅地回到龙宫
就像一团团浓墨般的乌云笼罩了蓝天
别离的忧愁啊，吞没了他们的欢乐

每一根眉毛尖上都挑着凝聚的幸福
老龙王想方设法使他们快活——
他，带他们去看千姿百态的珊瑚
他，给他们看千奇百怪的深海迷宫
他，让他们看虾兵蟹将的武装操练
他，和他们天南海北地东拉西扯
王子和龙女别离的淡淡忧愁啊
大风吹过后的炊烟一般，无踪无影了
他们，又天真的小鸟一样快活了
他们，沉浸在爱情的甜蜜、幸福里了

啊，爱情，你有多么神奇的魔力！
你，使人充满甜蜜的诗情！
你，使人机智、幽默、谈笑风生！
你，使人骤然产生无比的魅力！
王子的话语，时而，如优美的抒情诗
时而，如意味深长、令人微笑的幽默
时而，充满禅机般意趣深远的哲理

时而，又盈溢着花香般的甜蜜！
老龙王对他的喜爱不断加深
就像秤和秤砣一样不能离分

龙女，对王子的爱也越来越热烈
可，她很少能和王子单独在一起
而她又像一只好唱好动的小鸟
无法长时间呆呆地闷在窝里
这一天，王子和龙王正亲密交谈
她，无聊中乘机偷偷溜出龙宫

啊，大海是多么宽广，多么蔚蓝！
她兴奋地投入大海美丽的蓝色怀抱
啊，裹一身蓝晶晶的水波
就像裹一身柔软的蓝色绸缎！
她来了，她来了，她飞快地来了！
双手推开水中亮闪闪的太阳
她来了，她来了，她飞快地来了！
又追向远处那明晃晃的太阳
她那颗年青的少女之心啊
就像飞入广袤天空的鸟儿
血液里流动着欢快、舒畅
在这无垠的蓝色中自由地翱翔！

她游着，尽情地游着，小鸟一样欢乐
她游啊，游啊，眨眼间来到一条大河
碧绿的江水，多么清凉，多么甜蜜！
它，比轻纱还柔软，比月光还美丽！
她欢喜得跟美丽的鱼儿追逐了一阵

又转过身看着水中那金色的太阳——
在清清的江水中，它那样晶莹、美丽！
她情不自禁地小孩子般伸手去捕捉
“嘿！”她笑着，游过来一把抓去
“嘻嘻！”她笑了，可手中只有江水！
抬眼一望，太阳却在上面金光灿灿！
她又一个猛子，扑过去擒捉
没想到“咚”的一声露出了水面

“噫？！”一声使人心里发毛的怪叫
抬头一看，一个衣着华贵的青年男子
坐在江岸绿茵茵的草上钓鱼
他呆呆地望着她，口里的涎水
细长的银色带子般从嘴角滑下
心中“砰”地一跳，赶忙潜入水里
龙女心惊胆战地飞速划向龙宫

就像遭过蛇咬的人，起初见了蛇还害怕
时间一长，又不以为意，龙女也这样
第二天，她还心有余悸
第三天，又耐不住寂寞和好奇
她，又偷偷地游到前天的地方
紧张地，小心翼翼地钻出水面
啊，一个白发苍苍的老婆婆
正坐在不远的岸边洗着衣服
两条胀鼓鼓的特大麻袋
一左一右地放在她的身边

仿佛蚂蟥听见水响就游过来

老婆婆听到轻轻的水响就抬起头来
一阵惊慌，阴影般掠过脸面
随后，无数甜蜜蜜的笑
从她那一条条粗黑的皱纹中涌出
“这是谁家的姑娘，长得这么漂亮!
若不是天女下凡，我绝对不信!
你看那鲜嫩的红艳艳脸儿
就像高贵艳丽的红牡丹
那亮晶晶、水汪汪的大眼睛
就像夏天夜里天上会跳的星星!
那一蓬黑油油的长头发啊
比黑夜还黑，比黑夜还柔软
实在没有什么可以和它相比！”

人啊，这是你致命的弱点：
真情实话，只会令人讨厌、憎恨
阿谀奉承，往往逗人喜欢、宠爱!
啊，人呀，你真是太虚荣、太脆弱了!
这甜甜的谄媚的话语
蜜水般源源不断地流进龙女心里
她看着这白发苍苍的老婆婆
心里那爱恋的花蕾绽开了苞儿
就像那捏着大爆竹要放的小孩
心里又怕又爱，龙女的心七上八下
“啊，来，漂亮的姑娘，来吧!
来呀，美丽的天仙，美丽的女王！”
老婆婆挥手把她招呼，那样兴高采烈
她的声音，是那样的真诚，那样的热情
“啊，这么秀美的头发，这么美丽的人儿

要是让我这土埋半截的人梳一梳
要是让我好好看一看，轻轻摸一摸
我这老太婆啊，就是马上死了也快活！”

每个人都喜欢听别人说自己的好话
少女们尤其喜欢别人夸奖自己美丽
龙女的心，龙女的心啊，甜得发痒
“去，还是不去？”她只是片刻的犹豫
看啊，她天鹅般轻盈、优美地游过去了
还那么快活地笑着，真挚地伸出自己的小手
“啊，我这可怜的老太婆今天真是太有福了！”
老婆婆欢喜得伸出枯干的老手
爱怜地轻轻抚摸龙女的小脸
滔滔不绝的赞美，尽情地向她倾泻
然后，龙女驯服地转过头来
老婆婆开始给她梳理秀发
忽然，龙女觉得手臂发麻发痛
回头一看，啊！两个强壮的武士
已一边一个紧紧抓住了她的手臂！

十一

像才吃过最甜的荔枝蜜一样
像刚在黎明的清风中吹过一样
像刚刚获得了巨大的幸福一样
公子，满怀的甜蜜、舒畅和幸福
他急急地走在回家的路上
朋友的幸福啊，就是他的幸福！

他多想像传说中的神一般飞回祖国
他，多想马上就看到朋友甜蜜地成婚！

时间，随汗珠一滴滴滴进了脚下的灰尘
道路，那么驯服地飞速自动往后倒退
走呀，行呀……行呀，走呀……
啊，他来到了一个陌生的国家！
就像狂烈的大风刚过的茂密森林
城里，到处喧喧嚷嚷，热闹非凡
好奇，虫儿般爬在公子的心上
他的心，禁不住一阵阵发痒
“哎，老伯，什么喜事，这样热闹？”
他赶忙拦住迎面走来的一个老头

“客人，听你的口音，是远道而来
啊，你不知这件事多么奇怪！”
老头儿笑盈盈的，兴奋得手舞足蹈
口里的话儿江水般滔滔不绝
“嘿，客人，你说奇怪不奇怪！
前不久，我们年轻英俊的太子
正在铺满青草的清江岸边钓鱼
忽然，‘咚’的一声，水底里
钻出了一个迷人心窍的妖精
太子一见，迷恋得发傻发狂——
‘噫’了一声，就变得疯疯癫癫！
就像受惊的小鹿，赶忙溜走
那妖精也慌慌张张潜入水底
可太子回到宫里，再也不会说话
只是傻乎乎一个劲地‘噫！噫！噫！’

“这可急坏了年老的贤德国王——
他就这么一个性命般的宝贝儿子！
客人啊，你不知他把太子看得多重！
——含在口里啊，生怕化了
抱在手里啊，又怕摔了
放在床上啊，怕冷了他
靠近火边啊，怕烫了他！
如今，儿子变成了这个傻样
你说说，怎么能不吓坏国王！

“他，风风火火地传见了太子的随从
哎，这才知道事情的原原本本！
解铃还须系铃人！太子的病啊
只有那个迷人的妖精才能治好！
于是，国王急如星火地出榜招贤——
有能捉住或献计捉住这个女妖的
官位、金银，还有一个年轻美丽的公主
要什么给什么，尽你的心愿！

“仿佛一杯水倒进了滚沸的油锅
整个都城一下子热闹得翻天覆地
可一天过去了，人们还一无所获
于是，大家那好奇的火热心肠凉了半截
这时，一个洗衣的老妇献了一条小计
她装着洗衣，去到美丽的清江岸边
两个武士，躲进专做的特大麻袋
一左一右地埋伏在她的身边
然后，只要那女妖一露出水面

她，就凭自己那三寸不烂之舌
（它，可是着着实实地令人惊叹！
它，能说得铁打的金刚热泪滚滚！
它，能说得独身的观音想成双结对！）
慢慢地，把那妖精骗到身边
哈哈，那妖精果然中了巧计！
嘻嘻，嘻嘻！你没想到吧
她原来根本不是什么妖精
而是什么海龙王的最小的女儿！
嗯，听说，还嫁给了一个什么王子
嗯，是什么……什么国家来着
嗨，人老啰，记性不行啰
哦，听说，那王子有一个忠心的朋友
已经回国去报信，马上就要来接亲！”

“啊！”公子大吃一惊，赶忙追问：
“那国王怎样？放了这有夫之妇？”
“哈哈，客人，你的心太好了！
想想看，好心的客人！太子一见她
那奇怪的病，就风吹去了一样
要是没有她，太子的病，太子的命……
哈哈，客人，你说国王会不会放她！”
“那么，那个什么龙，龙王的女儿呢？”
“唉，她呀，好一个贞烈的女子！
昨夜，在宫里整整闹了一个通宵！
一会儿，要上吊；一会儿，又要自裁
吓得可怜的宫娥们一步也不敢离开
可……唉，她又有什么办法！
明天晚上，无论如何要送进洞房！

唉！生铁落进熊熊的洪炉里啦！”
“那么，那个洗衣老婆婆又怎样？”
“她呀，一不要金银，二不要官位
单单只要那傻瓜儿子当个驸马！”
“这，这，这是怎么个说法？”
“唉，你是远方的人，不知详情！
这洗衣老婆子的儿子，又呆又傻！
虽然如今已是男子汉——十七八大
成天还是赤条条一丝不挂！
他，什么也不懂，什么也不会
每天一翻身下床，一根桃木棒子
就骑在胯下——‘喿！喿！喿！’
直到昏天黑地了才会回家！”

“这，这……国王，他……”
“国王虽然贤明，也是无可奈何
为人君主的，一言既出，驷马难追！
他，不能在全国的黎民百姓面前失信！”
“那，那个傻子又是怎样？”
“客人，你真是小孩一样爱盘根问底！
尽管他的母亲用心良苦
抓住公主作为强大的靠山
可他——天生就是个白痴
虽然突然间成了个名誉驸马
而且娘死后也可以安享清福
可他那身傻气，怎么也不会散去！
唉，请也请不动，管也管不住
今天，他又偷偷溜出，照样在外瞎跑！”
“哦，多谢你了，热心的老伯！

不知那洗衣老婆婆住在哪里？”
“你问这个做什么？敢莫是他的亲戚？”
“哎呀，你老人家真像神仙！
正是，正是，你老人家真好眼力！
我是她那远房的姑表侄子
从她出嫁后，我们就没有来往
（主要是因为相隔上千里路程！）
如今，我奉母命带了点金银来看她！”
“呵呵，客人，来得早不如来得巧
你的命真好，你真有好福气！
我带你去吧？不要？好！
那我就详细地告诉你路径：
从这里进去，向左、向右各转三个弯
大桃树下面的小屋，就是她的家！”

告辞了热情、好心的老头
公子的心里已开始踏实
一条实用的巧计，在他心里
美丽的蝴蝶一般上下飞舞
急急忙忙找了家偏僻的客店
他，把东西妥善地寄存
向店主要了一大包柴灰
和两瓶芬芳的高度烈酒
像个无家可归的失魂落魄者
他，在老妇人家门附近转来转去

太阳，像个受到重重阻力的火球
那么缓慢地向前挪移，挪移
时间，一条受了致命重伤的长蛇

令人心烦地一点点、一点点向前蠕动
终于，黑色的蝙蝠把夜衔了出来
轻烟般的暮霭，开始在天空飘飞
“哚！哚！哚！”这响亮的声音呵
一下牵住了公子的所有神经
他兴冲冲地急急迎上前去
啊，一个赤条条的乌黑青年
急匆匆迎面向这里奔来！

“喂，来吧，这里有好吃的！”
公子猛地打开瓶盖
一股诱人的酒香，花香一般
在空中飘动，往鼻里直钻
“砰啪！”傻子扔掉了桃木棒
“给……给我！”他扑过来抢夺酒瓶
“快把棒子拿好，跟我来！
待一会儿，我把它们都给你！”
傻子乖乖地拾起棒子
一边嚷着一边跟公子前行

一个偏僻的花园，就在眼前
荫荫的树木中，散发出浓郁的芳香
公子看了看四方：“快，给你！”
傻子一把抓过，三口两口就灌了一瓶
公子手中这瓶正准备递去
他早已扑过来凶猛抢夺
公子赶忙就势松手
一仰脖子，他又喝得干干净净
凉风，夹带着泥土气息和树木的芳香

还有青草的涩辣味，一阵阵袭来
蟋蟀，在草丛里急急地鸣叫
盈盈的露水，月光般潸潸地轻洒
凉意，凉意，微微的凉意！
公子不禁轻轻打了个寒战
酒，从傻子的心里涌了上来
他，七扭八歪地倒在地上

轻轻一抱，就像抱小孩一般
公子把傻子藏进花园浓密的青草丛
然后，抓起那油光发亮的桃木棒
才想脱衣，心里好一阵迟疑：
“只有这个傻子和那些无知的畜生
才把父母的血肉赤条条露给外人！
我，著名宰相的儿子
一个文武双全的清醒者
怎么能，怎么能跟他们一样？
天哪，士可杀而不可辱哪！
要我死，我可以从从容容去死！
这，这，这叫我实在为难……
可，朋友有难，我袖手旁观
这对得起朋友？这又算什么朋友！
这样的朋友，又有什么鬼用！
可怜的王子，竟然有我这样一个朋友！
唉，罢罢罢，为了朋友
性命都可不要，还怕什么出丑！”

于是，他猛揉头发，让它蓬乱得
就像一群狗才在上面打过架的草地

于是，他用柴灰把脸和全身
细细地涂得黑灰灰的
像傻子一样，骑着桃木棒
“哚！哚！哚！”飞快地向皇宫前进

十二

晶莹的星星，在深蓝的夜空神秘地眨眼
微凉的轻风，花香般从漆黑里阵阵袭来
喧闹的白日过去了，夜把静谧洒遍了皇宫
隐隐约约地，只听见深宫传出微风般的细乐
“哚！哚！哚！”一声声沉重而粗浊
美梦般迷人的夜的静谧啊，被撕得粉碎
宫门前红红的灯光，照着一个黑乎乎的青年
——赤裸着全身，胯下骑着一根桃木棒！

“干什么？！傻子，这是皇宫，皇宫！
懂吗？不许你在这里跑来跑去！”
一个手执长戟的魁梧的戴甲武士
凶神恶煞般用戟把公子挡住
“何必呢，老兄！多一事不如少一事！
人家不久就是驸马，得罪了他可没什么好处！
况且，他是这样笨憨憨、傻乎乎
难道还会进宫胡来，或者行刺？”
另一个武士从心灵深处长叹一声
于是，这个武士竖起戟，放公子通行

公子傻乎乎地，不笑也不说话

只是“哚！哚！哚！”飞快冲进内院
他睁着发傻的眼睛，细细地察看
可，就不知龙女在哪一个房间！
一阵哭声忽然随风传来，它是这样悲哀
以致公子那撕心裂肺的疼痛掩盖了欢喜！
“哚！哚！哚！”公子马上向那里飞奔
一栋栋华屋，一株株碧树，朦胧中一齐后退
“啊！”两边的宫女惊叫着赶忙用长袖掩面
心里偷偷为年青的公主唉声长叹
“一朵鲜艳娇嫩的富贵牡丹花
却插在黑乎乎的牛粪上！
美丽的公主，倒霉的姑娘啊
却嫁个这样又丑又傻的丈夫！”

公子只是“嘻嘻”地傻笑，飞奔到窗前
呀，龙女已哭得声音嘶哑，眼如红桃！
公子“嘻嘻”、“哈哈”地向天一阵傻笑
“哚哚！”又风一般飞快地奔向城外
来到城门，卫兵一齐恭敬地向他致礼
他只是傻乎乎地直瞪前面，理也不理
“哚哚！”他又摇摇摆摆地转身“哚”向宫里

“哚！哚！哚！”……“哚！哚！哚！”……
一趟又一趟地出出进进，进进出出
宫门前的卫士，城门边的卫兵恨得咬牙切齿
怒火，一团团在胸中燃烧，又只得憋住
“哚！哚！哚！”这声音在静夜中格外响亮
“哚！哚！哚！”这声音随轻风越传越远
“哚”呀，“哚”！“哚”得北斗斗勺打了横

“哚”呀，“哚”！“哚”得金星眨着眼睛直向东方行
卫兵、卫士都疲惫不堪了
——垂下头呼呼地打起瞌睡
（啊，静谧的夜里，人精神百倍
而嘈杂的声音，只一会儿就使人瞌睡！）
“哚！——哚！”公子这才慢慢“哚”进内院
直奔那漏出灯光和呜咽声的屋子

夜风，顽皮的小孩般戏弄着烛光
两个宫女，在远远的床上呼呼大睡
龙女，无力地躺在自己的床上
对着半残的蜡烛，不成声地低低饮泣
公子轻轻、轻轻地走进屋里
猛抬头，龙女吃了一惊
声音是那样沙哑、无力！
“你、你是谁？你是谁……谁？”
“哦，龙女，轻声，轻声！
我是公子，王子的兄弟！”
“公子？啊，你真是公子！”
龙女眼睛一亮，涌起团团欢喜
“我现在是冒死前来救你
请你不要迟疑，快快，轻轻！”
龙女定了定神，忽见他赤条条一身
脸上立刻布满了羞涩的红云
“情况十分紧急，容不得丝毫迟疑！
事情的原委，等一会儿再告诉你！”
公子蹲下身，轻声，但十分坚定
“快！我马上背你出宫！”
龙女又惊又怕，又羞又喜

轻轻下床，颤抖着伏在公子背上

“哚！哚！哚！”……“哚！哚！哚！”
在冰凉的晓风中，声音响亮又清脆
卫士、卫兵们已习惯并讨厌这声音
不愿再听，这时更懒得睁开眼睛
于是，这“哚哚”的声音渐渐转为欢快
长了翅膀一样，飞快地来到郊外
公子，欢笑着把桃木棒扔到一边
背着龙女，受惊的兔子般冲向江边
啊，到了，真正脱险了！
两人不约而同地长吁一声

公子迅速扼要地说清原委
龙女感动得泪花朵朵开放在脸面
“啊，贤弟！你这是第二次救我！
呀，东方已鱼肚般白，我们快回宫里！”
“不，夜长梦多，我要尽快回国
让国王准备好，早点来迎接你们！”
眼泪，泉水般往外直涌，龙女已泣不成声！
“这样也好，可你别再进城！
我，马上回宫给你拿盘缠和兵器！”
“好，好，请你千万要快
王宫里的人发现了，必然追来！
夜已很深，不要惊动王子和龙王！”
“好，我就照你说的去做！”
“扑通”一声，龙女跳进了江里

牙齿“嘚嘚”交战，浑身冰凉冰凉

公子马上轻轻走进水里
一动不动地蹲下，只露出头在水面
（既借水温御寒，又借水掩护自己）
“哗！”就像一条鱼激起了细细浪花
龙女来了，带来了衣服、刀剑和弓箭
“快，贤弟！快快把衣服穿好！
啊，黎明时的晓风是多么寒冷！”
公子双手接过，飞快地穿戴整齐
从此岸到彼岸，一条路已随分水珠出现

“啊，救命恩人！啊，聪明的贤弟！
快快走吧，天一亮，城里就有人来追！
看，过了这条河，再翻过那座方圆百里的大山
那里啊，就是你们国家的边境！
山林中，没有房屋，连人烟也没有
有的，只是陡岭险路（甚至连路也没有！）
有的，只是山魈鬼怪，毒蛇猛兽
有的，只是阵阵瘴气，丛丛荆棘
贤弟啊，你可要万分的小心！
这颗分水珠，你就带在身边
我，刚刚从王子的衣袋里拿来
不要再推，路上，它将减少许多麻烦！”
公子接过那颗晶莹的分水珠，行了个礼
纵身一跳，便踏上了艰险的征程

十三

前进，前进，飞快地前进！

公子，浑身有用不完的力气！
他庆幸，他高兴，他陶醉——
他为朋友的未婚妻侥幸脱险而庆幸
他为龙女的终于脱险而高兴
他为朋友即将到来的幸福而陶醉
饿了，分水珠送来可口的山珍海味
渴了，喝几口清悠悠凉丝丝的山泉
啊，深山的夏景是多么迷人
无数健壮的大树，组成一张巨大的绿网
网里，光怪陆离的鲜花，耀眼地开放
网里，一只只小鸟、一只只蝴蝶欢乐游玩
网里，一只只小鹿、一只只羚羊尽情嬉戏！
可公子已无心细细观赏这份美景
他只知道，不停地向前，向前！

落日，把大片昏红昏红的光彩
惨淡地涂在碧绿碧绿的树林上
公子筋疲力尽地来到了大山的半腰
啊，绿茸茸的草地多么柔软！
他躺在地上，舒畅地伸展四肢
“唧唧！唧唧！唧唧！”什么叫得这样急？
公子抬头一看，大吃一惊——
一条碗口粗的凶猛的赤练蛇
正张开血盆大嘴，贪婪地
扑向树上大窠里的几只小喜鹊
那几只娇嫩的小生命啊，面对这强者
裸露在腊月刺骨的寒风中一般，浑身颤抖
无可奈何地，发出痛苦凄惨的尖叫
公子打了个寒噤，纵身从地上跳起

啊，快，快！他闪电般取出弓箭
瞄准，瞄准！他急急地射出一箭
啊，中了，中了，百步穿杨般中了！
他射中蛇头，把两个嘴巴紧紧串在一起！

“啪！”蟒蛇疼得从树上重重跌下
“啪啪！”它恨恨地用尾巴抽打周围的一切
忽然，它发现了笑着站在一旁的公子
它凶猛地弓身一圈就圈了过来
“不好！”公子暗叫一声，猛的一个弹跳
好险，狂怒的蟒蛇擦着身子圈过！
“好啊，太岁头上敢动土，真不错啊！”
公子左手紧握宝剑，右手执定大刀
照着那扑了空的蟒蛇的长长尾巴
“咔嚓”、“咔嚓”，使劲地连连劈下
长长的两大截，从蛇身上跌到地面
鲜红的血，喷泉般往外溅射
“唰！”蛇痛得把身子猛地一弹
想就势把公子打翻在地
“嘿嘿！”公子灵活地飞快翻身躲过
又跳起来疾扑那无能为力的蛇头
唉，可怜的蛇，只能干瞪着眼睛！
看吧，它伸过头来，却无法张嘴！
“哼哼！”公子冷笑一声！
蛇头，“嚓！”地离开了躯体！
“啊！”公子惊叫一声，心快跳出喉咙
快，快快！他只好就势往地上一滚
看哪，无头的蛇身，“哗”地弹起
一棵碗口粗的大树，活活被拦腰打断！

"啊呀！"公子深深地长叹一声
微微抬起头，看着还在抽搐的蛇身
"天哪，我怎么浑身发软，毫无力气？
啊，我的心，你为什么跳得这样急？"
他摇摇头，慢慢爬到鹊窠的树下
倚着树干，休息这浑身发抖的肌肉
暮霭，已烟雾般在广渺的天空弥漫
树叶，在轻柔的晚风中深情地呢喃
"喳喳！"老喜鹊欢叫着飞回来了
按照惯例，她正绕着大树打三个大圈
怎么？有股生人气？呵，树干上靠着个人！
"好哇，你胆大包天，竟敢闯入我的领地！"
她怒叫着，飞过去就要把他啄走
"妈妈，好妈妈，不要啄他！
是他，刚才救了我们大家！
看，那条断成四截的大蛇，刚才要吃我们
这个人冲过来，那么凶猛地和它拼杀！"
窠里的小喜鹊扑打着翅膀，一齐求情
"哦，是这样！"老喜鹊把公子细细一看
"唉！"她哀哀地从心底发出一声长叹
多嘴的小喜鹊，又争着把刚才的事演说

十四

公子，早已进入甜甜的梦乡
（这几天，他的身心是多么劳累！）
啊，四处都张灯结彩，繁华绚丽！
红红的光辉和欢声笑语，弥漫着天空！

呀，人们潮水般一窝蜂围上去了
看，迎亲的队伍多么雄壮，多么华丽！
迎亲的礼物，多么隆重，多么丰厚！
来了，来了，新郎和新娘双双来了！
骑着美丽的白象，红装的男女多么漂亮！
笙歌细乐……笙歌细乐……花香般充满空中
“轰！轰！轰！轰！”火炮的声音欢快而响亮
啊，不好！那朵乌云那么沉重，那么迅疾
大山般向着迎亲的队伍恶狠狠地扑来！
风……风……凶猛的播土扬尘的恶风……
哦，原来只是一个噩梦！真吓人！
风，正是这带来阵阵寒意的风把他吹醒！
夜，轻纱般柔软的夜，四处黑沉沉的
深蓝的天空……闪烁的稀星……
“起来，起来，夜长梦多，快点回国！”
“唉！”他听到树上的喜鹊在哀声长叹

“妈妈，今晚您为什么老是叹气？”
“孩子，你们是太小，太小了
世上好多好多的事情，还不懂得
唉，世上的不幸事有千万件
最最不幸的却是这一件！”
“妈妈，好妈妈，究竟是什么事情？”
“唉，今天我正从那边往回飞
忽然听到蛇精和伙伴在起劲谈论
‘美丽的女人是祸水中的祸水！
她，把人逗得神不守舍，疯疯癫癫！
甚至，她还使迷恋她的人
争风吃醋，互相残杀！

唉，我真是倒霉到了极点！
竟然看上了东海龙王美丽的小女！
可她，唉！却怎么也不答应！
不仅如此，她还轻蔑我，鄙视我
要是换一个人，看我不把他撕得粉碎！
我，怒火万丈，把她变成一条小鱼
囚禁在无垠沙漠中一个绿洲的小小泥坑
坑内，只有刚刚够活一百天的救命水
到一百天还不答应，她就准时没了小命！
没想到，两个打猎的年轻人
在八十多天后却突然把她救走！
可恨啊！不久，她就要跟那个王子成婚！
可苍天有眼，突然间又出了意外！
那个该死的龙女，订婚后偷偷出外游玩
又害得一个国家的太子疯疯癫癫
后来，一个洗衣老妇设计把她捉住
送进了戒备森严的皇宫后院
我又惊又喜，狂笑着感谢老天
驾着乌云，迅雷般赶去抢夺
唉，没料想那个大胆的公子
舍性命装傻子抢先把她救出！’
说到这里，蛇精咬牙切齿
对着苍天，发下生死大誓：
‘如果我不叫她死于非命
我自己就不得好死！
嘻嘻！这么漂亮的玩意，我得不到
那就谁也别想得到，谁也别想得到！’
发完誓它又得意洋洋
挥舞拳头，唾沫横飞

‘接亲时他们一定要骑象
我，要在大象身上先使起法术
到时候，哼哼！象群哄的大乱
我让他们喜事丧事一起办！
即使这一计不成，哼哼！
我还有更厉害的第二招——
在宫里，他一定会张灯结彩
我，要聚起满天的狂风、冰雹
让冰雹、彩灯，砸烂他们的脑袋！
这一计再不成，我还有第三招
（让他们看看，谁能斗得过我！）
花烛夜，我恢复原形潜进洞房
哈哈，让他们到九泉之下见阎王！’
唉，多么不幸！你们知不知道
树下这个人啊，就是那个公子！
这可是天字第一号聪明的好心人！
以前，我去他们国家时见过！”

“妈妈，妈妈，好妈妈啊
难道，难道就没有解救的办法？”
“哦，好孩子们，不要着急！
办法是有的，有的……
可，这是多么的不幸，多么的不幸……
天哪，你为什么这样残害好人？！
必须，必须有一个舍己为朋友的善良的人
（唯有善，真正的善，才能战胜邪恶！）
而且，在没有把蛇精斩掉以前
他不能把这事告诉任何一个人！
第一计，要破除真是不费力气

——只要在迎亲时劝王子骑马
第二计，也比较容易，只要能言善辩
动之以情，劝王子不要张灯结彩
第三计，第三计……唉！第三计！
要把它破掉，却是不亚于登天！
须有一个赤胆忠心的高贵的人
聪明，胆大，心细，武艺超群
还要把王子看得比自己更重要
心甘情愿地为王子做出牺牲
洞房花烛夜三更时分，潜藏起来
静静等待，蛇精来后紧随它走进屋内
在蛇精刚刚摇头开始施展魔法时——
千万不能早一丝一毫，也不能迟一分一秒
迅速、准确地挥刀砍向它的七寸
然后，飞快地把它切成一块块
装进准备好的能密封的缸子里
然后，想法子把缸子埋进地里
这样，就断绝了蛇精复活的可能
并给它的同伴造成它悄悄躲起来的感觉……”

“哈哈，太好了，太好了！”
“孩子们，听下去，别再吵嚷！
这个高贵善良的人可是十分不幸！”
“啊？！妈妈，你说什么，你说什么？”
“静下来，听我把事情细细讲完：
当蛇精正使妖法时，这个高贵的人
照着它的七寸，‘咔嚓’就是一刀
哪想到，一滴血飞溅到龙女的乳房！
天亮前，如果不把这滴血舔掉

（必须是善良的人，才能生效！）
龙女，就会变成一块灿灿的白石
要是把它舔掉，这个高贵的人
这个高贵的人啊，就会变成一座石像！”

“啊，妈妈，太惨了，这太悲惨了！
为什么，这个一心为他人的高贵的人
要这样倒霉？老天为什么这样不公平？
为什么？妈妈，你说啊，为什么？”
“不，不，还有唯一的解救办法！
唉，这也太惨！十年后，王子的儿子
刚好十岁，杀死他，把血淋到石像上
这个石像，这个石像啊，就恢复原形！”
“哦，太好了，太好了，妈妈！
这样的老天爷，才是个好老天爷！”
“好啦，宝贝们，别再吵啦！
睡吧，啊？明天，妈妈还有好多好多事情！”

仿佛突来的风搅动的一池静静的碧水
公子的心，公子的心，久久不能平静
他的思想，池里那美丽的波纹一样
一个比一个大地，向远处扩张，扩张
“我的未来啊，为什么这样暗淡？
老天爷啊，你为何这样折磨我？
救朋友吗？可，可得牺牲自己！
救，还是不救？不救，还是救？
见死必救，何况是亲如兄弟的朋友！？
唉，要你这样懦弱的朋友何用！
不，不，我还年轻，真正的年轻！

人间的幸福，我还一点都未享到！
我还年轻，年青青的十八岁！
十八岁，一朵柔嫩的鲜花刚刚绽苞！
十八岁，一支幼嫩的笋儿刚刚成竹！
十八岁，美丽可爱的小鸟的羽毛刚刚丰满！
十八岁，奔腾的河流就要进入无垠的大海！
………………
啊，我怎能舍弃，怎能舍弃……
不，遇难不救，连畜生都不如！
朋友有难，清清楚楚地知道
却只顾自己，全然袖手旁观
这，这还算什么东西？！
何况，我和王子，是十载的朋友！
十年，整整的十年啊，你怎么眨眼就流逝？
十年，欢乐的十年，美好的十年
我和王子，好得就像形体和影子！
啊，王子，你就像亲兄长一样
不，比亲兄长待我还好，还亲……
算了吧，你这虚伪自私的东西！
算了吧，你这只会说空话的东西！
平时，说什么有福同享，有祸同当
到了关键时刻，却只想到自己！
平时，说什么为朋友两肋插刀
真的要做出牺牲了，又只顾小命！
算了吧，你这言行不一的东西！
算了吧，你这自私自利的东西！
可，平时，无论大大小小的什么事情
我想的只是别人，从没想过自己！
呃，人常说，谁知道自己要死

就舍不得死了！大概，我也是这样?
不！怯懦就是怯懦，不必找什么借口！
不！自私就是自私，不要自己安慰自己！
啊，朋友的幸福，就是你的幸福！
朋友的生命，就是你的生命！
何况，这还牵涉到朋友的家庭！
更何况，这还涉及国家的前途和命运！
见你的鬼去吧，该死的懦弱！
滚你的蛋吧，讨厌的犹疑！
无耻地，苟且偷生地活下去
不如痛痛快快地，壮烈地死去！
啊，兄长，我要舍身拼命救护你
而且，我要变成一个美丽的石像
永永远远地，站在你的床边！
永永远远地，刻进你的记忆！”
公子猛地跳起来，浑身是劲
急急地踏上了回国的路程

十五

送走公子，龙女兴冲冲回到龙宫
她叫醒王子，叙述了整个事情
“啊，亲爱的贤弟，伟大的贤弟！”
王子感动得小孩子般欢呼雀跃
大颗大颗的泪珠，就像暮春时
大风中的花朵，接二连三地撒向地面
仿佛皎洁的月亮引起大海的潮汐
高贵的友谊，唤起了王子心中激情的风暴

巨大的风暴过后，大地是格外清新、平静
心中的激情一过，王子也格外的冷静
被蛇咬过的人，往往见到草绳也害怕
受过伤的大雁，听到弓弦响也心悸魂惊
把龙女看得比生命还宝贵的王子啊
十分担心再来一次可怕的惊扰！
于是，急躁、鲁莽这粗壮的汉子
彻底打败了苍白、矮小的理智！
王子啊，就像热锅上的蚂蚁
一刻也难熬地急忙就要回去准备接亲

第二天的晨宴开始了，啊，早已酒过三巡
王子放下酒杯，站起来对龙王施礼
“承蒙岳父错爱，待我比亲骨肉还亲
小婿我这寸草心真是难报您的三春晖！
大概，龙女已把一切都告诉了您
——前两天，她无意中惹出了事端
差一点，差一点啊就香消玉殒
谢谢天，多亏我那贤弟公子
装傻子深入虎穴冒死把她救出！
我想，那国王决不会就此罢休！
而我那贤弟啊，还在路途奔波！
只恐怕，只恐怕再耽搁会夜长梦多
小婿我，我想，今天就向您告辞
借您的神力，从水路抄近道回国
到家后先安慰安慰忧心如焚的老父
然后，在后天——这一良辰吉日
亲自带车马、礼物，到龙宫迎亲！
贤弟公子那里，事后我再赔礼道歉

他一向只为他人着想，决不会怪罪！
不知、不知岳父大人意下如何？”

“啊，贤婿，我也很怕再出什么差错！
好，我这就为你饯行！乐队，奏乐！”
于是，离愁别绪霎时笼罩了整个龙宫
别离的音乐，凄雾愁云般在空中缭绕
流泪眼对流泪眼，三个人啊，惨不忍别！
过去几天的欢乐，走马灯般一幕幕出现在眼前！
音乐停了，歌舞停了，离愁别绪啊越来越浓了
龙王、龙女恋恋不舍，千叮万嘱，远远相送
海呀，你为什么这样窄了，眨眼间就到尽头了！
啊，河呀，你怎么像小溪了，弹指间就离都城不远了！
仿佛深情眷恋的一群美丽的大雁
在突如其来的强大力量下凄然分别……

十六

前进，快快地前进！快步，奔跑！
树，一丛一丛地飞速退向身后
高高的山顶（那些云雾呀，只缠在它的半腰！）
刚刚还那样傲慢地耸入云霄，现在已被踩在脚下
前进，追着太阳！前进，追着月亮！
公子啊，仅仅用了两天的时间
就回到了渴别许久、朝思暮想的国土！
“久违了，祖国！久违了，母亲！”
只有经过长久离别和漫漫思念的人
才真正懂得重会的甜蜜、欢乐！

公子啊，第一次被热情战胜了理智
——兴奋得狂喜地俯下身亲吻大地！

忽然，笙管细乐微风一般轻轻飘来
公子吃了一惊，仿如劈头淋了盆冷水
像一支利箭闪电般射向靶心
像一股旋风疾速地往前飞奔
啊，河边的王子、龙女正要上象
“且慢！”公子急呼呼打雷般大叫一声
雄狮一般气喘喘冲到了他们面前

仿佛小孩子看见了久别的母亲
王子，欢呼着扑过来拥抱公子
“贤弟啊贤弟，我亲爱的贤弟！
愿你健康长寿，心想事成！
愿你比我，比天下所有的人
都甜蜜，都快乐，都幸福！
我实在抱歉，真是对不起你
没有和你商量，就急急忙忙接亲！
我，我是听了龙女的叙说后
害怕，害怕再发生什么事情……”

见王子如此重视自己的友谊
公子高兴得全身发热，血液沸腾
可听到王子那真挚的声声祝福
又觉得有一把把尖刀在刺心
“兄长啊，兄长！你怎么知道
今天夜里，我就要变成一座石像！”
但他强压住心内的悲伤和痛苦

笑得比以往更响、更甜、更幸福
“啊，兄长！你的心情我完全理解
我，衷心地祝你们永远幸福！”

王子笑着道谢，转身又要上象
公子赶忙一把抓住他的衣襟
“兄长，你赶快叫大家跟我到那边去
我给你们讲、讲一件事、事情！”
于是，国王、王子、龙王、龙女他们
一起随公子来到离大象远远的地方
“今天，请你们大家都不要骑象！
而请你们大家都骑侍从们的马！”
“这，这怎么能行！骑马接亲
那是小老百姓才有的事情！
我是国王的儿子，怎么能
怎么能如此背离习俗，没有威风！”
“这一次，请你一定要给我面子！
事后，我再详细地告诉你原因！”
“这……这……我……”

这边，王子还在犹豫不定
那边，象群忽然“哄”地大乱
它们怪叫着，互相拼命冲撞
然后，一起跳进湍急的江水！
王子长吁一声，出了一身冷汗
“啊，贤弟，你又救了我的命！”
“自家兄弟，不要过于客气
我，还有一件事要求你答应！”
“你说吧，可能的话，我尽量依你！”

“请你派人骑上最快的那匹白马
火速回宫，命令不要张灯结彩！”
“这，这怎么行？这可是婚礼！”
“兄长，我求你快快答应！”
“不，别的可以，这事太离谱
要知道，我这是终身大事，是婚礼！”
“啊，兄长，你看，看那朵乌云！
请你千万、千万不要再迟疑！”
王子还在犹豫，公子已双膝落地
“兄长啊，我跪下来求你答应！”
王子叹了口气，慌忙把公子扶起
“贤弟啊，你为我舍生忘死，赴汤蹈火
难道，我就不能为你做一点点牺牲？！”

一骑马响箭般飞奔进宫里
公子，请王子和大家赶快上马
于是，几百匹马如疾飞的鸟群
暴风骤雨般奔进了宫里
一阵狂风，裹着黑压压的云团
脱缰的野马般狂扑在宫墙外
公子舒心地哈哈大笑啊
戏弄着门外碗口大的冰雹！

十七

婚礼的宴席上特别的欢乐
而公子比任何人都欢欣快乐
斟酒，劝菜，谈笑，打趣……

他一反常态，显出放荡的幸福
一阵阵狂欢的笑声、闹声啊
随着清新的凉风，向远方飞去……

夜的迷人的静谧，盈盈的露水一般
洒向大地，洒进每一个人的心里
静，时而有一朵花儿轻轻、轻轻地落地
静，多情的凉风和绿叶在甜蜜地呢喃
静，蟋蟀在香气袭人的花园里不时吟唱
静，青蛙在花园的池塘中敲起阵阵鼓点
静，甜蜜、芬芳的深夜的静啊！

公子，一动不动地躲在屋角后
静静地、静静地感受着这一切
心，就像这夜一般的安详，宁静
鹰一般锐利的双眼，紧盯着洞房的门
静，水一般清澈的深深的夜空中
一颗颗细小的星星顽皮地眨着眼睛
静，弯弯的月亮就像一只玲珑的象牙舟
在如水的夜空中已无声地行近西方

“沙沙”“沙……沙”“沙沙”
一条水桶般粗的黑黑的长蛇
慢慢地，轻轻地爬了过来
爬到了洞房的门前，它
抬起头狡猾地四处张望
然后，把头向左向右各摇了两下
门，立即神奇地无声打开
蛇，阴影般轻轻地爬进屋里

公子飞快地把鞋子脱下
（脚，早已用棉絮厚厚地包起）
轻轻、轻轻地，也走进门里
月光落到地面般实在而无声
在那对红蜡烛若明若暗的光亮中
黑蛇幽绿的眼睛，贪婪地盯着龙女
——她那秀美的黑发蓬松的头
枕着王子那粗壮的白玉般的手臂
她那雪白细嫩的胸脯
醒目地露在红色的鸳鸯被外
她那显示着青春和少女的美的乳房
高耸着，引得黑蛇直咽口水

黑蛇看着，定定地看着
忧虑的眼睛，闪烁着忽明忽暗的光芒
它，是那样的贪婪，那样的认真
连公子站在身后，都没发觉
忽然，几滴泪从眼中滴下
它，果断地摇起了脑袋
公子，举起雪亮雪亮的大刀
照着它的七寸，“嚓”地狠狠砍下
鲜血四溅，蛇的脑袋“啪”地落地
蛇的尾巴，痛苦地在门外绞索

赶忙拿来准备好的白玉缸子
把蛇切成一块块，小心地装好
公子吁口气，走过去仔细一看
啊，龙女的左乳房果真有黑血一滴！
公子长叹一声，默默地垂下头

心里，一阵阵刀绞般的疼痛
静，静，蟋蟀在门外低低吟唱
静，静，风儿在树叶中懒懒地扇动翅膀……

“梆梆！”五更的更鼓重重传来
一下下沉重地打在公子的心上
啊，月光般美妙的静谧被撕得粉碎！
听，蟋蟀的歌声急促而凄切！
听，青蛙在池塘里开始声嘶力竭地叫喊！
听，寒冷的风也发狂般地呼啸！
啊，一切的一切，是这样混乱而热闹！
就像跌入一个恐怖的噩梦
公子，慌乱得一身冷汗！
啊，月光，你比任何时候更美！
啊，大地，你比任何时候更可爱！
公子，挥去眼角那欲滴的泪花
毅然把嘴伸向那滴可恶的蛇血……

十八

“啊！”龙女一声惊叫，醒了过来
王子也从甜甜的睡梦中被叫声惊醒
啊，是公子！王子气炸了心肺
一股无名的怒火，烧得他晕头转向
就像恶狮扑向那惊呆了的小羊
腾地抓起宝剑，他凶猛地扑向公子
“看剑！”他“啪！”地挥剑照顶砍去
公子赶忙用刀接住，喘吁吁对王子开言

"你不要这样性急，且听我把话说完
要死，我也得做个清清白白的鬼魂！"
"你这笑里藏刀，人面兽心的畜生
只怪我当初瞎眼，没看清你的真实面目！"
"看在十年情如兄弟的朋友分上
请静静地听我把话说完
那时，你要杀就杀，愿剐就剐
只怕，只怕你那时舍不得动手！"
"咦？！"王子满腔的熊熊怒火
顿时，化作一肚子的狐疑
"好，就让你说完我再动手
亏你还有脸提多年的朋友！"

公子凄惨地微微一笑
（那笑呀，使人心里发寒发冷！）
急急地，把事情从头至尾细细叙述
才说到力杀恶蟒救出小喜鹊
双脚，已变成银光灿灿的白石
王子、龙女大大地吃了一惊
只是默默地静听，再也不敢作声
公子吸口气，飞快地把事情说完
胸脯，也变成了灿灿的白石

"贤弟啊贤弟，我亲爱的贤弟！"
王子放声大哭，跪倒在公子脚下
龙女，早已瘫倒在床，泣不成声
"啊，兄长、嫂嫂，不必难过、伤心！"
公子吃力地扶起王子，又指一指缸子
"杀死的蛇精，切成块全装在里边！

天亮前，请你们一定深深埋进土里！
不然，蛇精就有复活的机会
这样，也可断绝蛇精已死的消息
避免蛇精的伙伴来找麻烦！
兄长啊，从此你和嫂嫂就永远幸福！
小弟我，愿你们相敬如宾，白头到老！
我，对你们，只有两个小小的请求
请看在朋友的分上，一定答应！”
王子含泪抱住公子，哽咽着满口应承
“第一，这本不用说——我年老的双亲
请你像我一样，把他们安慰、赡养！
第二，请你们让我这无用的石像
永永远远地立在你们的床边
看着你们相亲相爱
看着你们甜蜜、幸福！
哦，这是你们定情的分水珠
你们不要拿去？好，就放在我手上！”
“贤弟啊贤弟，这些，我一定办好！”
王子感动得只知抱住公子放声大哭

忽然，龙女发疯般冲了过来
“我的贤弟啊，我多次的救命恩人！
难道，就没一点解救的办法？
说出来吧，啊？说出来吧！
为了它，我愿意上刀山，下火海！”
“解、解救的办法？！没、没有……”
公子心里一酸，眼泪差点夺眶飞出

但他强抑着，装着喘吁吁上气不接下气
“天哪，你为什么如此残忍？！
竟然把天下第一好人变成这样？！
地呀，你应该有解救的办法！”
王子，女人一样捶胸顿足
伏下身用双手恨恨地捶打大地
就像被霹雷震呆了，龙女
呆呆地跪在地上，无声地流泪

那么欢乐！那么甜蜜！那么幸福！
公子看着他们，哈哈大笑起来
“兄长、嫂嫂，千万不要悲戚、伤心！
不然，我这石人也要为你们流泪！
不，这不好，你们应该欢乐、幸福！
你们，一定要答应，一定要答应！
要知道，你们的幸福就是我的幸福！”
就在手臂快要变成白石的一刹那
公子把分水珠放在掌心，高高托起

从此，王子和龙女的床前
就有了一个哈哈大笑的美丽的石像
每当朝阳初升，总要用红光把它照耀
夕阳下山之前，总要恋恋不舍地看它几眼
小鸟，每天围着它长久地美妙歌唱
蝴蝶，每天围着它作美的舞蹈
花园的鲜花，每天让自己浓郁的芳香
彩色的蝴蝶般围绕它飞舞、旋转

风，轻盈的风，温柔的风啊

每天总依恋在它身边，不时深情地把它亲吻……

1981 年 11 月湘潭大学第一稿

1982 年 10—11 月湘潭大学第二稿

1983 年 10 月邵阳市第三稿

跋

心灵的蜕皮

偶然之偶然，你来到了这个世上。世界旋涡你，撕扯你，以各种感觉、事物和知识。

风起。雾涌。云飞。风停雾息云散后，一轮圆月，皎皎地明媚。月印万川，万川归一。当风再乍起，吹皱一池春水时，汹涌的灵感使平凡的一切都放射出纯美、神圣、诗意的光辉。

然而，生活迫使你为咕咕叫的肚子、儿子的成家立业、父母平静的晚年和自己的住房、养老等而奔波流汗。平庸而严酷的现实生活，窒息着你的性灵，扼杀着你的诗意情感。油腻味十足的尘垢一天天层层封闭、老化你的心灵。与此同时，过于辉煌的科技文明馈赠给人类太多的安逸、诱惑与极度的恶化环境。人，究竟是什么？人与自然该如何协调？人，应如何生存？生命的意义与价值何在？这些，已成为无法回避的话题。而在这平庸又严酷的现实中，在这极度恶化的环境里，唯有诗（最广义上的）能揭开事物的秘密，展示严酷的真实，显形你的幻想你的梦境，创造纯美圣洁的神话，使世界的面目焕然一新，使你超越粗俗贫乏的现实，呵护灵性与诗意，守卫精神家园。

飞速发展的科技文明使世界变成了地球村，全球文化在大碰撞、大融合。偏安一隅、顽固不化，死抱住传统与民族不放，固然冬烘得可笑，清一色的全球大红花文化恐怕也恰好印证了“文明日进，想象力日退”的说法。最民族的韵味与最现代的观念结合，既民族又现代的语言与技巧，应是一条颇有前景的道路。在这电脑的时代，复制、照排的流派与东西太多，你只能孤独地成为你自己，走你自己的路。

然而，越新鲜的感受越深刻的思想，与语言的距离越大。庄子云：“言不尽意。”俄国诗人丘特切夫说得更现代、更具体、更深刻：“说出的思想已经是谎言。”因此，真正的思想、真正的感受几乎是无法表达的，表达出来的也许只是金蝉脱壳的心灵蜕下的一层皮。

但蛇蜕皮而葆年轻。心灵在生活中为生存挣扎，不断地麻木老化，蛇一般的蜕皮，方能永葆青春。不管这蜕下的心灵之皮能否传达真正的思想、真正的感受，毕竟，它是生命的一种纪念，甚至，它也是有价值、有意义的一部分生命。

自从1980年跟随曾德凤兄、彭燕郊（1920—2008）老师学写新诗以来，一晃三十多年过去了，我创作了有一定质量的诗歌数百首，也在国内及港台地区不少报刊发表了两百首以上，并产生了一定的影响，现在，对这些作品进行挑选，编辑成一本诗集，以作为对过去的生命和自己在生活中对生命、自然、心灵以及人与自然、人与人关系感受、思考的纪念。这些心灵的蜕皮，在某种程度上昭示了生命的灵性、生命的意义和价值，让我们现实得可怕功利得厉害的灵魂，能够暂时脱离世俗的稠泥，在艺术的绿树荫中休憩一下，恢复对生活、世界、生命、人、心灵乃至人与自然、人与人等等的诗意感受……

这个集子，选入了我自认为比较满意的抒情诗200多首，散文诗30余首，也选入了20世纪80年代初创作的两个小诗剧（严格地说，应该叫剧诗）和两首叙事诗，这是应许多朋友的要求而选入的，因为他们认为，这些很能体现我年轻时的才华，也最能体现难忘的80年代。是啊，80年代，那是一个理想闪光、意气风发、昂扬向上、激情澎湃的纯情年代。举国上下，欢欣鼓舞，理想的太阳就在天空金光灿灿，希望的长虹就在天边七彩闪烁，过去的事情不再想，急起直追，把失去的时间夺回来，甚至在食堂排队买饭，在车站排队等车，人们都拿着书和小本子，争分夺秒地记单词、背公式、读美文，学习紧张而幸福，工作甜蜜而无限美好，明天比蜜还甜！再加上从“文化大革命”绝对单一且火药味十足的政治文艺中解脱出来，文学逐渐走向人学，人的情感乃至人自身开始受到重视，人们纯情且多情。我那时是二十和二十刚出头的年龄，正是激情盈溢、富于理想、浪漫多梦、渴望创造的时期，再加上在大学中文系学习，对文学十分痴迷。由于从小受酷爱文学的父亲的影响，在湘潭大学又得到好友曾德凤兄的帮助，并且有彭燕郊老师这样著名诗人的指导，我对文学不仅痴迷而且特别狂热，便开始一边学习一边练习写作。初生牛犊不怕虎，无知者无畏。那时，创作力空前旺盛，几乎每天都有灵感的火花嗤嗤燃烧，每天都在疯狂地奋笔疾书。于是，抒情诗、小说、散文、叙事诗，乃至诗剧、叙事长诗，各种体裁的绿野中都留下了我尝试的脚印。

当时我年纪太轻，阅历很浅，缺少创作题材，而创作欲望相当强烈，只好到神话、民间传说乃至各种书籍中寻找题材，有时自己也编织一些那个年龄那个时代特有的、浪漫而纯美的童话。但一开始，我就试图探索人性，表现生命的哲理。如《孩子和母亲》不仅写出了母子间温馨的爱，而且不露声色地写出了诗人与俗众的区别；《鹅卵石》则写出了投身事业献身理想与享受世俗生活乐趣以及纯真与世俗的矛盾，并隐喻了大多数人的一般经历——从纯洁、高雅变得世俗、圆滑，提醒自己不要重蹈覆辙；《绪任克斯》则通过对希腊神话的改写，表达了自己当时渴望恋爱与害怕失去自由的矛盾复杂心态。在这里，特别值得一谈的是两千多行的叙事长诗《公子和王子》。

《公子和王子》这首长诗的题材来源于民间传说，主要是歌颂为友谊而自我牺牲的精神。这是1975年春天某晚，我参加桂花大队一生产队的一个追悼会，在那里听别人讲起这个故事。故事情节比较简单，说公子和王子外出时救了一条鱼，原来这条鱼是龙王的女儿，她和王子相爱了，但是有一条蛇精也在追求她，准备在他们新婚之日和洞房之夜实施连环报复。公子不知怎么知道了这件事，而且知道杀死蛇精，有一滴血会滴到龙女的胸上，不舔掉这滴血，龙女会变成石头，舔掉这滴血，自己会变成石头。但十年后，如果杀死王子和龙女的儿子，把血滴到石像身上，石像就会复活。公子杀死蛇精，并舔掉了这滴血，但他最后说出了这个秘密。十年后，龙女不顾王子的阻拦，杀死儿子滴血石像，公子得以复活。我一直非常希望找到这个故事的本原。但是二十多年来，我却始终没能找到这个故事的来源和原本。

多年以来，每天睡觉前，我总喜欢随兴所至，读点闲书。最近读了美国哈佛大学史学教授约翰·菲斯克的《幽灵传说》(辽宁教育出版社，2004年版)。这本书透露了这个故事的一些重要信息。其中谈到，欧洲故事《忠诚的约翰》讲述约翰陪伴王子去寻找新娘，在路上约翰听到几声乌鸦的叫声，他明白有三个灾难将要降临王子身上，只有牺牲自己才能保全王子。第一是刚从海上登岸，一匹马跑来会驮着王子远走，再也见不到新娘，如果把马击毙并告诉王子原因，那他就会从脚趾到膝盖变成白石；第二是举行婚礼时要阻止王子穿新婚礼服，但如果把衣服放到火中烧毁并告诉王子理由，就将从右膝盖到胸口变成白石；

第三是婚礼大典上，新娘会突然陷入昏迷，只有从她胸口取三滴血才能使她不死，但如果这样做并告诉王子理由，这个人就会从头到脚都变成石头。约翰解救了主人王子夫妇，但他从新娘身上取血的行动却被王子误会，结果被判处绞刑。在绞刑架上，他说出真相，当国王怀着深深自责和懊悔向他表示歉意时，这位高贵的朋友却已变成了石头。书中还谈道，印度的《罗摩和罗什曼那》讲述了这样一个故事：罗什曼那跟随主人罗摩去迎接新娘，在路上听见两只猫头鹰在谈论主人和新娘将会遇到什么危险。罗什曼那首先避免了被倒塌的菩提树压得粉身碎骨的危险；然后又避开了突然飞来的箭；最后大家在一棵树下休息，罗摩夫妇睡着了，一条眼镜蛇爬向新娘，罗什曼那挥剑杀死蛇，但一滴蛇血溅在新娘的前额上，正当他舔掉这滴蛇血时，罗摩醒来了，大骂他忘恩负义。罗什曼那受到不公正的误解，悲痛至极，最后变成了石头。《公子和王子》肯定是欧洲和印度流传的这些故事的变种：它们都歌颂忠诚的友谊，都有三件事情需要解决，主人公都变成石头。在印度故事里，甚至有蛇和舔蛇血这样近似的情节内容。可见，《公子和王子》与印度故事很有亲缘关系，也许是东南亚一带的传说故事（因为有大象，结婚坐大象），也许是经过东南亚又在中国发生了某些变异。

《公子和王子》是我迄今为止创作的最长的诗歌，也是我最受好评、广得各种职业的人喜爱的一部创作，同时也是我耗时最多花费心血最多的作品。这首叙事长诗花费了我整整三年时间酝酿、创作和修改，当然也包括对故事情节的加工和修改（如删去结尾的杀子救公子，以突出伟大友谊的自我牺牲精神；增加了一些情节和枝蔓，以加强阅读的趣味性；尤其是在故事中间，让公子先行回国，形成双线叙事，提高了长诗的艺术性）。1981 年 11 月写完初稿，深感不够成熟，花了一年的时间阅读古今中外当时能找到的各种叙事诗，认真揣摩，学习艺术技巧和表达方式；1982 年 10 至 11 月修改出第二稿，依然感到还不成熟；又花了将近一年的时间去学习古今中外的各种叙事诗，尤其是加强了对中国民间各类叙事诗的学习，如《苗族史诗》、《江格尔》、《阿诗玛》等，甚至还学习了各种生动活泼的民歌，然后在 1983 年 10 月又开始写作第三稿。1983 年 10 月 22 日终于改写并誊抄完第三稿，自我感觉良好，有了创作以来第一次产生的特别幸福感，请看当天晚上的一段日记："晚，誊抄完长诗《公子和王子》。

啊，多么神圣的时刻，在放下钢笔的那一瞬！尽管经过几天的苦思精改，你已经头脑发胀，热得似乎要爆炸，可是，你的心里却有着一种多么轻松、多么喜悦、如释重负而又多么神圣、伟大、庄严的感情！一部优秀的作品（尽管它还有点稚嫩，有部分不够成熟，但它以它那写景的美妙、抒情的炽热、细腻的心理、典型的细节，证明了它的优秀之处）完成了！它（尽管也可能因作者的默默无闻而被时间的流水冲掉）将会给我带来声名和幸福！它将激动每一个读者的心！啊，我的心，心潮澎湃汹涌！我无法再待在这个小小的陋室里！我打开门，走进漫漫的夜色中！小虫，在轻轻地吟唱，夜风，在柔柔地吹来，深秋，深秋，有那么一点寒意，而我的脑里，却是那样的火热！我的心里，又是那样的充实、幸福！……”三年的时间没有白花，至今它还是我二十出头时才华的明证！

最后，需要交代一下的是，原本准备出版两本诗选，一本是抒情诗选，一本是诗剧、叙事诗选（可能还加上散文诗）。但考虑到还是把最好的作品献给读者更好，所以，只精选了一部分作品，编成这本诗选，并把湖南人文科技学院教授倪正芳博士原来写的两篇序言放在书末，作为附录。

2015 年 6 月 8 日天津华苑新城竹华里揽旭轩

附录一

心灵的蜕皮　生命的涅槃
——读《自我之确立》

倪正芳

正忙着钻研人民出版社刚刚出版的曾思艺老师近著《丘特切夫诗歌美学》，又接到先生发布的一则新消息：他的一套新的诗集已经编就，即将问世。

曾师又要出诗集了，这是一件令我们都很兴奋也很欣慰的事情。多年以来，我们虽然读过不少包括诗歌在内的曾师作品，但都是零零散散的，总觉得不够系统和完整，也感到很不过瘾。几年前，在山西师大文学院亢西民院长的热情联系下，思艺师曾推出了一套三卷本的创作与翻译诗选，第一次让我们在阅读曾诗时能产生一种大快朵颐的满足感。只是，"欲壑难填"，就我们所知，由于种种原因，曾师还有大量作品没有收进这个集子中，因而，他作为诗人的面貌还呈现得远算不上完整。我们不止一次地"怂恿"老师来一次较为集中的亮相。现在，曾师总算"顺应民意"了。

《自我之确立》主要收集的是曾老师的抒情性诗歌。翻阅、吟诵着诗稿中的作品，我的心头首先涌起的却是过去岁月的一些温馨的回忆。回想当年，在湘潭大学南山的草坡上，曾师经常带领研究生们边晒太阳边讨论俄罗斯黄金时代、白银时代的诗人们。我们知道，这些讨论对象中，丘特切夫是他的最爱，他的《丘特切夫诗歌研究》是中国第一部关于丘诗研究的专著；我们也完全理解，这部深得我国俄罗斯文学研究界前辈称许的厚重之作，不仅是他焚膏继晷、潜心研究的结晶，更是他本人作为诗人与中外前贤声气相通的结果。正如张铁夫先生在该书序言中说的，"他自己的一些诗作也颇有丘诗的风格"，所以在研究中，"他才能如此贴近丘诗，充分领略它的芬芳"，因而曾师的一些诗，其实是可以和他的研究对象的诗对读的。正因为如此，讨论课上学生们常常就带有一种比较意味，有些同学还会别有用心地将话题引向曾师自己的创作上来。这时，曾师也会中计，乘兴披露一二首旧作或新篇。我们的目的达到了，讨论课便常常在弟子们会心一笑中圆满结束。南方冬日的阳光，照在师生们身上，我们吟诵着“在春天的原野里怡然躺下 / 拥一床厚厚的太阳绒 / 让发霉的心情尘封的记忆 / 一团团缓缓舒展渐渐晾干”（《晒太阳》），欢喜而归。虽然吟诵这些诗句有些冬行春令，但那种其乐融融的情景，至今令人暖意浓浓。

我也还记得，2003 年 10 月，湖南省比较文学与世界文学学会在吉首开年会，曾师作为学会副会长兼秘书长，事务繁忙得几乎脚不沾地，以致我想跟他做一个专门的个人汇报，竟找不到时间。好在回程我们是坐同一个方向的火车，于是师生俩只好在车上促膝谈心。老师详细问询了我几年来的基本情况，鼓励我找准科研立足点予以重点突破，对我正着手写作的专著《拜伦研究》从构思到行文都提出了极有针对性的意见。湘西的青山绿水在窗外逶迤闪过，老师也顾不得去欣赏，如果放在平时，恐怕他早已是一首佳构脱口而出了。本来，曾师酷爱旅游，而旅途中浏览窗外风光，是他触发灵感、展开思考并有所发现的一个效率颇高的写作习惯。看看这些题目：《下车后》、《夜行列车》、《历史·现在·未来——车过安阳遇雪有感》、《车过洛阳，驰向西安》、《车过茫茫田野》、《车过采石怀李白》、《车过宣城有感》、《车行京广线，夜，遇雨》……都是他行万里路的收获。但翻阅诗集，我们会发现，关于如此美丽、曾师以前就留下过有关诗行的湘西，这次他却没有作品问世。学会事务缠身固然影响很大，但我的打扰，无疑也是一个重要原因。这真是一个遗憾，但也恰恰看出老师对学生的关心和期待。

天赐机缘，几年前，我又随曾师攻读博士学位，得以对曾师的创作动态仍保持着比较及时的了解。由于教学科研任务繁重，加上散文创作与文学翻译的热情空前高涨，曾师近几年诗歌创作数量是不多的（最近有“回暖”趋势，可喜可贺）。但不管是哪种类型，曾师的新作我常常是第一批读者。更要紧的是，结合自己的观察和老师的言论，加上与课堂上研习专题的互相阐发，在欣赏作品的同时，对老师的思想与艺术特征也了解得较为全面了；耳濡目染中，自己的科学研究方法、艺术领悟能力也得到了较好的训练和一定提升。拜类似各有利条件之赐，近几年里我费了九牛二虎之力，竟然也鼓捣出了一些称为科研成果的东西，并确保了职称评聘和学位攻读等“历史使命”的顺利完成。学生的成长居然通过一部诗集的阅读得到情景再现，至少作为当事人的我是觉得奇特而美妙的。

也许读者此刻会指出，当文本进入读者阅读环节而真正实现它作为文学作品的价值时，我们是不能满足于关注它与作者所属的小圈子的关系和意义的。诚哉斯言。那么，从普通读者的视角出发，欣赏曾诗会有什么样的印象呢？

这一回，诗人把自己抒情性作品分为七辑，基本上是按诗歌所涉的主题来分类的。而且，无论是以哲理见长的《一线天》，还是以情思为主的《雪花，欢欢喜喜地……》，还是以反映现代人与自我（《下雪的日子》）、与社会（《无奈》）、与他人（《这一个夜晚》及《月夜停电》）、与自然（《白蛇传》）等关系的专题，我们看到最多的便是诗作中流露出的一种渺小个体的孤独，对现实所谓文明世界的审慎，对自然万物命运的悲悯。比如，诗人把“圣洁”的梨花比作一种“凄美”，象征着自然界美好的事物却总是那么短暂或易于残缺（《梨花》）；他为同属造物主作品之一、曾是“辉煌图腾”而今却成为贪婪者杯中补品和桌上佳肴的蛇类呼唤生存的权利（《蛇》）；他把深陷困境寻求解脱的现代人比作“突围的池中鱼”（《突围的池中鱼——致困境中求解脱的现代人》）；他感叹宇宙时空的浩瀚，迷茫于人生的神秘（《月夜》）；未到而立的主人公，却因为失去了“五彩缤纷的童年”而“孤独地徘徊又彷徨”，因为“在汽车与机器的远远喧嚣声中 / 梅花的清香也早已刺鼻成各种腥臭”（《下雪的日子》）；给人带来巨大便利的现代交通工具被诗人比作能“粉碎了人的神话人的自信”的“死亡追踪”（《下车后》）……面对众人趋之若鹜的后现代社会，诗人犹如一个持不同政见者，展开了如他所欣赏的诗人叶赛宁般的冷静观照和反向追问；又像一个优雅的贵族面对不可逆转的资产阶级时代的步步紧逼黯然而无奈。曾诗这忧郁而怅惘的调子曾经是一种时髦，但时到如今则需要写作者耐得住冷清和寂寞才行，因此本已萎缩到不比一个洗脸盆大多少的“诗坛”上还有多少“诗人”像他这样一路坚守，就很难说了。

阅读曾诗，就像观赏有着淡定情趣和高迈寄托的知识阶级的“理想之树上闪耀的雨滴”（顾城语），光影氤氲，轻盈轻逸，新鲜新奇。诗人由此出发，即使谴责便也是温和的，哪怕赞美便也是舒缓的。正由于如此，当“下半身”写作、肉体诗学等新锐诗学主张汹涌而至此起彼伏大出风头时，“道不同不相为谋”的诗人曾思艺便以保持以往的身姿为应对之策，宁愿在自己的路上彳亍独行。如今，我们还发现，串联在他诗歌中的主题词与“人文关怀”、“社会和谐”之类当下中国最宏大语境有着惊人的一致。这显然不是历史循环的宿命，亦非雨点滴到香头上的巧合，我们还是只能将其归功于纯粹诗人的敏感和忠诚。

一般而言，曾诗不着意于正面表现时尚的主题和追求宏大的叙事，他的诗作中那些永恒的、多彩的、鲜明的、活跃的、律动的意象，始终为的是高扬万物平等的理念，表达对和谐世界的企望，对淳朴纯真生活的向往。于是，我们看到诗人穿行在乡间简陋而朴实的生活场景中，他是那么习惯于“农家烟火味儿”，虽然“有那么点呛人，有那么点苦涩”，但更强烈的感觉则是从中尝到了“甜的香味儿，香的甜味儿”(《农家烟火味儿》)。于是，飞瀑流泉、花开花落、白鹭翩飞、鳜鱼溯江，都由诗人赋予了意境和灵感，有了鲜活的生命感知，让人产生一种亲近并对话的冲动(《泉水》、《鳜鱼》)。尽管诗人的追求、修养与气质决定了曾先生永远不会知足常乐，因而也不会成为一个乐观主义者，但此时的他也会童心烂漫，也会暂且将焦虑和忧伤放在一旁，在品味着生命的各种形态——太阳，尘埃，海洋，花瓣及其上面的一颗颗露珠——中放松自己。不然，他怎能从几乎素描般的图画中聆听到“身体、水和水草谱写的一曲欢快的自然之歌”(《天趣——齐白石的〈虾〉》)呢?

基于此，当我们读到《端午节》、《蛇的神话——致诗友们》这样的诗时，就会感到一方面这般高调和坚硬的诗不是曾诗的常态，另一方面却与诗人的内在精神有着逻辑上的一致性。“端午节”本来已成为我们民族一个宏大的文化象征符号，是一个所谓的“大词”，但毋庸置疑，它的庄严的文化象征意味在今日之中国已被“文化搭台，经济唱戏”的自上而下的庸俗化掘金运动折腾得面目全非了。这首诗以一个正在失去它的传统精神内涵的节日为切口，独具视角地推许它为“男子汉的节日”。但我们被唤醒的回忆告诉我们那个使“端午节”得以命名的古人恰恰是个“诗人”。在某种意义上，“男子汉 / 诗人”是一组二元对立的概念，但曾思艺先生为它们找到了一个结合点——“男子汉常常写诗”。这里，“男子汉”也意味着精神上的硬汉，而诗人最没有疑问的特征便是精神上的亿万富翁。经过作者的发掘，“精神上的硬汉”水到渠成地成为两个概念的最大公约数。男子汉书写着历史的诗篇，气节与大爱使男子汉轰轰烈烈地生，轰轰烈烈地死，端午节由此成为一个轰轰烈烈的节日！作者在此诗中运用了不少硬词、大词、传统意象和凝固的象征体，是民族意味最为显著和精神风骨最为硬朗的一首诗。我们不知道是特殊的年度诱使诗人一度偏离了自己平素非常坚定的航线，还是诗人有意在这个具有历史转折意味的时刻留下一个意味深长的标记，但至少有一点可以肯定：当是时也，正在发生的历史给诗人的冲击无疑是强烈的。

《蛇的神话——致诗友们》是一首自白式的诗歌，诗人以蛇自喻，言辞壮烈，颇为惊人。蛇的意象中外均由来已久且意味复杂，但在这里，诗人显然采用的是西方寓意，这也与《端午节》的传统意象构成有趣的对比。实际上，这首诗贯穿着自“创世记”以来与“蛇”相关的意象如智慧果、伊甸园、天堂、天使、图腾等，以此诗人用不可思议的甚至有些扭曲的描述（如“燃烧的花朵”、“时间／空间／交叉又重叠”）表白自己探索和渴望辉煌、叛逆和超越平庸的诗心，其决绝勇敢，实在不让撒旦。他不满足于似乎“一切都有的伊甸园”（实则一切没有），他洞悉“红艳灼人的智慧果”的引诱（毋宁是一种神创世考虑欠周或干脆就是神造的陷阱，不过是由蛇背负了这个遭万世唾骂的恶名，因而它是代上帝受过），但是天堂也会易主，与蛇同质的诗人将建立一个崭新的天堂，它与旧世界迥异，供奉的是蛇、我合一的崭新图腾。这首诗的倾向如诗歌的行文一样有某种矛盾性，但诗人渴望蜕变、涅槃的愿望，此前的困顿、迷惑、茫然、失意，对自己所倾力追求的事业的决心与信心，跃然纸上。

值得指出的是，曾老师的近作似乎也有些尖锐化迹象，写景咏物的如《风和树》、《驯虎绝技三招》之类便是如此，至于《被高速》等则已经是直接对当下社会现实发飙了（什么时候开始，我们发现自己过着“被”式生活，“被代表”、“被自杀”……据说“被”字因此成为2009年年度汉字的候选字之一）。这是否预示着先生的某种“中年变法”，还有待观察，笔者也提请诸君拭目以待。

曾诗中值得重点欣赏但有待合适的人选来担当导读重任的还有他的爱情诗。诗人将若干这样的诗编入“这一个夜晚”一辑中。我们不便将艺术的书写与生活的细节一一对应和试图坐实，但这些诗已大致体现出抒情主人公热爱生活、情感丰富、气质浪漫的特征。曾先生的爱情诗柔美、细腻，温暖而蕴藉，有生活的情趣而嗅不到一丁点的世俗气。比如《雾》无疑是由雾及雾中景联想到了初恋的感觉。树儿与淡雾，大概只有诗人才会构筑如此别致的比附吧，那种朦胧的情意，那种无间的缠绵，让人恍然回到昨日微醺的甜蜜回忆里。《月夜》的诗句甜美得有些腻人，但记忆中爱人的笑容就是这样“比加糖的牛奶 / 还香还甜”的。当然感情也多歧路，《有感》便是由此而生发的：“爱你那么真……爱你那么美……”相对而言，此诗风格显得“另类”，有点像当年某首脍炙人口的一唱三叹、胸臆直抒、令人击节相和的流行歌曲。但这也不坏，当格式、旋律、节奏及其情感内容与“大众化”趋于对接时，有心人完全可以在略作技术处理后将其谱写成一首优美的“伤心情歌”，以聊备消费时代写作风尚之一格。

而且，我们相信在作品集中亮相的爱情诗绝不是曾先生此类创作的全部，虽然相对于第一套诗歌集中的爱情专辑“桃花”的不到30首相比，“这一个夜晚”已经猛增到了70余首，但这不过更印证了我们关于曾师爱情诗还大有发掘潜力的估计。我在阅读的时候甚至坏坏地猜想，才仅仅过了几年呢，曾师予以“解禁”的爱情诗就翻了一番多，那么等他到了出全集的时候，“这一个”、“那一个”的夜晚将会是超多巨多的啊！我还从这部分作品中深深感到，恋爱着是美丽的，被爱着是美丽的；诗人恋爱着是幸福的，因为他可以额外借助缪斯的一臂之力；被诗人恋爱着想必更是幸福的，因为伴随着厄洛斯金箭破空而来的居然不是凌厉的呼啸而是诗神那温柔的吟唱。

新时期中国的诗作者们普遍对美国理论家考利的一句俏皮话“心有戚戚焉”，“诗人被创新的狗追得连撒尿的时间都没有”。如果我们将“创新”仅仅理解为“形式（包括语言）”的变革甚至标新立异，或许过于促狭，但无论如何，诗人可以傲视权贵、金钱乃至一切，唯独从来不敢对形式心存怠慢，他们向来对诗歌形式都怀有一种普遍的焦虑和全力以赴的革新意识。一位基本与曾思艺先生同时代的诗人说过：“语言就像钞票一样，在流通的过程中已被使用得又脏又旧。”那么作为语言发展的先锋，诗歌在语言与其他形式方面有一些变化，在语法等方面率先对既定规范强行突围似乎也是可以理解的。曾诗无疑也做出了自己的“创新”努力。

无论是接触曾先生本人，还是仅仅读到他的诗歌，我们首先都会感到他那种作为优秀诗人必不可少的敏感性。比如说，他喜用色彩感强烈的词汇，他还喜欢借助色彩娴熟地制造大量通感效果。诸如“青紫的思绪”、“紫黑的静水”、

“碧绿的忧伤”、“绯红的叫喊”、“绿油油的歌声”、“苍白的想象”、“黑沉沉的成年”等，匪夷所思而振聋发聩，每每令读者的思维瞬间短路然后再豁然畅通。他不好用常规的动词而喜以词性活用的形容词、名词代之，如“疯长的高楼大厦狭窄了空间”（《世界：我和你》）、“春天诗意着明媚的风流 / 崔护随手拈起一枝 / 就摇曳成一位少女刻骨的梦”（《桃花》）之类。他在表达自己的强烈感情时也不依靠感叹号、省略号、问号和特定句型——或许他认为那实在是一种表情上的惰性体现——而是词语搭配或上下呼应时采用矛盾修饰法，造成对比和参差感。如“清醒又迷惘自信又疑惑 / 放纵感官享乐又追求精神天堂 / 人字大写又诚惶诚恐于上帝的偶像”（《蒙娜丽莎》），“那蔚蓝单调得神秘神秘如未来的梦 / 那深渊恐怖得安全安全如母亲的子宫”（《沉入蔚蓝——观杨丽萍同名舞蹈有感》），工业文明“城市了大自然”，霓虹灯“苍白了太阳的金黄月亮的皎洁”（《无奈》），由之，“在这拥挤的空虚里 / 你不禁有了喧嚣的寂寞”，“人与人近得比什么都远”（《自言自语》）。这让我们想起了曾先生心爱的诗人丘特切夫，还有那位他同样欣赏有加的英国诗人莎士比亚——此时我不由得翻开刚刚放到一边的《丘特切夫诗歌美学》，可不，词语的创造性组合与通感手法的天才运用正是丘特切夫为曾先生特别瞩目的诗歌语言艺术成就啊；而莎士比亚的矛盾修饰法就更是每一个稍有莎剧常识的读者都知道的突出特色了。

曾诗意象林立，含蓄凝练，这也是让人诵读时产生唯美感觉的重要原因。但曾诗中的意象不流于那种怪诞琐碎的、易为人们诟病的一般年轻诗人所易犯的神经兮兮的幻觉或臆想，他的意象来自理性过滤后的观察和提炼，来自对中西文化的广泛摄取和精心改造。这又使曾诗有浓浓的文化气息尤其是异质文化的重重背景。他的一些咏物诗如《兰草》、《菊花》、《鳜鱼》本身就是取材自经典的传统文化意象。中国文化气息的无处不在对一个素有家学又出身科班的诗人来说似乎不值得大惊小怪；而尤为引人瞩目的是，西方文化特别是俄罗斯文化在曾诗中更是履痕处处。他这种异质化的特色被有的诗评家论为“俄罗斯文学的遥远的回响”，这在很大程度上是一个不言而喻的合理判断，不过这实际上还远远不足以概括曾诗异质文化特色的全部。一幅西方名画（《星月夜——观凡·高同名画作有感》），一尊雕像（《历史》），一段西方舞蹈（《天鹅之死——观同名芭蕾舞有感》），都可以激起诗人的感怀和诗兴；西方的典故、西哲的名言、西方文学作品中的形象，更是屡屡化用为诗人贴切精当的意象。从中西两大文化传统中采撷构筑的两大意象群，精练、深刻、厚实。意象化的思维，表明了诗人对诗歌本体的纯粹性的追求，更营造出曾诗朦胧蕴藉的审美品格，散发出酽酽的贵族化味道。

在现代性诗歌创作中，视角成了绝非可有可无的东西。在某些具有先锋性的创作探索中，我们甚至可以略微夸张地说视角决定成败。曾思艺先生在一些诗中就尝试过如何以多维视角来丰富情感向度、表现生存处境的问题。在这种场合，他将习惯于表现内倾的“我”与足以消弭距离产生亲近的对称“你”以及作为外在观照者身份的“他”交错运用，凸现同一主体不同的人格层面和由此产生的内心失衡，表现和思考现代社会主体间的矛盾、人与外物的冲突等哲学层面的问题。《自我之确立——心灵成长史》就是曾先生这样一首重要诗作。

在这首诗中，“我”为主体，“你”是“我”的投射或产生了某种异质的“我”，“他”是“我”的静观或思考者。诗人借此构成三个层次（诗歌形式的和精神发育的），剖白自我心灵成长历程。第一层：人生之初，自我意识尚未“确立”，物我不分，实际上就是一种无意识无中心状态；慢慢地，“我”的概念确立，“我”成了世界的中心，成了观察世界的原点。第二层：“我”很快明白，“我”不是唯一，也不是中心，世界并非为“我”一人而存在，相反“我”是一个偶然性的存在，“自己只是一片落叶 / 翻飞在东南西北风里”。于是本层换用失去中心感的“他”来描述“我”的思想。正因为“我”丧失了优越感，唯我独尊感，发现广宇之下还有芸芸众生（即无数客体的“他”），世界顿时失去了亲密性，于是“太阳 / 一个黄黄的大疖子”，而月亮不过是个“银晃晃的亮疤”。第三层：一个渐趋成熟和独立的“你”成为“我”的表达者。自我的意识力量是强悍的。“你”与世界的关系是和谐还是对立，最终取决于“你”的立场。“你”的立场决定“你”与世界的关系、与环境的关系、与作为原“我”之参照物和观照者“他”的关系，还决定了“你”作为“我”的镜像的品质。“你”不必因为失去了“中心”优越感而自卑，“你”还可以昂立于天地间，做一个堂堂正正的“你”。至此，一个精神的觉悟者完成了自我认识、自我塑形、自我教育、自我救赎。当“我”以不卑不亢自立自强的姿势站立起来，整个世界再次为之海阔天空，焕然一新！连太阳也以一种“全新的光线 / 呐喊着在东方出现”！

这首诗可以视为诗人从无意识阶段到心智开始成熟的一段心灵的成长发育史。当然远非完整，也未必完全适合于照此套读诗人现在的人生观、世界观。然而，需要强调的是，我们这里解读此诗的目的是重点探讨诗人在这首诗中的视角设计及其成熟效果在当时中国诗界的独一无二性。当纯以第二人称“你”行文就已足够让习惯于传统作品的第三人称叙事的中国读者在新鲜之余而感到阅读的别扭、审美的劳累时，让所有人称指代词在一首高度抽象的短诗中交叉换位充当进行哲学层面思考的先行词、关键词，准备不足的人读之势必产生缺氧和休克般的反应。

再如《世界：我和你》是又一首人称视角游移不定的诗。所不同的是这里已不再纠缠于个人的精神成长史，而是从大我角度，以“我”代“人”（人类）进行观察和思考。这是一首典型的现代主义忧思录。人与自然的对立，人与人的龃龉，人自身的扭曲变异，都是困扰工业、后工业文明时代人们多时的话题了。诗人这里不仅混用中国传统的及西方现代的文化哲理意象来表达这种隔膜、对立，更用象征着群和类的“我”、“你”、“他”及“它”（其中尤其是“他”更含“地狱”、“对立”之意）体现诗人对存在的本质和意义及生存困境的思考，对完整健康人格重建的渴望（“超我与本我和洽成 / 海上漂流的一座浑然冰山”），对人与人之间亲密关系回归的召唤（“放逐冷漠无情的‘它’/ 用友爱织一张保护地球的金网 / 世界只有：我和你 / 互爱互助血肉一体”），对梭罗式返璞归真的田园生活的留恋（“皈依自然调谐独立弥合分裂 / 像梭罗简朴快乐地生活于瓦尔登”）。笔者觉得，单从关注层面看，本诗比《自我之确立——心灵成长史》更深广。而总的说，曾先生的这种探索形式颇有些巴赫金的“对话”意味。当然，由于这种“对话”意味多体现在为数众多的抒情诗中，而或许是由于抒情性诗歌体制的根本约束，相对于建立在叙事性作品基础上的“大型对话”，这里所展开的只能“主要涉及主人公与不同声音之间的对话，包括主人公与自我的对话，即内心对话；主人公与他者的对话；主人公与环境的对话”（肖锋：《巴赫金“微型对话”和“大型对话”》，《俄罗斯文艺》2002 年第 5 期），因而堪称“微型对话”。

需要用理性思维的学者曾思艺能够写出文质兼备、既有哲理的思考更具感性唯美特征的抒情作品，这确实让人叹服，但我们也不感到奇怪。古往今来，真正的诗人总是乐意与思想携手，优秀的诗人总是用理性、思想和精神而不是靠五花八门的格式、全无巴鼻的意象、堆积如山的辞藻和铺张泛滥的情感来厚实自己作品的底蕴、构筑作品的风骨、提升作品的深刻性。据说席勒曾苦恼于“在该搞哲学时，诗人催促着我；在要写诗时，哲学的精神又使我忙得不亦乐乎”，但我们相信，席勒的苦恼，恐怕不是常人那种形象思维与抽象思维贫乏状态下左支右绌的尴尬，而不过是两种思维的灵感竞相潮涌时何去何从的为难。就曾思艺先生而言，他的诗歌创作几乎与学术操练同时展开，而且值得一提的是，他的大学、硕士和博士阶段都师从国内一流的俄罗斯文学专家，而诗歌起步的扶持者中还有昔日的“七月派”诗人彭燕郊这样的大师级人物，因此我们就不难理解，为何逻辑的和形象的、理性的和感性的思维与话语在他看来，可以像键盘上的几种输入法一样切换自如；民族特色与异域格调、传统韵味与现代哲思能够在同一文本中交相辉映。像很多创作与研究相得益彰的前贤和同辈一样，曾思艺先生也可以在需要的时候，将这个性风格鲜明、质地构成迥异的话语系统轮番启动，通过将民族的和传统的话语与西方“互文”，达成传统诗学和西方诗学精神观念及话语技术的合璧。我们由此猜想，曾先生的人生一定是非常惬意的，因为能在两个不同的文本系统和语境中得心应手地滑行着，这也是一种自由王国里的最优化生态了吧，臻此境界，夫复何求？

曾思艺先生有多首直接以“诗”为题的作品，其中一首这样表白：“当芸芸众生／越来越怡然自得地／蛆虫于／滚滚黄流／诗／只能很贵族地／蓝丽／仰视的目光。”走在专属于自己的诗歌创作道路上的尊严感与使命感、骄傲感和优越感，跃然纸上。而另一首（“天地交汇物我融合”）则曾被曾师选作此前的三卷本诗集的“代序”，多位论者也注意到它的“夫子自道”般的自况意味。其中所说的“面对死亡幽深的黑洞／高扬诗意的无中生有”是诗人树立的人生奋斗目标，而经由平淡乃至困惑最终走向绚烂和辉煌，也确是有志者事业发展的一般逻辑，曾先生的经历及今天的成就已经在印证着他的信念。他以对自己创作信念的坚守和一以贯之的敏锐，超越着当今以纪年命名诗歌潮流的陋习。如此孤高傲俗，确乎是一种疏离主旋律、自甘边缘化的贵族化情调的表现。但当一个作者从不根据市场行情或报刊脸色制订自己的写作日程时，绝对自主的意志便使他作品的内在延续性和自我言说性获得了保证。这是一种可贵的职业操守和“诗歌道德”。在跟风扎堆盛行游戏炒作当道的当代语境中，如果诗歌创作也有什么制高点的话，这便算是一个吧。

最后还要唠叨一句。本来，老师出书，居然由学生写序，似乎有违“伦常”。朱子教训道：“伦常乖舛，立见消亡。”可见“伦常”这件事很严肃、违背者后果很严重。所以每次曾师推出新作，作为学生的我除了认真学习、深刻领会外，也从未有过其他思想准备。不料这一次，老师大概想玩点让人眼前一“黑”的招数了，嘱我完成这一通常由德高望重者才能算实至名归的任务。诗人毕竟是诗人，没有什么常规不能突破的！于是做学生的也麻起胆子，抖擞精神，如实写下以上读后感以示坚决配合老师这一革命性举措。只是仍觉不敢当序，不妨勉强以此“代序”，不知老师惠允否？

附录二

耕耘在交叉小径的中国新诗园

——曾思艺教授叙事诗、诗剧初论

倪正芳

前面已经谨遵师命，不知天高地厚地为曾先生的抒情诗集《自我之确立》作了一通天马行空的放肆议论。现在，索性再写点关于《鹅卵石》的感想吧。

这是一部叙事诗和诗剧的集成。笔者孤陋寡闻，类似成果在中国新诗人当中似乎并不多见。如果确实这样，那么不知是否与我国历来抒情诗高度成熟而包括叙事诗和诗剧在内的其他诗类欠发达导致我国诗歌创作者也对此缺乏足够的兴趣有关？

相反，西方文学中这两类诗歌都是有悠久而丰厚传统的。比如，作为欧洲文学之书面源头的荷马史诗就是叙事性的，但丁的《神曲》、拜伦的《唐璜》、普希金的《叶甫盖尼·奥涅金》等都可以说是叙事性诗歌中的长篇巨制，它们为叙事文学和诗歌艺术的发展做出了各自不朽的贡献，被列入西方文学的经典宝库。而我国古代的叙事诗，每每提及，好像必举且只能举出一首1700多字（含标题）的《孔雀东南飞》，现代虽有《王贵与李香香》之类官方认定的“经典”，但很难说形成了什么“气候”和“传统”。倒是新中国成立以来也整理出了少数民族的一些超长篇幅的史诗如《格萨尔》等，但毋庸置疑它们对中国文学（特别是汉语文学）的整体影响是微弱的。

就诗剧而言（西方戏剧创作及其理论批评的实际情况表明，“剧诗”与“诗剧”一般是通用的；多数中国学者也将“诗剧”与“剧诗”混用，如李强在《中外剧诗比较通论》中说：“‘剧诗’，或称‘戏剧体诗歌’，或称‘诗歌体戏剧’……”），我们知道，在西方，从古希腊悲剧开始，诗歌体戏剧历来就是文学领域高雅的、正宗的形式，埃斯库罗斯、莎士比亚、弥尔顿、歌德、拜伦等人就都创作出了传世的诗剧经典；而相比之下，直至古典主义时期，莫里哀的散文体喜剧也还被视为不登大雅之堂的粗俗之作。在我国的某些历史时期，古典戏曲（类似诗剧）堪称发达，现代文学时期的郭沫若等人在诗剧创作上也确曾取得不俗成绩（学者们认为中国真正意义上的诗剧也只是从新文学时期才出现的），但当代文学在诗剧领域的尝试却不多，获得成功且发生文学史意义的作家作品就更少了，大概海子在20世纪80年代后期的系列长诗《太阳·七部书》中的一部分算是体例纯粹、成就较高的代表吧。

因此，对中国当代文坛来说，在这片相对比较薄弱贫瘠的土壤里，如果突然发现拱出了一小块来势喜人的庄稼，那该令人何等的欢喜！此刻，我们读过了曾思艺先生绚丽多彩的抒情诗再读他的这组题材丰富、形式多样的诗剧和叙事诗，相信读者诸君的感觉便有类于此了。已有论者对本诗集中相当部分作品的艺术思想价值作出过自己的理解并给予了应有的精彩评价，更多的高见还有待方家进一步提出，笔者在这里只是以一个先睹为快的读者身份，提出自己的粗浅感想。笔者认为，从宏观上看这部诗集，至少有三个特点是比较重要和突出的，也是我们不得不注意到的。

首先是叙事性与抒情性的完美结合。抒情性（或曰“诗情”）在本诗集中的存在我们可以强烈感受到，而其存在的必要性也是完全无需置疑的，因为它是“诗的素质”——谢冕先生在谈到叙事诗（包括诗剧）时是这样说的：“尽管那些诗中都有故事，但是作为诗的素质都不在那些表面化的故事本身，而在故事背后的浓厚的诗情。”（《论诗》，青海人民出版社，1985年，第2–3页）如果说抒情性是诗人及其作品与生俱来的基本天性，那么在这组长诗里，叙事性的存在丰富了诗歌的表现力，改善了诗歌的生态属性。我们已经看到，在曾先生的抒情诗里，情感是丰富的、充沛的；但由于制式的限制，抒情诗在叙事上却难以尽兴（也不是它们的基本使命）。相对而言，长诗的容量和体制给了诗人叙事才华尽情发挥的空间，它因此显露出比抒情短诗更大更强的表现力。实际上，在《鹅卵石》中几乎每首诗都有一个故事内核，诗人借此可以相对从容地叙事并表达某种思想意图或情感倾向。甚至连《WJR》这样的诗剧片段，尽管情节未能展开，全篇基本就是一男一女两个大学生的讨论和对话，但其氛围和内容也都是符合那个时代青年大学生的特点的：充满希望、怀揣梦想，如饥似渴地吸取知识的营养，发自内心地关注社会现实，一心只想着把失去的时间夺回来，以早日成才、报效祖国，因而他们确实容易宏论滔滔、“大话”连篇，连日常生活中的交流（包括悄悄话）也涂满了理想的色彩和烙上了时代的印记，没有人怀疑那个时期一代青年的真诚与激情；而且，这个片段依然不乏对人物、情节、环境等叙事因素的安排和设计，相信读者也能看出其中还蕴含着大有发挥空间的情节线索。

再拿已经在朋友中广为流传的叙事长诗《公子和王子》来说，它就是通过公子与王子的生死抉择和情感考验，歌颂神圣美好而能创造奇迹的友谊，反衬了邪恶、贪婪、仇恨的丑恶（这其实也正是表达着作者本人对伟大友情的无比欣赏和深情呼唤）。王子和公子的出走游历、冒险与除害、循环往复的救美、遇险与最后的相聚……整个叙事核心围绕“在路上”展开。优雅的人物，忠诚的友谊，漂亮的龙女，幸福的爱情，美不胜收的故事场景，流线型的情节发展，读来令人心旷神怡。笔者觉得这首诗的问世，毋宁更像一个象征，通过它，诗人向人们表明了自己在叙事审美上有过的成功追求。遗憾的是，这首写于诗人大学阶段的叙事长诗，在他的作品序列中迄无同类继之者。

《绪任克斯》堪称曾氏版的“牧笛传说”。潘神虽鲁莽但有可爱的执着，相对于牧神、树神的知难而退，他更能体现出对“爱”的一往情深与一往无前；绪任克斯的“自由”精神虽令人尊敬但也稍嫌偏激，他们的逃避与追逐，成就了一枝歌唱爱与自由的神奇牧笛。

表现母爱、讴歌母爱是曾诗中的一个重要主题，在曾先生叙事长诗里同样表现得较为集中，与抒情短诗相比不同的则是它们主要通过带有一定故事情节的叙述推动的。比如《选择》叙述的是在两个落水女童面前，母亲为救出恩人后代，最后和自己女儿都被深塘吞没的惨痛故事。这个故事通过历史事件与现实场景的对比，揭示母亲极为矛盾的内心世界，但母亲的知恩图报心理使她最终扑向了远离女儿的另一个落水者。诗歌并没有多少直接的关于母爱的颂扬，却在叙述的字里行间营造出一股强烈的悲壮气息，洋溢着对崇高母爱的无比敬意。

《爱的故事》也是一个两难选择的故事，不同的是这次王子对爱情的无原则屈从使他可耻地选择了牺牲母亲，而母亲的自我牺牲也是一次足令爱情的傀儡们羞愧到无地自容的选择。这里面同样有激烈的情感冲突与对比，自私蛮横的公主，软弱可气的王子，大爱无边的母亲。而当王子捧着母亲的心去公主那儿邀宠不慎摔跤时，母亲的心居然还发出“摔疼了吗，我的孩子？”的关切问询，更是以此将母爱上升到一个令人震颤的境界。

其次是本诗集洋溢着浓郁的民间文学色彩。这又极为突出地表现在如下两个方面：

一方面是很多作品极富童话气息。《花的来历》、《蝴蝶的产生》固然是已经贴上标签的童话，其他一些如《孩子和母亲》、《传说的产生》等同样具有童话的特质。比如《孩子和母亲》虽然是诗剧的形式，却主要是以母子一场简单的对白，流露出诗人对童心童趣的欣赏，对儿童天真烂漫的想象力的赞叹；同时我们也能感受到，生活重压下的现实与天真烂漫的儿童世界也有偌大的反差甚至对立——我们放心地看到：即便在这样的童话类作品中，诗人也保持住了独立创作的气节，避免了落入肤浅的尾巴光明的“浪漫诗”窠臼。

《鹅卵石》同样被赋予诗剧形式，而且堪称这组长诗中艺术性最为成熟、结构最为完整、叙述最为从容的一部，但它同样具有童话的品格。尤其是诗中在表现青石的变化（或变节）时，运用了高度的象征手法，赋予此诗和此形象以“横看成岭侧成峰”式的多重寓意。当然，从青石到鹅卵石的蜕变，我们很难说这是一个悲剧还是喜剧。按传统的眼光，青石的变化诚然显得世俗气十足，油滑味很重，因为它随波逐流了，无棱无角了。但换一种眼光，我们不得不承认这也是一种生存的哲学、和谐的哲学；而且与其危岩耸立让人提心吊胆，或作为暗礁匍匐溪底构成隐患，何如化身鹅卵石，让溪水清澈，让河道平缓，让潺潺流水诗意地前行呢。需要说明的是，我的这种解读未必与创作者的原意完全相符，由“固执”、“愚蠢”的青石变身为对一切都能“左右逢源，应付自如”的鹅卵石，作者的批判意味是明显无疑的。

本诗集民间文学色彩的另一方面体现是，从题材上看许多作品都具有显著的民间故事背景或渊源。如《绪任克斯》、《贝克》、《彼格玛利翁》等多是取材于大家耳熟能详的外国神话传说，《爱的故事》等则以中国民间故事为蓝本，《鲜花与棺材》甚至是取材于中国民间的一个笑话。而从艺术效果看，一些长诗还有轻微的喜剧意味，这也是民间文学常见的特征。如《贝克》中贝克化身牧牛引诱公主的情节、《鲜花与棺材》中小伙子的自作多情与棺材店姑娘的“务实”眼光、《波月洞发现的前后》中游客的十足兴味与本地人的安之若素等。

曾师早年还有过“从城里到乡下”的经历，因而一些作品如《传说的产生》等其实就有诗人自己幼年农村生活的背景。曾师曾提到，当年他在农村的荒野孤身一人走夜路，就遇到过难以解释的怪物。他清楚正是这些奇遇，在当时的农村环境和认知水平下，往往成为“传说的产生”的素材。在人性善良淳朴、科技知识不够普及但想象力无比丰富的农村，一个其实很寻常的小事件可以发酵成令人膜拜的神话。神秘性、美丽感也由此产生，某种隐喻也由此生成并最终可能进入庙堂文学的话语体系。

第三个特点，就是笔者深深感到，较之抒情诗创作，曾先生的长诗还鲜明地体现了他作为一个学者型诗人所特有的学术背景与写作个性。可以说，他的创作是建立在古今中外广泛的文学阅读和比较研究的基础上的；而最为难能可贵的是，由于这种创作习惯，即便文本创作出来之后，有关的思考和追问还经常在延续。诗人这种独特而良好的创作习惯一方面指导着读者的阅读，更重要的是使得其作品永远处在趋向完美的未完成状态，也就是我们常说的永远没有最好，只有更好。

如果我们了解了《公子和王子》及其创作的前前后后，便能最清楚地体会这一特色。

据曾老师介绍，他在少年时代，就从乡下听到这样一个“公子与王子”的民间故事。它说的是公子和王子外出，救了一条鱼——原来她是龙王的女儿。龙女后来准备嫁给王子，公子偶然得知蛇精垂涎龙女，准备在新婚那天采取三个行动，于是破解了蛇精的三个行动，并且在快变成石头前说出了秘密。十年后，王子杀死儿子，让公子复活。曾老师告诉我们，受这个略显简单和粗糙的故事深深地吸引，他决心把它创作成一部长篇叙事体诗歌。为此，他花了整整三年，修改了若干次。其间，他做了不少的理论准备，读了不少古今中外的叙事诗。在创作时，他还将一条简单的情节线索进行了深加工，如增加了王子拒绝龙女的邀请、龙女被擒、公子救出、杀蛇等一些情节，目的是让故事更复杂，并且在整个作品中间形成双线发展。另外，作者还将故事的结尾公子说出秘密的情节删去，以突出伟大友谊的自我牺牲精神。

曾先生说，遗憾的是，诗歌虽然写出来了，并于山西音像出版社的诗歌集中刊出（前已说过，该诗出版前就已经广受好评），但由于一直没有找到这个故事的文字上的原本（他认为是应该有的），因而心里一直耿耿于怀。功夫不负有心人。前不久，他在读美国学者写的《幽灵传说》这本书中，有了惊喜的发现。书中介绍，在一个源自欧洲的故事《忠诚的约翰》中有这样的情节：约翰陪伴王子去寻找新娘，在路上约翰听到几声乌鸦的叫声，他明白有三个灾难将要降临王子身上，只有牺牲自己才能保全王子。第一是刚从海上登岸，一匹马跑来会驮着王子远走，再也见不到新娘，如果把马击毙并告诉王子原因，那他就会从脚趾到膝盖变成白石；第二是举行婚礼时要阻止王子穿新婚礼服，但如果把衣服放到火中烧毁并告诉王子理由，就将从右膝盖到胸口变成白石；第三是婚礼大典上，新娘会突然陷入昏迷，只有从她胸口取三滴血才能使她不死，但如果这样做并告诉王子理由，这个人就会从头到脚都变成石头。约翰后来正是这样解救了主人王子夫妇，但他从新娘身上取血的行动却被王子误会，结果被判处绞刑。在绞刑架上，他说出了真相。当国王怀着深深自责和懊悔向他表示歉意时，这位高贵的朋友却已变成了石头。

曾老师介绍，《幽灵传说》还提到一个印度故事《罗摩和罗什曼那》，其情节和细节描写也表现出与“公子与王子”故事一定程度的关联性。该故事讲述罗什曼那跟随主人罗摩去迎接新娘，在路上听见两只猫头鹰在谈论主人和新娘将会遇到什么危险。罗什曼那首先避免了被倒塌的菩提树压得粉身碎骨的危险；然后又避开了突然飞来的箭；最后大家在一棵树下休息，罗摩夫妇睡着了，一条眼镜蛇爬向新娘，罗什曼那挥剑杀死蛇，但一滴蛇血掉在新娘的前额上。正当忠诚的罗什曼那舔掉这滴蛇血时，罗摩醒来了，大骂他忘恩负义。罗什曼那受到不公正的误解，悲痛至极，最后变成了石头。

基于以上了解，曾老师通过比较、鉴别，认为《公子和王子》很有可能就是欧洲和印度流传的这些故事的变种：它们都歌颂忠诚的友谊，都有三件事情需要解决，主人公都变成石头。特别是在印度故事里，甚至还有蛇和舔蛇血这样近似的情节内容；东南亚一带，大象也是人们生活中的重要伙伴和民间故事中的重要角色（当然包括结婚坐大象的场景）。可见，民间流传的“公子和王子”应该是类似故事的原型经过复杂的流传和不断演绎之后，辗转传播到中国，然后又不可避免地经过了某些本土化加工，便成为了当年他所听到的样子。

故事的渊源总算基本追溯出来，多年的心病终于可算祛除了一大块，难怪曾师如释重负般称之为“一大收获”。虽然故事的源头与中国民间版“公子与王子”间的具体关系、传播途径等还有待继续考察，特别是欧洲的《忠诚的约翰》与印度的《罗摩和罗什曼那》是否在某处相遇后催生了中国的“公子与王子”、抑或各自发挥了程度不一的作用，这些也还有待论证（显然这更不是一件容易的事情）。尽管如此，我们已经忍不住要感慨，研究成分如此之大的创作已经远远超过了一般意义上的形象思维的范畴了，不仅一般人创作不来，恐怕也没有几个人愿意去这样劳神费力的。笔者觉得，之所以读到这篇长诗的诗友均持激赏态度，不是没有来由的，因为它不是光凭诗人的兴会和灵感，而是经受了多年的思考、酝酿，还经过了事后的“淬火”和“抛光”，一块好钢才得以炼成的。这样的作品不成为精品才怪呢。可以说，正是创作者本着一个研究者的兴趣和敏感对一个偶尔听来的民间流传的故事保持如此长久的关注、在创作上如此不惜投入大量工本，一部足可以传世的作品才最终得以产生。这样一种值得追求和倡导的文学研究与文学创作良性互动的局面，对创作者来说也是一种应得的回报和安慰。

曾师的其他许多作品都是这样经过多年沉淀才付诸文字，然后又经历耐心打磨淘选才结集出版的。这样的作品自然洗去了铅华，过滤了水分，消除了应景与急就的痕迹，经得起严格的检验和认真的细读。其实，知道曾先生为学的人了解，他的学术研究风格也与此完全一致。比如奠定他在我国苏俄文学研究界地位的《丘特切夫诗歌研究》和《丘特切夫诗歌美学》就分别花费了他各长达十年的功夫，他的其他论著、论文、翻译作品等也莫不是精雕细琢、反复修改的心血之作。

除上述特点，笔者还以为，曾先生这次出版新诗集，将诗剧和叙事诗单独列为一部，当然不仅仅是篇幅上和诗歌类型方面的考虑，还有创作背景特殊以及他对这部分作品非常珍爱等因素。我们发现，这些诗全部写于20世纪80年代前半期（早于海子的“太阳”系列），那个时代的开放语境，湘潭大学独特的诗歌氛围及其造成的后续影响，那个成长阶段的充沛而真诚的情感与喷薄而出的创作力……曾先生对这个逝去的时间段多次表示过一种特别的怀念和尊重，相信不少同时代人都怀有类似的情感。放眼当下诗坛或文坛中各条好汉，虽然相比那时的创作者，技巧是更成熟了，见识是更开阔了，包括思想也可能更深刻了，但那种忘我投入的虔诚，那种指点江山的激情，那种信徒殉道般的勇气，那种彼此砥砺的氛围……似乎通通随着那个年代的逝去而渐渐衰减以至于消失了。曾师如今朝花夕拾，既是一种立此存照，无疑也是想说明点什么而且也确实说明了点什么的。知我者谓我心忧，不知我者谓我何求，这大概也是曾师从此不再轻易写此类长诗的重要原因吧。

附录三

理性王国的感情之花

——试论曾思艺的诗歌创作与文学翻译

曾庆仁

曾思艺既是一位著作颇丰的学者，又是一位翻译了多部世界名著的译者，同时还是一位优秀的抒情诗人。他能够将理性的学术研究和感性的诗歌创作以及中性的翻译集于一身，而且都做得相当出色。在我看来，这得益于他一生热爱的两样东西——酒和书。

这个世界上有两种人最爱酒：一种人叫酒鬼，还有一种人叫性情中人。酒鬼爱酒是爱它的醉，而性情中人爱酒是爱那醉意中的醒。曾思艺喝酒从不醉，因为他每每喝到七分醉意十分性情就出来了。借着这七分醉意和十分性情，便有了十二分诗兴。他在郴州有一个酒后给美人题诗（《尘缘——给一位郴州女孩》）的故事流传甚广，因为诗写得太好，很久很久以后，人们还能记住那醉意朦胧的句子。但曾思艺很少为酒写诗，这似乎是在不久前由山西教育音像出版社出版的他的诗集《黑夜·星星》、《公子和王子》中得到证实。诗集收录了他1981—2005年的抒情诗、散文诗、诗剧、叙事诗共二百多首，仅有一首诗与酒有关，而这首与酒有关的《醉之歌》也满蕴着人生的感慨和思索："季节多病/时有龙卷风/张牙舞爪/肆无忌惮地/旋涡你于其中//以开始作为结束/把被动变为主动/聪明者一个个又一个个/旋涡成龙卷风//龙卷风愈来愈龙卷/遂有人蜗牛于地洞/遂有人以醉/人/于大地。"虽然绝大多数的诗歌不是为酒写的，但每一首诗又充满了浓郁的酒香和醉意。他早期的抒情诗像米酒，清淡里暗含着甜味。比如："一群儿童，在青草地上/欢叫着追赶一只蝴蝶/就像一群活泼的小鱼/快乐地追赶一只顽皮的小虫。"他后期的诗如烈酒，如60度的邵阳大曲酒。比如："天地交汇物我融合/灵气粲然成簇簇素美/霪雨干风轮番酷虐/生命纯属偶然而且艰辛。"整体来说，曾思艺早期的诗歌比较感性，后期的诗歌比较理性。抒情中含哲理，唯美中含素美是他诗歌的共性，也是他诗歌的最大特点。他的诗歌并不是一味地抒情，因为在他的抒情中，我们不时可以看到智性的点缀。他的文笔也不是一味地清丽细腻，因为在他的清丽细腻中，我们不时可以看到辽阔深远。曾思艺的有些诗歌像潺潺流水，清澈透亮。有些诗却跳跃性极强，让你读后透不过气来。比如他在 1999 年创作的《诗》。他用它做诗集的代序，可见他对这首诗的偏爱。这首诗三段十二句，可以说是段段有跳跃，行行有跳跃，句句有跳跃。甚至一句诗里也有跳跃，利用词与词的碰撞产生跳跃。比如“高扬诗意的无中生有”就是极富哲理的跳跃性句子，而且由“高扬诗意”和“无中生有”两个意象发生碰撞，不仅产生了诗意，而且还能让人产生一种变幻莫测的感觉。像这样的诗歌的句子，无疑能够加强诗集的厚重感，使曾思艺的抒情诗在整体较感性的基础上，又充满了理性的光芒。

这种光辉是看得见摸得着的，充满了人间烟火味，但多多少少又有那么点贵族气息。这种平民色彩和贵族精神揉在一起的诗歌，我们从某种角度去理解，也许它正好切入了诗歌的本质。诗歌作为文字艺术中最高级的形式，它的高贵的特质谁都无法回避：它像“孕妇的庄严和神圣”。在曾思艺的心中，诗歌就是人类的生命。是的，它确实是人类的生命，是人类灵魂的生命。人类正是有了这灵魂的生命，才会有海德格尔的“诗意的生活”，才会有尼采的“酒神精神”。我们才会在一个物欲横流的时代，因为诗和诗意多多少少找到一点心灵的慰藉。

除抒情诗以外，散文诗是本诗集的另一个亮点。三十多首散文诗大多甜美而明亮，充满了奇思和幽香。有《卖香椿的女孩》，有《梦》，还有《生活的旋律》这样清新感人的作品；也有《恐惧死亡》、《〈探索人性，揭示生存困境〉后记》这样的对死亡和人生意义的思考。整体上的大气和局部的细致，使作品看起来有动有静，并达到动静自如的艺术效果。和抒情诗一样，散文诗的唯美倾向也十分明显，但又有所区别。抒情诗表现的是一种凝固的美，散文诗却是一种升华的美。这一凝固和开放是曾思艺整体诗歌的两极，我们可以看到它慢慢朝诗歌艺术的中心靠拢，并达到了一种完美的平衡。应该说这种平衡是曾思艺诗歌的最大魅力，也是诗歌本身的最大魅力。

《公子和王子》是根据民间故事改写的叙事长诗，2000 多行。一个讲述友谊和爱情的动人故事。故事围绕着公子和王子救了一条尺来长的鲤鱼展开，原来这条鲤鱼是龙女，一个如花似玉的姑娘……整首长诗居然是在1981—1983年完成的，作者当时只有二十岁左右。读完诗歌，我不得不为作者与生俱来的才华而感到惊叹：将一个简单的故事写得瑰丽、奇幻、荡气回肠。可以说，这首诗将曾思艺天生的诗歌才华展露无遗。

《孩子和母亲》是一个小诗剧。场景是：一条蜿蜒曲折的小路，路上有一个蹦蹦跳跳的孩子和提着一篮猪草的母亲。整个诗剧就是孩子与母亲的对话。如此天真而纯净的对话，天籁般的意境，语言干净得令人心痛。读完小诗剧后我就想，这是曾思艺80年代写的，同时也只有20世纪80年代才会有诗人写出这样纯粹的诗歌，因为那就是一个理想和纯情的年代。而在我们现在这个物欲横流的时代，要写出这样的诗歌反而变成了不可思议的事情。所以，我们不仅要为曾思艺写下了《孩子和母亲》、《鹅卵石》（三幕诗剧）感到高兴，同时也要为当代诗歌留下了这样特有的诗歌文本而感到高兴。

诗是无声的，但它却有恒久的力量。今天，在我重读曾思艺的诗歌时便感到了这种力量。这种力量不仅来自于天分和勤奋，还来自于酒和酒中的性情。曾思艺爱酒成全了曾思艺的诗歌。他的诗歌能够保持鲜活的个性，我猜想这一定与酒有关。我作为一个纯粹的写作者，始终不能理解他从严谨的学术堆里爬出来，怎么就能马上写出水淋淋的诗歌？这种现象真还不多见。也许这就是曾思艺！也许他这两种极端的才华与生俱来！也许是他后天勤奋的结果。我经常和他开玩笑说，他是儒家的，我是道家的，因为他浑身上下都有一股儒家精神。就为了每天十几个小时的工作，我都劝过他多少回，但他仍是“我行我素”。他是一个有想法的人，一个想做点事的人。这些年，他的书是一本接一本的出。他时而送我一本理论研究著作，时而送我一本翻译著作。而今，我又收到了他的诗集。这套诗集摆在我的书桌上十几天了，每当我将它打开，一股纯美的诗的气息便扑面而来。在我们这个口水诗泛滥的时代，曾思艺诗歌的纯正品质，以及他诗歌语言的美学坚持，是应该受到诗坛的尊重和肯定的。

《俄罗斯抒情选》是曾思艺第一次结集出版的诗歌翻译集，诗人译诗，更能表现诗歌的语言美和意蕴美，整部翻译诗歌都翻译得自然、明净、优美，其中翻译得最为出色的又是费特、尼基京的诗歌，我感到奇怪的是，他怎么能在完全复制原作的韵脚的情况下，又把诗歌翻译得那么自然、清丽、优美，要知道，许多的翻译者甚至一些著名的翻译家为了凑韵，都不惜因韵害意，以致语言别扭，大煞风景。其实，在这之前，我就读过曾思艺翻译的《罪与罚》、《尼基塔的童年》、《屠格涅夫散文精选》。据我所知，曾思艺的翻译可以追溯到他的大学时期，1983 年 1 月《新创作》诗增刊就发表了他翻译的苏联当代诗人康斯坦丁·洛米阿的《阿布哈兹诗抄》五首。1986 年《文学月报》第 5 期发表了他翻译的苏联当代作家沃罗宁的短篇小说《战争的故事》，并获《俄苏文学》首届译文征文赛三等奖。此后，他常有译诗译文在《俄苏文学》、《国外文学》、香港《大公报》、台湾《葡萄园》诗刊等海内外报刊及国内一些出版社发表和出版。二十多年来，他共翻译俄罗斯小说、诗歌、散文、论文 100 多万字。我不懂俄语，我不能像曾思艺写《试论张铁夫先生的文学翻译》一样，直接拿翻译文字和原文比较，但我却拿曾思艺的翻译文字和别的翻译文字作过比较。比如：曾思艺翻译的《罪与罚》和我国其他翻译家翻译的《罪与罚》，曾思艺翻译的屠格涅夫散文诗和其他翻译家翻译的屠格涅夫的散文诗。通过比较，我发现生动和细腻是曾思艺翻译所特有的。在优美而自然地传达原作韵味的基础上，而能够细腻又生动地表现出原著的精神，应该说是翻译较高的境界了。难怪曾思艺翻译的《罪与罚》在长江文艺出版社推出，2004 年第一版就两次印刷。2006 年，几乎同时被三家出版社推出：长江文艺社出版典藏版；国际文化出版公司、中国书籍出版社收入名家名译系列出版；中国戏剧出版社收入名家名译世界文学名著文库出版。而在我个人看来，曾思艺翻译的小说中，《尼基塔的童年》应该是最出色的。我一直以为：一个翻译也应该像一个作家一样，他翻译的对象的性情和翻译家本人的性情会神秘地构成一种隐秘的关系，就像作家表现的对象的性情和作者本人的性情会神秘地构成一种隐秘的关系一样。曾思艺性情中古典的浪漫气质，和阿·托尔斯泰笔下的 20 世纪初纯净的乡村自然风光就这样完美地吻合在一起了。我听曾思艺说过，他在读大学的时候就被俄文版《尼基塔的童年》迷住了。今天，曾思艺能够翻译《尼基塔的童年》，在我看来，这既是曾思艺的幸运，同时也是一种宿命吧。

曾思艺有二十多年的创作经验，又长期从事外国文学教学与研究。所以，作为一个创作者，他有很好的语言功夫和文学底蕴。而作为一个翻译者，他对作品的体会就会较细，理解就会较深，就能在“信达”的基础上而达到“雅”。

何况曾思艺的专业就是外国文学和比较文学的教学和研究，应该说这样的教学和研究对翻译是很有促进作用的，它对更好理解和翻译原作起了很大的作用。作为博士研究生导师的曾思艺，被朋友们称为海陆空三栖的湖南才子。正因为他的广泛才能，才让他的翻译达到了自然、优美、生动的境界，这是一种很高的境界，还得加上它的另一种境界，做人的境界（他曾说过，他只译自己喜欢的东西）。我一直以为：只有这两种境界的完美结合，才会让创作或者翻译达到一种真正的高度。曾思艺常说："翻译也是一种再创造的过程。"

一口气写了这么多，算一算杂志给我的版面已用完了。但我却感觉还不尽兴。因为曾思艺有很多东西可写，也值得写。今天我只点了一下他的性情与酒的关系，还没有说他的性情与书的关系。可以说他是我看见过的藏书最多的人之一。他爱书如命，不亚于酒。只是他对书的态度十分虔诚，不像对酒的态度可以由着性子。曾思艺在刚刚出版的这套书的扉页上写着："献给我的父亲曾省余，母亲刘阳秀。"曾思艺是个孝子，他把他最爱的东西献给父母自然在情理之中。但我们从另一个角度去理解似乎也很恰切：书在曾思艺的心中，早已扮演了另一个"父母"的角色。假如我的猜测没错的话，那么，酒在曾思艺的心中，一定扮演了情人的角色。在我们这个虚拟的世界，我想：曾思艺有了这样虚拟的父母和情人，一定会感到非常幸福……

（发表于《科技新报》2008 年 4 月 24 日第 7 版）

附录四

用童心写作的诗人

吴投文　胡 怿

曾思艺先生的两部诗集《公子和王子》和《黑夜·星星》于近期出版，这是一件值得庆贺的事情。整体看来，他的诗既明快晓畅，又富于哲理，字里行间跃动着诗人的赤子之心，使人读来不觉怦然心动。似乎可以说，曾思艺是一个执著于用童心写作的“成年”诗人，他的诗中有着对社会与人生的独特认识和体悟。

只需稍稍留意，就会发现诗人有着异乎常人的童话情结，这一点似乎从标题上就可以窥见一斑，如从《蟋蟀的歌声》、《公子和王子》、《黑夜·星星》、《桃花》、《白蛇传》等每辑的大标题，到《小孩儿与野蜜蜂》、《绪任克斯》，到《嫦娥奔月》、《白水洞的故事》、《女巫》、《红蜻蜓》等诗的小标题，都包含着诗人一以贯之的童稚之心，诗中所歌咏的内容显示出一种别致的人文视角，关联着诗人在全球化背景下不无忧虑的文化省思。

曾思艺在艺术追求上，有着较为清醒的自我意识，他的风格与当下诗坛的主流诗风几乎是绝缘的，既不同于那种纯粹为袒露自我内心的私语性写作，没有由这种写作所导致的晦涩难懂，也不同于那种过于直白的口语式写作，没有由这种写作所导致的一览如无。他的风格如一颗童心般晶莹剔透，语言极富美感，从中可以发现诗人对一种古典式的诗歌美学原则的坚守与捍卫。他的每一篇作品，都使笔下的生命从内容到形式能较为完整地呈现出来。因此，他的写作不是站立在诗歌之外，以一种俯视的把玩姿态来完成的，也不完全是率性的天马行空，满足于情绪无节制的泛滥。诗人犹如一名虔诚的求索者，在长期练就的驾轻就熟、收放自如中展示出生命另一面的风景，诗人的童心与童真也就显示出一份从生命中流出来的真诚与感动。

在曾思艺的创作中，最能体现出童真与童趣的作品当属长篇叙事诗《公子和王子》，该诗长达2000余行，是诗人的用心之作。在这首诗里，诗人运用轻快跳跃的童话式语言讲述了一个古老的传说，将民间谚语杂糅其间，使整个诗篇清新活泼，同时蕴含了深刻的人生体验与哲理。读这首诗，仿佛就身处一条山涧清溪旁，倾听溪水流淌发出的天籁之声，叮叮咚咚的不绝如缕，透明得恍若置身仙境。诗歌的结构采用一个类似于童话的叙述框架，故事的发生与发展都依照自然的时间序列展开，因此不会给阅读者造成障碍。同时，诗中有许多景物描写，大都单独成节，并且以一种近乎呓语似的形式，反复吐露诗人对大自然的狂热爱恋，而这种狂热爱恋显然是从诗人的童心中生长出来的。

曾思艺的诗明亮、温暖，同时有一种让人惊喜的诱惑，能使人得到意外的收获。需要特别指出的是，他有一种化险为奇的功夫，在诗意的哲思中彰显对人类文明与文化的深切关注，如对康德的咏叹，对凡·高名画与杨丽萍舞蹈的鉴赏，对唐代诗人王建诗歌的联想式发挥与现代性改写，都可从中发现诗人独特的体验与思考。曾思艺先生是研究俄罗斯文学的学者，出版有《丘特切夫诗歌研究》、《俄国白银时代现代主义诗歌研究》等多部学术著作，同时以翻译知名，出版有《罪与罚》、《俄罗斯抒情诗选》、《尼基塔的童年》等多部译著，也许在他的诗中不无俄罗斯文学的遥远回响。

（发表于《湘潭晚报》2007年2月16日第7版）